novum pro

KEVIN NEUBERT

TALES TENEBRIS

Düstere und skurrile
Kurzgeschichten

novum pro

www.novumverlag.com

Bibliografische Information
der Deutschen Nationalbibliothek:

Die Deutsche Nationalbibliothek
verzeichnet diese Publikation in
der Deutschen Nationalbibliografie.
Detaillierte bibliografische Daten
sind im Internet über
http://www.d-nb.de abrufbar.

Alle Rechte der Verbreitung,
auch durch Film, Funk und Fernsehen,
fotomechanische Wiedergabe,
Tonträger, elektronische Datenträger
und auszugsweisen Nachdruck,
sind vorbehalten

Gedruckt in der Europäischen Union
auf umweltfreundlichem, chlor- und
säurefrei gebleichtem Papier.

© 2023 novum Verlag

ISBN 978-3-99131-855-2
Lektorat: Sandra Pichler
Umschlagfotos: Svetlana Alyuk,
Mia Stendal l Dreamstime.com
Umschlaggestaltung, Layout & Satz:
novum Verlag

www.novumverlag.com

DANKSAGUNG

Für meine geliebte Frau Melanie Neubert,

*die mir Halt gibt, wenn ich strauchle,
die mich auffängt, wenn ich falle,
und die mich in den Wahnsinn treibt,
wenn es mir gut geht.*

Und für:

*Carsten Wilms
Christoph Bier
Genna Di Febo
Hannelore Schneider
Karin Gräfe
Julia Neubert
Lisa Schneider
Marion Großpietsch
Martina Horn
Michael Luckei
Sandra Klöhn
Torsten Seibel
Ulrich Leitfeld
u. a.*

*Ohne Euch hätte es dieses Buch nicht so schnell gegeben.
Danke, Leute!*

Vorwort des Verfassers

Ich lese gerne. Angefangen habe ich mit *Die Rollbahn* von Heinz G. Konsalik aus dem fadenscheinigen Grund, an einem Lesewettbewerb in der Schule teilzunehmen, um dem eigentlichen Unterricht zu entgehen. Dann, an einem lauen Sommerabend auf dem Campingplatz Klingelwiese, fixte mich ein Bekannter meiner Großmutter mit Richard Bachmann und Stephen King an. Da war ich ungefähr zwölf. Kurz darauf war ich schon ein Riesenfan von King – und bin es heute noch.

Meine ersten zarten Versuche als Autor habe ich dann im Alter von vierzehn Jahren unternommen, nachdem ich „Stark – The Hark half" gelesen hatte (einer der wenigen Romane, die ich mehrmals gelesen habe). Damals nutzte ich die Wut und Verzweiflung, das Gefühl der *Nichtbeachtung* und des *Unverständnisses* durch meine Eltern, was wohl jeder Teenager während der Pubertät empfindet, um Leute umzubringen. Natürlich nur auf dem Papier.

Am liebsten hörte ich dabei Meat Loaf, der gerade sein Comeback mit *Bat Out of Hell II* feierte. Irgendwie hatte seine Musik für mich den magischen Sound zu den schauerlichen Geschichten, an welchen ich mich versuchte, um es dem *King des Horrors* gleichzutun. Man kann also zurecht sagen, dass beide mich – wie sehr wahrscheinlich auch viele andere und bessere Autoren als meine Wenigkeit – auf ihre eigene Art zum Schreiben motiviert und inspiriert haben.

Bei seinen Kurzgeschichten hat Mr. King immer eine kleine Erklärung, entweder als Einleitung oder in den Post-Credits geschrieben, wie es zu der Story kam und/oder wie er auf die Idee gekommen ist. Was ihn dazu bewegt hat. Kurz: eine kleine Geschichte zu der Geschichte.

Und gerade in seinen Einleitungen zu den Geschichten aus der Sammlung *Basar der bösen Träume*, welche ich zum Anfang des

Jahres 2020 gelesen habe, gab es für mich persönlich viele Situationen und Konstellationen, die auch auf meine kleine Sammlung bzw. auf die in ihr enthaltenen Geschichten zutreffen. Ein ums andere Mal, wenn eine Idee konkreter wurde, dachte ich mir: *Guck mal, das ist genau so, wie King es vor der und der Story geschildert hat.* Ein schönes Gefühl, wenn man so prägnante Parallelen zwischen sich und solch einem Talent findet.

Sie halten hier jedoch nicht mein erstes Werk in den Händen. Mein Schreibstil und meine Fantasie reiften über Jahre hinweg, während ich mich an einer Fantasy-Story versuchte. Ganze fünfzehn Jahre, nämlich von 2003 bis 2019, habe ich, natürlich nicht kontinuierlich, neben meinem regulären Job und meinem abenteuerlichen Leben als LARPer, Ehemann, Festivalgänger u. v. m. an dieser Geschichte gearbeitet. Als sie fertig war, war ich froh und viele, die sie gelesen hatten, meinte, ich solle sie veröffentlichen, doch ich traute mich nicht recht. Wer bin ich denn schon. Also schrieb ich einfach weiter. Ich wollte das Gefühl, eine Geschichte zu erzählen, nicht wieder so einschlafen lassen, wie in den Jahren davor.

Zuerst habe ich mich an einer Fortsetzung meines unveröffentlichten Fantasy-Romans *Der Pfad der Abenteuer* versucht und es nach zwei Seiten direkt wieder gelassen. Die Fahrt zu meinen Schwiegereltern im Januar 2020 sowie der Erwerb des oben genannten Sammelbands von Kings Kurzgeschichten im Februar 2020 setzte dann den Stein ins Rollen, der zu den Geschichten in dieser Sammlung führte. Es sind viele kleine Geschichten mit unterschiedlichen Themen, Genres und Stilen. Jede hat ihre eigene Entstehungsgeschichte und musste erst den Korrektur- und Feedbacktest meiner kleinen, geheimen Gruppe von Testlesern bestehen (auch dafür ein herzliches Dankeschön, Leute).

Das haben sie und durch das positive Feedback folgte dann auch der Mut, den Schritt der Veröffentlichung zu wagen. Zwar musste ich mir noch was bzgl. des ursprünglichen, langweiligen Arbeitstitel einfallen lassen, der eigentlich *2020 anno Pandemic* lautete, doch a) habe ich die Geschichten *Der erste Tag*, *Veiztanz* und *Wie war dein Tag?* in 2021 geschrieben und b) wurde ich von meinem Verlag darauf hingewiesen, dass es schon einige Bücher mit dem Titel *2020* gäbe. Dank meiner tollen Ehefrau hatte ich schnell einen neuen Titel bei der Hand und nachdem jetzt auch das Crowdfunding für das Startkapital sowie die Verlagsverhandlungen abgeschlossen sind, freue ich mich darüber, Ihnen mein Buch präsentieren zu dürfen.

Ich wünsche Ihnen viel Spaß beim Lesen.

Ihr *Kevin Neubert*
19.07.2022/Dortmund

Inhaltsverzeichnis

Danksagung	5
Vorwort des Verfassers	6
Der Beobachter	11
+49 163 2215739	25
Fick dich	53
Knochenschiff	58
Wie war dein Tag?	81
Der gute Umgangston	167
Aussenposten 14-09	175
Fick dich II	187
Veitztanz	194
Der erste Tag	207

VORWORT

Ich habe mir die Rohform dieser Geschichte vor über 20 Jahren überlegt. Damals hatte ich noch kein Auto und war viel zu geizig, Geld für öffentliche Verkehrsmittel auszugeben. Außerdem hatte ich zwei gesunde Füße, einen Walkman mit Akku-Batterien, die ich zu Hause wieder aufladen konnte, und diverse gute Mixtapes mit spitzen Musik für unterwegs. Das reichte vollkommen aus, selbst wenn einem der Heimweg betrunken durch einen dunklen Park führt. Gegebenenfalls singt man einfach lauthals (und schief) mit.

Durch Zufall habe ich die erste, handschriftlich niedergeschriebene Seite dieser Story wiedergefunden, kurz nachdem ich mit der Geschichte in 2020 wieder angefangen habe, und ich war schon recht stolz auf mich, dass ich wohl in 20 Jahren einiges in puncto Stilistik und Dramaturgie dazugelernt habe. Das Ende jedoch war mir wirklich erst klar, als es so weit war. Sprich, wäre meine Verfassung an dem Tag, als ich die Geschichte zu Ende geschrieben habe, etwas anders gewesen, wer weiß, wie die ganze Sache dann für den Protagonisten ausgegangen wäre. Aber ist es irgendwie nicht immer so? Das Ende von unserem Lebensabschnittsweg hängt von unserer Verfassung an dem jeweiligen Zeitpunkt ab.

DER BEOBACHTER

*Für Vincent Vega
und Jules Winnfield*

Ich sehe Sie – und das nicht erst seit heute. Auch wenn Sie mich nicht sehen, so wandle ich doch mitten unter Ihnen. Und ich bin damit nicht allein. Wer von Ihnen hatte nicht auch schon mal dieses Gefühl, selbst wenn man, vermeintlich, mutterseelenallein war? Hier und jetzt kann ich Ihnen sagen: Sie haben vollkommen recht. Sie waren nicht allein und sind es auch niemals, selbst wenn niemand anderes da ist. Dass Sie uns nicht sehen können, ist zwei Dingen geschuldet. Der UV-Strahlung Ihrer Sonne und der Beschränktheit Ihres menschlichen Körpers. Um genau zu sein, könnte man den letzten Punkt auch wieder in zwei Unterpunkte aufteilen, denn besagte Beschränktheit ist auch wieder der rückständigen anatomischen Entwicklung Ihres Auges geschuldet, auf das Sie ja nur wenig Einfluss hatten. Was das angeht, ist Ihre Spezies ja eher ein Opfer der Evolution geworden.

Was aber gänzlich auf Ihre Kappe geht, ist die Ignoranz, mit der Sie Ihren anderen Sinn geflissentlich ignorieren und damit nicht zuletzt der Engstirnigkeit des kümmerlichen kleinen Dings, das Ihre Spezies großspurig Verstand nennt. Denn Sie, die Menschheit, haben sich in den letzten fünftausend Jahren gegen alles abgeschottet, was Sie sich nicht erklären konnte, und dahin gehend weiterentwickelt, dass alles, was nicht im Lehrbuch steht bzw. seit Kurzem bei Wikipedia, schlicht weg unmöglich und somit nichtexistent ist. Und so ging Ihnen das Gespür für das Irrationale oder Magie, wie es früher genannt wurde, abhanden. Auch wenn es Ihnen täglich begegnet.

Ja ja … im Mauern sind Sie Menschen wirklich ganz weit vorne im ganzen Kosmos. Besonders wenn es sich um Mauern um eure Wahrnehmung handelt.

Da schaut man lieber in die andere Richtung, als sich mit dem auseinanderzusetzen, was einem am Anfang erst einmal unheimlich vorkommt und einen ängstigt. Aus den Augen, aus dem Sinn, wie Sie so schön sagen. Das ist einfach viel bequemer und Bequemlichkeit wird für einen Großteil von Ihnen recht großgeschrieben.

Aber bitte vergeben Sie mir, denn ich schweife ab. Ich könnte mich einfach Stunden darüber auslassen, was bei Ihrer Spezies alles bemerkenswert falsch gepolt ist, wobei ich mich absichtlich des umgangssprachlichen Gebrauch des Wortes „Stunden" bediene. Dekaden oder Säkulum wäre wohl der richtige Terminus Tempus. Aber sehen Sie es mir nach. Solche wie ich existieren, um zu beobachten, weshalb man uns auch allgemein als Beobachter bezeichnet. Zugegeben nicht wirklich eine kreative Bezeichnung, aber sie bringt die Sache auf den Punkt. Selbstredend habe ich auch einen richtigen Namen, aber mit Ihrer sprachlichen Form der Kommunikation würde er sich lediglich wie eine Aneinanderreihung von atonalen Geräuschen anhören. Also fast so wie Dubstep oder wie das Geräusch eines laufenden Kernspintomographen, was ja fast dasselbe ist.

Bitte verfallen Sie jetzt nicht in Panik, rufen Sie nicht nach der Polizei, der Nationalgarde oder die Ghostbusters. Ich komme in Frieden und es gibt eh nichts, was Sie gegen uns tun könnten. Ich beobachte nun mal, gucke zu und da kommt es mehr als gelegen, dass Ihre Gattung mich nicht sehen kann. Aber wie gesagt, ich bin nicht allein und auch neben den anderen Beobachtern gibt es Dinge, die Sie nicht sehen können oder wollen. Und das ist vielleicht gar nicht mal so schlecht. Denn diese Dinge sind es, die Ihnen oftmals ohne Grund eine Gänsehaut verpassen, den Hund grundlos bellen oder die Katze wie von der Tarantel gestochen durch die Wohnung sausen lässt. Jedenfalls im besten Fall.

Diese Wesenheiten sind die Alpträume, die Sie plagen und der Schatten unter Ihrem Bett. Sie sind das Monster im Schrank und der Buhmann im Keller, der Kinder nachts nicht schlafen lässt. Sie sind die Furcht vor dunklen Orten, die unglückliche Schicksalsfügung und der plötzliche Herzinfarkt, der zu einem völlig unvorhersehbaren Tode führt. Sie sind die Monster, vor denen sich Ihre Vorfahren hilfesuchend an Schamanen, Druiden oder Zauberern gewandt haben, um sich dagegen zu erwehren. Sie sind die unsichtbare, vermeintlich unbegründete Angst Ihrer Spezies. Und diese Dinge zehren von Ihrer Furcht, laben sich an Ihrer Angst und hungern nach Ihrem Entsetzen.

Und genau so wenig, wie Sie was gegen mich und die Meinen machen können, können ich und die Meinen was gegen diese Dinge tun. Immerhin sind wir nur Beobachter, das ist unsere Natur, unser Sein.

Dafür existieren wir, ohne dabei grausam oder voreingenommen zu sein.

Das heißt aber nicht, dass Ihre Spezies völlig wehrlos gegen diese Dinge ist. Sie haben einfach nur vergessen, wie man es anstellt.

Ich befinde mich gerade in der Parkanlage „Hippergrund" in Steinheim, es ist in Deutschland 03:38 Uhr am 05.04.1996 und der junge Tom Talmann befindet sich gerade auf seinem Heimweg. Tom kommt nicht etwa von der Arbeit oder von einem Date. Zwar hat er schon seit drei Jahren eine feste Freundin, Janina mit Namen, mit der er auch schon sein erstes Mal hatte und es seitdem öfters und in jeder erdenklichen Art (zumindest für einen Siebzehnjährigen) mit ihr getrieben hat, als dass er sich tatsächlich erinnern kann, aber darüber wollen wir uns nicht unterhalten. Hier und jetzt kommt er woanders her.

Er biegt von dem Baumannweg nach links, lässt den von Laternen beleuchteten und von Wohnhäusern des Spar- und Bauvereins umrahmten Weg hinter sich und betritt nun den dunklen Park des „Hippergrunds". Er hat leichte Schlagseite, wie fast jeden Freitagabend, den er bei seinem besten Freund, Björn Gärtner, verbracht hat.

Tom arbeitet neben der Schule, wo er gerade versucht, seine allgemeine Hochschulreife zu erlangen, an einer Total-Tankstelle, nicht weit von der Wohnung, in der Björn mit seiner Mutter lebt. Die beiden kennen sich nun auch schon seit über drei Jahren aus der Pfadfindergruppe. Ihre Mütter hatten sie mit vierzehn dort hingesteckt in der Hoffnung, dass die Jungs dort etwas von den alten Werten beigebracht bekommen und ihnen ein Gespür für die Umwelt und das Miteinander vermittelt wird. Der Erfolg war mäßig, denn dank dem Austausch und den Erfahrungen dort haben sie nicht nur Bier und Zigaretten, sondern auch Dope und hin und wieder etwas Pepp für sich entdeckt. Und genau mit diesen Begleitern bestreiten beide seit geraumer Zeit ihre Freitagabende und hin und wieder schaue ich auch vorbei.

Tom macht die Tankstelle um 23:00 Uhr dicht, wobei er die Uhr in dem Laden immer um fünf Minuten vorstellt, um schneller raus zu sein. Während die Abrechnung der Kasse selbstständig durchläuft, putzt er den Verkaufsraum und räumt die Tankstelle auf. Zwischen 23:20 Uhr und 23:30 Uhr wartet Björn draußen, um ihn abzuholen. Dabei ist die Ressourcenbesorgung klar verteilt. Björn besorgt die Videos für den Abend. Immer ein „cooler" Streifen und ein Porno, sowie etwas Piece, während Tom für die anderen Genussmittel zuständig ist, was bedeutet, dass er aus der Tankstelle Bier und Kippen für sie beide klaut. Zwei Schachteln Camel für Björn und zwei Schachteln Lucky Strike für sich, wobei sein Wochenvorrat am Sonntag, wenn er wieder dort arbeiten muss, erneut aufgestockt wird. Hin und wieder lässt er auch noch ein paar Chipstüten, Snacks aus dem Hause Jack Link's oder eine kleine Flasche Schnaps mitgehen. Immerhin will er seinen Feierabend nach diesem langen Arbeitstag und der anstrengenden Schulwoche ja auch entsprechend genießen.

Zwar existiert eine Kamera an der Wand hinter der Ladentheke in dem kleinen Geschäftsraum, doch hatte Tom direkt am Anfang seines Minijobs von einem anderen Kollegen erfahren, dass es sich dabei nur um eine Attrappe handelt. Ein Dummy, um potenzielle Räuber und Ganoven abzuschrecken, was bisher wohl auch gut gegangen ist, denn obwohl der Dienst alleine erfolgt, kam es noch nie zu einem räuberischen Zwischenfall von jemanden, der hier nicht arbeitet. Tatsächlich waren der Besitzer, ein kleiner, aufgeplusterter Kerl namens Erik Hartmann, und seine aufgetakelte Frau Birgit viel zu geizig, um eine richtige zu installieren.

Und so hatten die beiden Jungs es sich nach der nervenaufreibenden Arbeit (die für Björn tatsächlich lediglich in dem Besorgen des Dopes bestanden hatte) mit Dosenbier und einem Ensemble aus Carazza und Funny Paprikachips gemütlich gemacht. Dabei rauchten sie Dope und guckten sich heute Abend an, wie Jackie Chan für „Rumble in the Bronx" sorgte.

Als kleine Gelegenheitskiffer, die sie waren, wurde das Dope gut eingeteilt. Die Beute war für gewöhnlich lediglich ein Bröckchen Roter Libanese, was gerade mal für vier Köpfe reichte, die auf eine selbstgebaute PET-Flaschen-Bong geschraubt und tief inhaliert wurden. Ein Kopf für jeden pro Film.

Doch an diesem Abend hatte Björn ein gutes Geschäft gemacht und für zarte zehn deutsche Mark einen großen Klumpen Schwarzer Afghane ergattert.

„Mindestens zwei fette Köpfe für jeden von uns", hatte Björn voller Selbstgefälligkeit getönt, während Chipsstückchen aus seinem Mund krümelten und sich über seinem Nirvana-T-Shirt verteilten.

Wenn man Tom besser kannte, so wusste man jedoch – und gerade ich als Beobachter des Abends –, dass er eher dazu tendieren würde, drei kleine Köpfe draus zu machen. So hätte er noch einen vor dem Heimweg und währenddessen einen herrlichen Rauschzustand.

Als Tom nun den sicheren Lichtradius der Straßenlaternen verlässt, zündet er sich eine Zigarette an. Dem Mond ist heute hell und voll genug, dass man den Weg problemlos ohne zusätzliches Licht erkennen kann. Davon abgesehen ist er schon hunderte Male zu jeder Tages- und Nachtzeit durch diesen Park gelatscht und kennt ihn daher in- und auswendig. Mehrere Pfade führen in die verschiedenste Richtungen des Parks und egal, wo lang, es geht fast immer bergauf. Andererseits, was erwartet man auch anderes von der Topografie eines Parks, wenn man in einem Landstrich namens „Bergisches Land" wohnt?

Ich sehe ihn am Eingang stehen mit einer brennenden Lucky zwischen den Zähnen stecken. Er atmet den Rauch tief ein und freut sich innerlich über die aufglimmenden Lichterquellen bei der Prozedur. Es scheint ihm so, als wären die Temperaturen seit seinem Feierabend um mindestens zehn Grad gesunken, doch das hat einen anderen Grund. Ich weiß es, er nicht, daher zieht er sich tiefer in seine viel zu große, braun-olivfarbene Fliegerjacke zurück, in der er ein bisschen wie eine paramilitärische Variante von Marty McFlys Sohn aus „Zurück in die Zukunft II" aussieht. Im Zuge seiner jugendlichen Geschmacksverirrung hat er noch eine Jeans-Weste von Diesel über die Fliegerjacke gezogen, die er seinem älteren Bruder irgendwann mal abgeluchst hat.

Der Park liegt ruhig und dunkel vor ihm. Zu ruhig und zu dunkel, denkt sein benebeltes Großhirn, doch aus seinem Frontallappen wird ihm die logische Alternative, nämlich der Rückweg zu Björn und dann ein Umweg von gut und gerne fünfzehn Minuten aufgezeigt. Absolut inakzeptabel für Tom. Er ist müde, dicht, geil und will eigentlich nur noch ins Bett. Sie können sich bestimmt vorstellen, was er dann dort noch machen wird. Ich für meinen Teil weiß es.

Also geht er durch den Park und ich bin direkt hinter ihm. Der Weg schlängelt sich durch eine Rasenlandschaft, die rechts von einem Teich inklusive Randbepflanzung verziert wird. Links kann man durch knorrige Bäume noch die Rückseiten der Häusersiedlung sehen. Dichtes Buschwerk umsäumt ihre Stämme wie ungepflegter Haarwuchs. Ein großer Hügel, auf dem die Kinder im Winter immer Schlittenfahren, erhebt sich weiter geradeaus wie eine saftige Beule auf einem geschundenen Körper. Auf dem Plateau an der Spitze des Hügels ist ein Rondell, von dem man tagsüber schön auf den ganzen Park blicken kann. Einzelne rundgetrimmte Büsche bedecken hier und da die bergauf führende Rasenfläche, wie überdimensionale, dunkle Pilze und einzelne schmale Baumgruppen stehen wie verirrte Touristen auf der Parkfläche.

Der Weg, dem Tom folgt, ist asphaltiert und führt in hinreichendem Abstand an den ganzen dunklen Orten des nächtlichen Parks vorbei.

Ich bin bei ihm, direkt hinter ihm und gleichzeitig bin ich in seinem Kopf und genieße diese Art von Entertainment. Doch das Gefühl, das sich seiner bemächtigt, das mit jedem Schritt stärker wird, kommt nicht von mir. Es kommt von dem, was in dem Busch, keine zwanzig Schritte von ihm entfernt, sitzt und ihn jetzt ebenfalls bemerkt hat und beobachtet. Ich kenne den Namen der Kreatur, doch ich bezweifle, dass Sie damit was anfangen können und Tom schon gar nicht. Doch es sitzt da und lauert auf seine Chance, während es seine Aura erweitert, welche in konzentrischen Kreisen wie Schallwellen durch den Park wabert. Seine, in Ihrer Sprache ausgedrückt, Chitzöene zucken vor Hunger und seine unteren Vlamyne (sehen Sie, was ich meine?) pulsieren erregt, was so viel bedeutet wie, dass es sich über den nächtlichen Imbiss zu später Stunde freut.

Wie kalte Finger, die mit leichter Berührung den Rücken hochkrabbeln, macht sich ein Gefühl in Tom breit. Es ist noch keine Angst, eher eine Vorstufe. Ein mulmiges, ungutes Gefühl. Etwas, das unerklärlich und unbenannt, aber da ist. Er bleibt kurz stehen und zieht an seiner Zigarette. Ein kleines Glimmen erhellt die Nacht im Park und sorgt kurz für Hoffnung und Sicherheit. Dann meldet sich der rationale Teil seines Verstands und bestätigt ihm, dass da nichts ist, immerhin würde er es ja ansonsten sehen. Obwohl ... Und dann geht es los.

Sein angetrunkenes und bekifftes Hirn beschwört Szenarien aus diversesten Legenden, Fantasy- und Horrorfilmen herauf, aber noch hält der rationale Teil seines Verstands dagegen. Er trinkt einen Schluck Bier aus der Dose, die seine Finger der linken Hand langsam in Eiszapfen verwandelt hat. Ein weiterer Zug an der Lucky, ein weiteres Aufleuchten, dann geht er weiter, aber das Kribbeln in seinem Hinterkopf bleibt. Die Geräusche der Nacht sind da, und doch weit weg für ihn. Dann ein Kratzen, noch nicht mal von dem Buschmonster, sondern nur von seiner Fantasie, aber das langt, um sich umzudrehen. Könnte er mich sehen, würde er keine drei Zentimeter vor mir stehen, mir direkt in mein Angesicht blicken, aber so blickt er durch mich durch und sieht natürlich nichts außer dem dunklen Weg, den er gekommen war. Ein langer Schluck aus der Dose, um sie endlich loszuwerden und um seine arschkalte Hand dann endlich in die Jackentasche stecken zu können, ein letzter Zug an der Zigarette, dann dreht er sich um, schnipst die Kippe in Richtung See und macht einen Schritt.

Ich spüre sein Bedürfnis, schneller zu gehen, seine Schritte zu beschleunigen. Er will raus aus diesem Park. Dem schummrigen Zwielicht voller langer Schatten und grauenhaften Fantasievorstellungen entkommen. Doch seine Lungen kratzen schmerzhaft von dem letzten Kopf Dope. Seine Kondition ist in einem Meer aus Cola und Bier in Seenot geraten und hält sich nur gerade so über Wasser. Er durchsucht seine Jackentasche nach einem Feuerzeug. Rechts findet er nichts. Jetzt kramt er mit seiner Rechten in der linken Jackentasche. Er stellt sich dabei so ungeschickt an, dass er sich um seine eigene Achse dreht. Wie ein Hund, der seinen eigenen Schwanz jagt. Auch dort ist nichts. *Hab' ich es bei Björn liegen lassen*, stolperte ein Gedanke durch seinen Kopf gefolgt von dem nächsten, der ihn anrät, sich zu bewegen und nicht noch länger hier stehen zu bleiben. Seine Linke, kalt wie eine Leiche, umklammert weiter die Bierdose, während in einem kurzen Anflug aus Sucht, Panik und Verzweiflung seine Rechte seine Hosentaschen abklopft. Treffer!

Eines von Birgitt Hartmanns scheußlich kitschigen Feuerzeugen mit irgendwelchen ätzenden Liebessprüchen drauf. Aber jetzt ist es für ihn die ganze Welt, was nur jemand nachvollziehen kann, der schon mal nach einer Zigarette geschmachtet hat.

Er zündet sich eine neue Kippe an und ich blicke zu dem Busch hinüber, während er leicht auf der Stelle schwankt. Das Ding, das dort verborgen lauert, hat sich bewegt und ist zum Teil auf dem Weg. Wie eine Ölspur auf der Autobahn zieht sich sein Körper. Es ist aufgedunsen, wohl genährt und doch noch immer hungrig. Es nimmt noch einem Happen von Toms zweifelnder Emotion und investiert sie gut. Ich kann sehen, wie es sich zusammenzieht, wie ein Muskel, der sich kontrahiert, kanalisiert das Ding seine Kraft, fokussiert sie und sorgt unter einer immensen Anstrengung dafür, dass just, als Tom sein Feuerzeug aufflammen lässt, zwei gelbe Lichtpunkte wie die grimmigen Augen von etwas Unaussprechlichem aus einem Stephen-King-Roman im Busch aufleuchten.

Tom sieht es nur kurz und nur aus dem Augenwinkel, aber er hat es gesehen. Ich weiß es, ich rieche und schmecke es an seiner Aura. Und das Buschmonster tut dasselbe. Tom ist jetzt ein Fisch an der Fangleine der Kreatur und wird langsam eingeholt. Ich kann Toms Wahrnehmung sogar hören. Sie klingt wie die Alarmsirenen seines rationalen Denkens, welche in seinem Kopf losgehen und anfangen zu kreischen wie ein Rudel Banshees. Es ist der Konflikt des empirischen Wissens, dass das gerade Bemerkte nicht sein kann, und des rationalen Teils, der darauf besteht, dass er das gerade wahrgenommen hat.

Vielleicht hat der Flammenkegel oder der Feuerstein deinem Geist einen Streich gespielt, versucht die Logik einen Konsens zu finden und den Körper zu beruhigen, doch die Schatten im Park fangen für Tom an zu wabern und sich zu verschieben, als würden sie zu einem nicht hörbaren Rhythmus tanzen. Tom muss kurz an das Cover des *Die drei ???*-Hörspiels „Der tanzende Teufel" denken, welches er in seiner Kindheit oft gehört hat. Ein mit Fell überzogener Dämon mit langen Hörner, die seitlich aus seinem Kopf ragen, und roten Glubschaugen auf einer Düne, der einen langen, tanzenden Schatten wirft. Keine Konturen, kein Mund, keine Nase, nur diese liedlosen, kreisrunden Augen, welche sich einem in die Seele bohren. Das Hörspiel war nicht unheimlich, aber heute Abend langt ihm schon die Erinnerung an den Titel und an das Bild auf dem Cover. Nur heute Nacht hat der Teufel leuchtende gelbe Augen.

Ein Prickeln durchzieht sein Hirn, als hätte man eine Ameisenfarm darüber ausgeschüttet und seine Augen huschen hin und her, ohne etwas Spezielles fixieren zu können. Er schwankt von einem Bein auf das andere. Das Ding kennt, wie ich, die Bilder, die von Angst und Furcht mit einen gehörigen Klecks Panik in Toms Geist gemalt werden und ist erregt. Es ist jetzt ganz aus dem Busch herausgeglitten und tastet sich vorsichtig näher an seine Beute ran. Sein amorpher Körper verformt sich auf seiner Ebene und macht sich zum Sprung bereit. Schwarze Haare sprießen überall und es zieht sich zusammen wie eine Schnecke, die man mit Salz bestreut. Zwei Hörner wachsen aus dem Klumpen, der sich zu einem Kopf ausbildet und zwei glubschende gelbe Punkte erscheinen da, wo bei einem Menschen die Augen sitzen. Ich sehe zu, wie es zum „tanzenden Teufel" wird.

Wenn ich könnte, würde ich Tom anschreien, wegzulaufen, die Beine in die Hand zu nehmen und abzuhauen, solange er noch kann. Doch ich kann nur beobachten und hoffen.

Tom trinkt einen Schluck aus der Dose. Das Bier ist längst schal und schmeckt abgestanden wie ein alter Keller. Dennoch schluckt er den Großteil der kalten Flüssigkeit runter und spuckt den Rest unbewusst in Richtung des sich nähernden Schreckens.

„Vielleicht spielt dir dein Geist Streiche, du bist ganz schön dicht", spricht er laut in die Dunkelheit und dreht sich wieder um, um seinen Weg fortzusetzen. Doch ich und der tanzende Teufel, welcher sich jetzt auf seine beiden Hinterbeine stellt, spüren den Zweifel in seinen Worten.

Nervös inhaliert er weiter den verbrannten Tabak in seine Lungen. Sein ganzer Körper fühlt sich jetzt so kalt wie seine linke Hand an. Er hat das unbeirrbare Gefühl, nicht allein zu sein, dass er verfolgt wird, und damit hat er leider recht. Noch kann er das Buschmonster, den tanzenden Teufel, nicht sehen, aber je mehr sich Tom fürchtet, desto mehr der Kreatur dringt in Toms Realität. Erste Umrisse eines Schattens zeichnen sich blassgrau und kaum wahrnehmbar auf dem nächtlichen Asphalt des Weges hinter Tom ab.

Er geht über einen kleinen Steg, der in japanischem Stil über einen schmalen Zulauf führt, der den See hinter ihm speist und der ihm folgende Schatten wird zunehmend deutlicher. Wie ein undichtes Ventil tropft mehr und mehr des Wesens in Toms Welt. Zottelige Krallen sind erkennbar und Hörner an einem Kopf, an dem zwei blasse gelbe Augen glimmen. Der Fisch ist fast eingeholt.

Ich habe so was schon oft gesehen und weiß daher ziemlich genau, was jetzt kommen wird. All die Äonen stand ich da, sah zu und habe nur beobachtet. Doch an diesem Abend im Hippergrund-Park kommt mir ein Gedanke: *Wenn so ein Haufen Pro-*

toplasma, eine transsubstanzielle Ausgeburt der jenseitigen Sphäre wie das Buschmonster die Grenzen zu Toms Welt überwinden kann, warum dann nicht auch ich? Immerhin sollte ich eine weiterentwickeltere Spezies sein als alle beiden zusammen.

Ich konzentriere mich, sammle meine Kraft, meine Erfahrungen, die ich über eine nicht zu benennende Zeit an unzähligen Orten und Welten gesammelt habe und lass sie in mir gären, wie ein Orangensaft in der Sonne. Ich weiß nicht genau, was ich mache, doch etwas platzt aus mir heraus. Nicht akustisch, das wäre unmöglich. Es ist, als würde ich Toms Gedanken überschreiben. Aus Leibeskräften brülle ich einen Funken in seinen Verstand und leckte an seinem Geist: LAUF!!!

Dann versuche ich, ihn an den Schultern zu packen.

Doch Tom bleibt stehen, ihm ist kalt und mir auch. Sein Bewusstsein rieselt wie Sand in einer Sanduhr durch mich. Ich blicke zum Schatten, der immer noch nicht ganz erkennbar zwischen den Ebenen des Seins steckt, und auch er hat innegehalten. Hat mich etwa doch einer gehört? Toms Blick klärt sich, er ist berauscht, doch nicht vom Dope. Wie Wolken, die den Sonnenstrahlen weichen, klärt sich sein Geist, zumindest kurzfristig.

Langsam führt der junge Mensch die Bierdose an seinen Mund und nimmt einen Schluck, lässt jedoch noch eine Pfütze des schalen Getränks in ihr zurück. Ich spüre die Kälte an ihm, dann weicht auch sie aus ihm. Dafür höre ich Akzeptanz. Tom hat akzeptiert, was er gesehen hat. Etwas erblüht in seinem Verstand und strömt dann aus ihm heraus, doch es ist weder Angst noch Panik. Es ist Wissen. Altes Wissen. Es schmeckt nach Erinnerung. Es ist Gelassenheit. Es ist die Abwesenheit von Furcht. Der Fisch hat die Leine zerrissen.

Tom dreht sich um. Seine Augen fixieren den tanzenden Schatten auf dem Boden und er schaut dem nicht materialisierten Ding in seine gelben Glubschaugen. Dann spuckt er das Bier aus seinem Mund dem Wesen direkt in sein von Hörnern umrahmtes Gesicht. Die Flüssigkeit fällt in Toms Welt auf den Boden und auf den blassen Schatten. Der tanzende Teufel zuckt erst zusammen, dann jault das Ding auf und schlägt sich die pelzigen

Klauenhände vors Gesicht. Das Bier brennt sich in den Schatten und lässt kaum merklich Rauchschwaden von dem Asphaltweg aufsteigen, als hätte Tom konzentrierte Säure gespuckt. Ruhig und mit einer von mir seit nahezu unendlich langer Zeit nicht mehr gesehenen Sicherheit zieht Tom noch einmal an seiner Zigarette. „Fahr zur Hölle, du Bastard", spricht er zu dem vor Schmerzen tanzenden Teufel und schnipst die Lucky dem Schatten entgegen. Ich kann beides sehen. Wie die Zigarette in Toms Welt durch die Luft fliegt und mit einem kleinen Funkenschlag auf dem Weg aufschlägt, aber auch, wie der Zigarettenstummel auf der Ebene des Buschmonsters, einem flammenden Projektil gleich, den pulsierenden Körper des „tanzenden Teufels" durchschlägt. Das Ding kreischt atonal vor Verwunderung, Wut und vor Schmerzen, was sich wie Musik für mich anhört. So etwas hat es – und auch ich – schon seit Jahrhunderten, vielleicht sogar seit tausend Jahren nicht mehr erlebt. Ob es Instinkt oder einfach nur Glück war, mag dahingestellt sein, aber Tom hatte in seinem Zustand, an diesem Abend für einen kurzen Zeitpunkt die richtige Schwingung erreicht. Fluchtartig zieht sich die Kreatur verletzt in den Busch zurück, während seine angenommene Form zerfällt, wieder amorph wird und protoplasmische Substanz aus den Wunden an seinem Leib sickert.

Toms Gefühle sind gerade faktisch nicht vorhanden, in seinem Geist herrscht einfach nur Ruhe und innerer Ausgleich. Dann steckt er sich eine neue Zigarette zwischen die Zähne und zündet sie entspannt an. Er legt den Kopf in den Nacken, als er den Rauch ausatmet, sodass dieser wie eine entschwindende Seele zum dunklen Himmel hinaufsteigt. Dann verschüttet er den letzten Schluck Bier auf den Rasen des Parks, während sein Geist die Worte „für die Götter" formt.

Ich weiß, dass ich kein Gott bin, nehme sein Geschenk dennoch dankbar an und gucke ihm zu, wie er seine Schritte in Richtung Parkausgang lenkt. Für heute werde ich ihm nicht weiter folgen. Ich fühle mich berauscht und habe den Eindruck, dass sich was geändert hat. Dass ich etwas geändert habe.

Mit diesem Hochgefühl bewege ich mich in eine andere Richtung. Immerhin gibt noch genug andere Menschen, die jetzt gerade unterwegs und beobachtungswert sind. Sollte ich Tom wiedersehen wollen, weiß ich eh, wo ich ihn finden werde.

VORWORT

Wie schon in der Einleitung zu dieser Sammlung erwähnt, entstand die Idee zu der Story auf einer Fahrt zu meinen Schwiegereltern Anfang 2020. Meine liebste Lieblingskollegin im Büro, und mittlerweile sehr gute Freundin, hatte mir von einem privaten Problem erzählt, wobei ich ihr nicht helfen konnte, aber meine Frau. Auf dem Weg an einem Freitagabend im Januar 2020 telefonierten die beiden also, während ich durch die Nacht fuhr. Meine Frau stand meiner Kollegin mit fernmündlichem Rat zur Seite und half so gut sie konnte. Die beiden Frauen fanden eine Lösung und das Telefonat endete. Ich für meinen Teil profitierte insoweit ebenfalls von dem Gespräch, dass mir dazu diese Geschichte in den Sinn kam und ich wieder etwas hatte, woran ich im Büro arbeiten konnte, falls es wieder nicht anderes zu tun gab (und das gab es in der Abteilung leider oft).

Welche Teile davon Fiktion und welche Realität sind, überlasse ich ihrer eigenen Fantasie und Vorstellungskraft. Nur eines möchte ich verraten: den Fuchs gab es wirklich.

+49 163 2215739

Für Genna Di Febo

Sie fühlten sich verpflichtet, an diesem Wochenende zu helfen, und das Zurecht. Deswegen waren Julius und Lola auf dem Weg nach Bodenwerder.

Es ging dabei nicht etwa um eine direkte Bringschuld, sondern eher um eine moralische Verpflichtung, wie man sie unter guten Freunden oder in der Familie oft fand. Deswegen gab es kein faules Wochenende auf der Couch, sondern ein Wochenende der fleißigen Hände in der Geburtsstadt des berühmten Barons von Münchhausen.

Lolas Vater hatte dort ein neues Objekt erworben und stemmte gerade mit dem engsten Kreis der Familie die Renovierungs- und Umzugsarbeiten (bei einer Großfamilie von drei Brüdern und zwei Schwestern mütterlicher- und sechs Schwestern väterlicherseits sowie einer ganzen Heerschar von Cousins, Cousinen und deren Ableitungen, ergänzt um eine unbestimmte Anzahl des Verwandtschaftspräfix *Groß*, konnte man bei insgesamt sechs Personen, die helfen würden, schon von dem engsten Kreis reden). Oft genug war Lolas Familienzweig, vorne weg ihre Eltern, für sie dagewesen, hatte mit angepackt, wenn Not am Mann war oder ihr und Julius finanziell ausgeholfen. Jetzt konnten sich die beiden wenigstens ansatzweise revanchieren und würden die Überraschungsgästehelfer sein. So war es mit Lolas jüngerer Schwester Tina abgesprochen und deswegen der Trip zu der Stadt an der Weser.

„Ich bin mal gespannt, was sich dein Vater jetzt schon wieder vorgenommen hat."

„Ich habe auch nur die Handybilder gesehen, was bisher schon gemacht wurde. Du hast die Bowlinghalle ja Silvester gesehen, aber wie genau die umgearbeitet werden soll, weiß ich auch nicht."

Die Aussage wunderte Julius nicht im Geringsten.

„Na ja, ich schätze mal, es wird erst mal eine ganze Menge rausgerissen werden", schlussfolgerte Lolas Gatte, während im

Radio eine MP3-CD mit Lolas neuesten Spotify-Entdeckungen lief.

Alle beide kannten den Tatendrang und die Visionen von Bert Hammerschmidt, der schon einen Blumenladen sowie eine kleine Boutique in wunderschöne Ferienwohnungen samt Wellnessbereich umgearbeitet hatte, und das Ganze in Eigenregie und größtenteils ungelernt. Man konnte Bert Hammerschmidt einiges nachsagen.

Er war ein ruhiger Typ und weiß Gott kein Mann großer Worte (das hatte er bei der Hochzeit der beiden im vergangenen Jahr deutlich unter Beweis gestellt „Lieber Julius, liebe Lola, alles Gute!" – Ende der Brautvaterrede). Laut Lola war er auch nur bedingt ein guter Vater gewesen, da er damals als Berufskraftfahrer ständig unterwegs war und wenn er doch mal zu Hause vorbeischaute, auch gerne mal bis morgens in einer Kneipe versackte.

Damals war Lola oft von dem Streit zwischen ihren Eltern wach geworden und nicht nur einmal musste der Geschirrbestand im Hause Hammerschmidt aufgefüllt oder gänzlich neu gekauft werden.

Doch diese Zeiten waren schon lange vorbei (zumindest was das Kraftfahren und den Geschirrverbrauch anging) und Julius hatte Bert immer nur als entspannten Herrn fortgeschrittenen Alters kennengelernt, der zwar immer noch gerne einen hob (was Julius nicht unangenehm war, da er ebenfalls über ordentliches Kneipensitzfleisch verfügte – Töchter suchen sich halt doch irgendwie immer Männer wie ihre Väter aus), dessen Fokus jetzt aber auf ganz anderen Sachen lag.

Was jedoch eine seiner herausragenden Eigenschaften, wenn nicht sogar seine herausragendste darstellte, war sein handwerkliches Geschick und, so fand Julius, der Mut, sich an abenteuerliche Projekte heranzuwagen, um seine Vorstellung nahezu eins zu eins umzusetzen. Egal, wie abstrus sie auch erst mal klingen mochten.

Dabei rechnete Bert in Gelddimensionen, die Julius und Lola mehr als luxuriös empfanden. Die Glastür für eine der Duschkabinen in der alten Wohnung ihrer Eltern, welche auch gleichzeitig als Dampfsauna betrieben werden konnte und Platz für eine Kleinfamilie bot, kostete mal eben knapp tausend Euro und somit fast einen ganzen Monatslohn von Lola als Zahnarzthelferin. Und genau dieses Stück Glas, was ein Viertel des Kaufpreises von Julius und Lolas Autos wert war, ist beim Einbau in tausend Teile zersprungen (einen Euro für jeden Splitter). Bert hatte danach nicht mal kurz geflucht, sondern einfach eine neue geholt. „Bringt ja alles nix", pflegte er bei so etwas zu sagen und einfach weiterzumachen. Da zahlte sich die kühle Ruhe und das entspannte Wesen von Berts nordischen Charakter aus, so wie man seine Geburtsstätte Petershagen noch zu Norddeutschland zählen konnte.

Jetzt sollte es dann eine Bowlinghalle sein, welche zum neuen Firmensitz von „Fantasy Arts", der 3-D-Druck Firma von Lolas Eltern, sowie zum neuen Wohnsitz von Bert, seiner Gattin Agata als auch von Tina und ihrem Freund Sven werden sollte. Tina und Sven arbeiteten ebenfalls in der Firma und gaben so dem Begriff „Familienbetrieb" seine ordnungsgemäße Rechtfertigung. Das ganze Objekt sollte eine knappe Million kosten und Julius hatte angesichts der Summe geschluckt, aber Bert hatte ihm die Blässe im Gesicht entweder nicht angesehen oder es war ihm egal. Agata hatte ihm und Lola dann vorgerechnet, dass durch die Steuerabsetzungen, den Verkauf des alten Firmengebäudes sowie der aktuellen Wohnung, wegfallende Fahrtkosten zur Firma hin, zusätzliche Einnahmen aus den Ferienwohnungen im Sinn, man letzten Endes nur eine Finanzierung von ungefähr zweihunderttausend Euro benötigte. Nicht viel für jemanden, der es sich leisten konnte, Brot nach einem Tag wegzuschmeißen, weil es so alt ja nicht mehr schmeckte. Auch hatte sich Bert vor Kurzem von seinem Boot getrennt (in letzter Zeit führte die Weser so wenig Wasser, dass man beschlossen hatte, dass ein Boot nicht mehr nötig sei), dafür aber einen '64 Chevrolet Chevelle gekauft. Die Malibu-Version mit 182 PS und mit knapp vier Litern Hubraum, um die Quentin Tarantino in einer Anspielung auf die Geschichte des norwegisch-walisischen Schriftstellers Roald Dahl, Man from the South in dem Film Foor Rooms wettete. Und wenn man einen '64er Chevi Chevelle fährt, einen Blumenladen in eine Traumwohnung und eine Boutique in eine luxuriöse Ferienlounge umwandeln kann (und das auch einfach nur, weil man es kann), warum sollte man dann nicht auch in einer umgemodelten Bowlinghalle seinen Firmen- und Wohnsitz haben?

Die Tauglichkeit der Bowlinganlage an sich hatte man schon zum Jahreswechsel ausgiebig getestet und zu jener Gelegenheit hatte Julius scherzhaft gemeint (auch wenn schon keiner mehr über diesen Witz lachte), dass Bert langsam aber sicher ganz Bodenwerder aufkaufen würde. Auch Julius' Vermutung, dass Bert über kurz oder lang zum Bürgermeister ernannt werden würde, wiederholte sich mindestens einmal pro Wiedersehen. Lola hielt es da eher wie ihr Dad und blieb lieber wortkarg, nicht minder daran zweifelnd, dass ihr Vater hinbekommen würde, was auch immer er sich vorgenommen hatte. So wie jedes Mal. Sie brauchte dafür nur in sich hineinzuhören. Immerhin war sie ihres Vaters Tochter.

In einer Sache unterschied sich Lola jedoch gänzlich von ihrer Familie. Damit war nicht etwa ihr Liebesleben gemeint, wie bei ihrem schwulen Onkel Jakob, der jüngste Bruder ihrer Mutter, welches Großmutter Wollmann immer missbilligte, was wiederum Onkel Jakob dazu brachte sich zu verbiegen und zu verdrehen, um es seiner Mutter recht zu machen. Das Ganze führte dann auf Familienfesten, gerade wenn es feuchtfröhlich herging, fast immer zu einer Eskalation. Gott sei Dank hatte Jakob sich erst nach dem Tod seines und Agatas Vaters geoutet, sonst wäre er sehr wahrscheinlich verstoßen und enterbt worden.

Es war auch nicht Lolas Lebensstil, wie der ihrer verschollenen Großcousine Eveline, welche sich nach einigen erfolgreichen Jahren als Brokerin in New York als Globetrotter und Abenteurerin neu definierte und es sich zur Aufgabe gemacht hatte, in jedem Fluss der Welt einmal zu baden. Aktuell hielt sie sich wohl irgendwo im ostasiatischen Raum auf.

Im Gegensatz zu diesen doch recht profan erscheinenden Charakterzügen und Lebenseinstellungen war Lolas etwas Andersartigkeit wesentlich außergewöhnlicher. Man könnte sogar sagen, dass ihre Gabe sie nahezu einzigartig in den beiden ansonsten scheinbar gutbürgerlichen Familienzweigen machte.

Nun befanden sich, wie ein jeder weiß, hinter den Kulissen jeder Familie, der Gruppierung und jedes Menschen dunkle Brunnenschächte und tiefe Schluchten in die vor langer Zeit Zwischenfälle und Begebenheiten geschubst worden sind, um sie zu vergessen oder zu vertuschen. Jedoch wie bösartige Wiedergänger finden solche totgeschwiegenen Geheimnisse beizeiten ihren Weg zurück an die Oberfläche.

Ebenso wie die Gerüchte über die Geschehnisse, die man nicht laut aussprach, die aber ein jeder wusste. Sie glommen im Verborgenen weiter wie ein Schwelbrand, nur um dann, eines Tages, wenn der Wind richtig stand, erneut angefacht und zu einem Lauffeuer zu werden, der alles zu Rauch und Asche verkommen ließ. Dabei reichte die Bandbreite der vertuschten Posteriora von kleineren Strafdelikten, bizarren Liebesspielen, Suchtverhalten, Krankheiten bis hin zu Gewaltausbrüchen und Schlimmerem. Das war nun mal so und es ist überall so.

In jeder Familie, jedem Verein und anderen Gruppierungen. Immerhin konnte man den Menschen, auch den besten Freunden und denen aus der eigenen Familie nur vor den Kopf gucken. Aber tief im Inneren hatte jeder seinen Brunnenschacht.

Lolas Andersartigkeit ging jedoch in eine gänzlich andere Richtung und nicht etwa von so etwas Banalem wie ihrem Kleidungs-, ihrem Musikstil oder ihrer sexuellen Neigung aus. Sie hatte nicht mit elf das Perpetuum Mobile erfunden, gefixt oder einer kriminellen Jugendbande angehört. Das Besondere an ihr lag an ihrer spirituellen Natur. Sie war eine Hexe.

„Ich bin eine moderne Hexe", hatte sie ganz am Anfang, als Julius und sie sich näher kennenlernten, im Spaß zu ihm gesagt. „Wir bekommen leider keine staatlichen ‚Kehr-Pakete' und benutzen daher keine Besen mehr. Wir sind einfach mit der Zeit gegangen und jetzt auf Staubsauger umgestiegen." Ihr ganzes Dasein als Person, die sie als Hexe bezeichnete, war jedoch nicht wirklich von Spaß durchzogen. Wie so oft waren es gerade die ersten Jahre, die die schlimmsten sind.

Damals, als sie zwar merkte, dass sie anders war, es aber nicht benennen konnte und sie den Begriff Wicca weder kannte noch das Internet zur permanenten Verfügung stand. Es waren für ein junges Mädchen gruselige Dinge, die ihr Angst einjagten und bei denen sie nicht recht wusste, wie ihr eigentlich geschah. Da zu dem Zeitpunkt auch gerade ihre Schwester geboren wurde, boten ihre Eltern auch keine wirkliche Anlaufstelle für sie und so blieb ihr nur sie selbst, um sich zu verstehen. Die logische Erklärung der Ereignisse überstieg irgendwann ihr rationales Denken und sie begann, sich näher und intensiver mit sich und ihrer Andersartigkeit auseinanderzusetzen. Das war die Zeit, in der ihr Bibliotheksausweis heiß lief und sie ihre Leidenschaft fürs Lesen entdeckte. Besonders in den Bereichen der fantastischen und fachlich-historischen Literatur und damit einhergehend auch mit alternativen Religionen. Sie erkannte ihre spirituellen Fähigkeiten und konnte ihnen einen Namen geben. Mehr und mehr stellte sie fest, dass sie mit solchen Gaben nicht allein war und dass sie von Außenstehenden oft eher nur belächelt wurden. Sie erkannte sehr schnell, dass ihr Talent nichts ist, was man in seinen Lebenslauf reinschrieb oder damit hausieren ging.

Es wurde lange Zeit zu ihrem bestgehüteten Geheimnis.

Man sollte sich, wenn man das Wort Hexe in der heutigen Zeit hörte, grundlegend von den Hollywoodgeschichten verabschieden, die einem durch die moderne Kinowelt und die märchenhaften Bettgeschichten in der Kindheit eingeimpft wurden. Bei den Personen, die sich im einundzwanzigsten Jahrhundert mit diesem althergebrachten Namen betitelten, handelte es sich nicht um pseudo-bösartige Teufelsanbeter, verschrobene Spinner, die die falschen Drogen genommen haben, oder Hobbysatanisten, die nachts auf dem Friedhof Gräber schändeten und ihren Hamster opferten.

Wenn man an solche billigen Klischees glaubte, dann könnte man ebenso davon ausgehen, dass jeder, der einen Garten hat, auch Hasch anbaut und die Grünen wählt.

Bei dem Thema um das Wiccatum sollte der denkende Mensch sich fundamental von dem Gedanken verabschieden, dass die Anhänger dieser Glaubensrichtung irgendwelche schwarze Messen abhielten und/oder dunklen Séancen beiwohnten. Moderne Hexen und Hexer konnten auch nicht mit Feuerbällen um sich werfen (auch wenn Lola es sich manchmal gerne gewünscht hätte) und Lola verspürte auch nicht den Drang, zur Walpurgisnacht nackt um ein Feuer zu tanzen (was sich wiederum Julius sehr gerne gewünscht hätte).

Ebenso wenig hatte sie irgendwelche Dämonen bekämpft. Sie ging auch nicht nachts wie Buffy, die Vampirjägerin, oder die Geschwister Winchester auf Patrouille, um die Welt vor einer Bedrohung durch Untote oder Ähnliches zu beschützen. Und schon gar nicht beschwor sie diese selber in irgendwelchen finsteren Ritualen, um die Welt über den Jordan gehen zu lassen.

Diese Verunglimpfung von Hexen in Literatur und Film machte sie nur fuchsteufelswild und sorgte dafür, dass ihr ruhiges Wesen unter null gefror, sodass man sich an ihrem kalten Zorn verbrennen konnte und das ganz ohne Hexerei.

Immer wenn es in den Unterhaltungsmedien irgendeine magisch begabte Schurkin gab: Hexe. Die Hexe und der Zauberer, Der Zauberer von Oz, die Chroniken von Narnia, Dark Shadows, die Artus-Saga, Blair Witch Projekt, Hänsel und Gretel beziehungsweise so ziemlich jedes Märchen, in denen es nicht die böse Stiefmutter ist. Überall immer nur böse und zum Teil verunstaltete Frauen, die selbstbezogen und bösartig für Leid, Kummer, Mord und Chaos sorgen. Wann hatte man zuletzt mal zum Beispiel in der Artussage gelesen, dass seine Schwester Morgana le Fay eine Priesterin, Druidin oder etwas Ähnliches war?! Nein, Hexe! Und damit verdorben, abartig, böse!

„Schönen Dank auch Christentum. Eure Inquisition gegen Frauen, die über althergebrachtes Wissen verfügten, eigene Gedanken hegten und somit gegen eure entfremdeten Ansichten der Bibel verstießen, erzielte noch knapp vierhundert Jahren später seine Wirkung", wetterte sie dann immer erbost. Es musste also auch nicht erwähnt werden, wie Lola zur christlichen Kirche als Groß-Institution an sich stand. Auch über Märchen sollte man in dem Kontext besser nicht mit ihr diskutieren. Sollte sie je jemanden aus der Familie Grimm in die Finger bekommen, so würde sie ihm mal ordentlich die Meinung geigen.

Schon vor ihrer literarischen Erkenntnis über ihre Natur hatte sie ein feines Gespür für Pflanzen und liebte Tiere. Menschen jedoch empfand sie bestenfalls als nervend, da sie in ihren Augen zu den dümmsten Kreaturen der Welt gehörten, die es eigentlich besser wissen müssten. Somit gesellte sich zu ihrer nordischen, kühlen Art, auch noch eine gesteigerte Portion Misanthropie, was, zuzüglich zu ihrer introvertierten Art, eine exquisite Mischung ergab, welche viele fälschlicherweise als Arroganz deuteten. Dabei war es einfach nur schlichtweg Ablehnung mit einem gut kaschierten Schuss eigener Unsicherheit. Daher zog sie eine Mauer hoch, eine unsichtbare Barrikade, um sich selber zu schützen. Nicht selten bestätigte Julius ihr eine Aura der Unnahbarkeit und die Fähigkeit, jemanden mit einem Blick den Mittelfinger zu zeigen. In diesem Zuge nannte er sie auch immer Eiskönigen, was ihr so gar nicht schmeckte.

Das Wiccatum an sich wird in einigen Ländern bereits als Religion anerkannt, was bedeutet, dass, wie bei jeder religiösen Bewegung der Welt, jede Menge Unter- und Abarten existieren, da es immer irgendwelche Leute gibt, die dieses oder jenes anders sehen, beziehungsweise besser machten. Im Allgemeinen beinhaltet diese naturverbundene Spiritualität das Grundverständnis eines erweiterten Horizonts und äußerte sich nicht nur in einem gesunden und umsichtigen Umgang mit jeglichen Lebewesen (was im Grunde ja auch auf jeden Buddhisten, Hindu oder Hippie zutraf). Grundlegend war hierbei jedoch nicht das zwangsläufige Verehren und Anbeten einer anthropomorphen Personifizierung oder übergeordneten Macht in Form einer Gottheit, sondern der Glaube und die Besinnung darauf, dass alles im Grunde eine Einheit und miteinander verbunden war. Oder, wie Elton John bereits im König der Löwen gesungen hatte: Ein Kreislauf des Lebens.

Zum besseren Verständnis konnte man auch das spirituelle Prinzip hinzuziehen, welches besagte, dass in allen Bereichen des Kosmos die gleichen polaren Ordnungsprinzipien am Werk waren und dass sich auch im Kleinsten stets das Ganze widerspiegelte. Die Natur als Grundlage allen Seins war daher von den modernen Hexen und Hexern als „heilig" angesehen, was sie nicht zwangsläufig zu Baumkuschlern oder Öko-Terroristen machte, obwohl es sicher auch solche Extremisten gab. Aber ist das nicht überall so, sobald aus einer Idee eine Bewegung wird? Die esoterische Verbundenheit zur Natur diente als kraftgebender Urgrund und Anker. Und wer hatte nicht schon mal nach einem anstrengenden Arbeitstag Kraft aus einem Waldspaziergang sowohl in körperlicher als auch geistiger Hinsicht gezogen?

Ähnlich wie bei einem jeden Menschen, so waren die Talente von denen, die sich mit dem Begriff einer Hexe oder eines Hexers betitelten, anders und wie von einem übersinnlichen Kartengeber unterschiedlich verteilt. Dabei reichte die Bandbreite vom Althergebrachten bis hin zum aktuell Modernen. Von der Kräuter- bis zur IT-Hexe.

Bei Lola zeigte sich ihre natürliche Affinität zum Übersinnlichen in der Regel in emphatischen Empfindungen, das Fühlen und die Erahnung von vergangenen Ereignissen an bestimmten Orten oder von bestimmten Personen, aber auch das Ahnen von zukünftigen Geschehnissen. Wie ein Sonar konnte sie die emotionale Physis von Menschen und Orten ergründen, beziehungsweise wurde in traumartigen Visionen von ihnen aufgesucht. Die Intensität von Aufrichtigkeit, aber auch Falschheit, Glück und Trauer manifestierten sich durch ihren spirituellen Sinn wie eine Art Aura um Personen herum. Das brachte ihr eine schnelle Einschätzungsgabe von Personen und eine gute Menschenkenntnis. Jetzt könnte man annehmen, dass ihr das in so manchen Lebenslagen, wie zum Beispiel ihren Beziehungen, weitergeholfen hatte, doch hatte sie so manchen Frosch geküsst, bis sie Julius zu ihrem Prinzen erkor. Zwar war sie von ihren vorherigen Partnern und sogenannten „Freunden" oft enttäuscht und auch betrogen worden, jedoch war sie davon nie wirklich überrascht gewesen. Irgendwie hatte sie es ja doch geahnt oder besser wissen können. Nur weil man eine Hexe ist, heißt das ja auch nicht, dass man nicht vor gewissen Dingen absichtlich die Augen verschloss und sich lieber auf das Schöne konzentrierte.

Seit ihrer Kindheit suchten sie nicht nur Vorahnungen heim, sie hatte auch eine ausgeprägte Empathie für Orte. Mit zehn fand sie zum Beispiel das Grab ihres Urgroßvaters, ohne jemals zuvor auf dem Friedhof in Misburg gewesen zu sein. Würde sie dieses Phänomen erklären müssen, würde sie es als Art Vertrautheit beschreiben, die ihr den Weg wies und das, obwohl sie sich beide nie kennenlernen durften. In den Jahren ihrer wilden Sturm- und Drangphase, jenseits der Pubertät, hatte sie auch schon mal den einen oder anderen Zauber versucht und erfolgreich gewirkt, jedoch schnell wieder davon abgelassen. Die Ergebnisse waren selten wie erwartet und kamen, einem Bumerang gleich, in unangenehmer Intensität negativ zu ihr zurück.

Von einigen Ereignissen in ihrem andersartigen Dasein hatte sie Julius im Laufe ihrer Beziehung erzählt. Von Fehltritten, Ahnungen und Übersinnlichem. Was ihm jedoch einschneidend in Erinnerung blieb, war das Bild, das sie irgendwann im Jahre 1997 gemalt hatte.

Darauf war die Bleistiftskizze der Skyline einer Metropole zu sehen, in deren Mitte zwei herausragende Wolkenkratzer brannten. Am 11.09.2001, fast vier Jahre, nachdem Lola das Bildes gefertigt hatte, krachten zwei Boeing 767 in die Twin Towers des World Trade Centers und gingen als terroristischer Massenmord mit fast dreitausend Menschen in die Geschichte ein. Sie hatte die Bilder damals im Fernseher gesehen und erst für einen Film gehalten. Das Nachrichtenlaufband darunter ließ sie schließlich die schockierende Realität erkennen und doppelt geschockt ging sie weinend in die Knie. Dann schluckte sie es runter und versenkte das Bild für lange Zeit in ihrem Seelenbrunnenschacht.

Julius hatte Lola gegen 16 Uhr von der Arbeit aufgelesen, um dann direkt durchzustarten, bevor der Verkehr im Großraum des Ruhrgebiets zum vollkommenen Erlahmen kommen würde. So wie es in jedem Ballungsgebiet zur Rushhour war. Die Taschen

mit Arbeitskleidung, Werkzeug, Waschzeug und allem Weiteren, was man für ein Wochenende fern der eigenen Wohnung benötigte, hatten sie schon am Abend zuvor gepackt und im Auto verstaut. Als Wegzehrung hatte Julius die Reste aus dem Kühlschrank in fahrerfreundliche
Happen verwandelt und als Lola die Praxis verließ, wartete auch noch ein frisch erlegter Döner auf sie.

Sie mussten erst ein Stück der A 1 in Richtung Bremen folgen, was sich angesichts von Uhrzeit und Wochentag schon als Geduldsprobe erweisen sollte, waren dann bei Unna auf die A 44 Richtung Kassel und dann ein Stück die A 33 bis Paderborn gefahren. Der Verkehr war wie erwartet zähfließend für einen Freitagnachmittag mit vereinzelten Staueinheiten um die Ballungszentren wie das Westhofener und das Kamener Kreuz sowie kurz dahinter, was Julius immer an den Rand des Wahnsinns trieb. Ähnlich wie Grönemeyer fand er, dass Stillstand der Tod sei, und verfluchte im Stau lauthals all die „Arschlöcher, die zu blöd zum Autofahren sind", besonders wenn die Verkehrsbehinderung sich dann nach einiger Zeit auflöste und weder ein Unfall noch eine Baustelle oder sonst eine Beeinträchtigung zu erkennen war.

„Wie kann das sein, dass wir jetzt so lange für nichts gewartet haben?", fragte er dann immer rhetorisch, wobei sein innerer Schalter dabei regelmäßig auf der Kippe zum Cholerischen stand. Er betonte dann auch hin und wieder, wie gut es sei, dass Deutschland so scharfe Waffengesetze habe, da er ansonsten diesen >>hier bitte ein beliebiges Schimpfwort einsetzten<< (und Julius' Repertoire an Schimpfworten umfasste mehr, als in der British Library of London stehen) einen Grund geben würde, langsamer zu fahren. Geduld war definitiv nicht seine Stärke.

Doch all das lag nun bereits hinter ihnen und je weiter sie sich vom Ruhrgebiet entfernt hatten, umso reibungsloser floss der Verkehr auf dem asphaltierten Bachbett der Autobahn dahin.

Zwar hatte Julius nie ganz verstanden, was es mit Lolas Ahnungen, Träumen und überhaupt diesem ganzen Hexenkram auf sich hatte, doch er glaubte ihr jedes Mal – nachdem er versucht hatte, alle rationalen und empirischen Erklärungen auszuschöpfen und dabei gescheitert war. Manche Dinge konnte er sich einfach nicht erklären und fast immer trafen Lolas Vorahnungen, die er in Ermangelung eines besseren Wortes einfach nur liebevoll ihren Hexensinn nannte, voll ins Schwarze. So erklärte sie ihm auch, dass manch eine scheinbar grundlose Diskrepanz zwischen ihr und ihren Mitmenschen sich auf ihre metaphysische Natur zurückführen ließ. So gab es nicht nur Hexen, sondern auch Wechselbälger, Engel, die sich in den Seelen der Menschen eingenistet (oder diese zumindest berührt hatten), Chimären, Homunkuli und noch viele weitere Menschen mit spirituellen Eigenschaften, welche sich in antiken oder märchenhaften Beschreibungen wiederfanden. Und nicht alle kamen von ihrer Natur her gut miteinander aus.

Natürlich funktionierte dies auch andersrum, wie zum Beispiel bei Lolas Zaubererbruder, Maximilian Schäfer. Seit der ersten Begegnung war da eine tiefe, seelische Verbindung, die, so hatte sie Julius stets versichert, nie ins Körperliche ausgeufert war.

Auch hier ist der Gedanke einer fantastischen Welt hinter der Welt, wo solche Menschen ihre Haut wie ein gebrauchtes Kondom abwerfen und in ihrer wahren Gestalt wandeln, lediglich etwas für Schriftsteller und Drehbuchautoren. Dieses alles findet hier und jetzt statt, auf einer emotional-spirituellen Ebene zwischen den unterschiedlichsten Dingen, was Julius nur schwer erfassen konnte.

Tief in seinem Inneren würde er gern an eine Welt mit so etwas wie Magie und Zauber glauben. An Feen, Kobolde, Geister und so weiter, aber sein Verstand fundierte auf den Gesetzen der Naturwissenschaften und fragte forscherbewusst immer nach dem Wieso, Weshalb, Warum. Jesus würde ihn ebenso schelten, wie er im Lukas-Evangelium seinen Jünger Simon, dem er auf dem Weg nach Galiläa vorwarf, dass er nur das glaube, was er auch wirklich sah.

Ein Ansatz seiner Erklärungsversuche basierte vereinfachter Weise auf der Theorie von Energie- und Funkwellen. Nur weil man diese nicht sehen konnte, hieß das ja auch nicht, dass sie nicht da waren. Immerhin läuft das Internet bald mit 5G und Mobilfunk zieht sich, bei entsprechendem Netz, wie die Passatwinde um den ganzen Globus.

Und wenn man den Gedanken weiterspinnt, warum sollten die Emotionen, ob tiefe Gefühle von Liebe und Heimat, aber auch von Entbehrung und Gewalt nicht auch als Energierückstände an einem Ort zurückbleiben, selbst wenn der Energielieferant, wie zum Beispiel ein Mensch, schon längst nicht mehr da ist? Man baut sein Eigenheim ja auch nicht in der Todeszone um Tschernobyl oder Fukushima, auch wenn die Reaktoren dort nicht mehr arbeiten, oder?

Oder vielleicht gibt es Ereignisse, deren Geschehen wie ein Echo durch den Kosmos hallen, sich irgendwo brechen und wieder zurückrollen und das halt bis in einen Zeitraum hinein, der, temporär gesehen, noch vor dem eigentlichen Ereignis liegt. Und warum sollten gewisse Menschen nicht ein Gespür für derartige Dinge haben, beziehungsweise sensiblere Antennen für solche Energien, Schwingungen, was auch immer? Es gab Menschen, die noch ganz andere Sachen konnten. Wie einen ganzen Einkaufswagen in neun Monaten essen.

Nur weil Julius' Verstand auf Rationalität basierte, hieß das noch lange nicht, dass er nicht auch zu kreativem bis hin zu abstraktem Denken in der Lage war. Dafür sorgten schon seit seiner Jugend Romane von Schriftstellern wie Terry Pratchett, H. P. Lovecraft, Stephen King und seit 2008 die Filme aus den Disney-Studios, die ihn regelmäßig in die Comicwelt des Marvel Cinematic Universe entführten. Als waschechter Fan von solcher Unterhaltung wurde man dann auch schon mal hinsichtlich der „übersinnlichen Fähigkeiten" der Ehefrau kreativ, was das Erklären und damit das Begreifen dieses Talentes anging.

Nur dies vor anderen zur Sprache zu bringen, damit sollte man eher hinter dem Berg halten, da man damit recht schnell als Spinner abgestempelt wurde. Das hatte er erkannt, als er sein geballtes Wissen hinsichtlich übernatürlichen Phänomenen und okkulten Ereignissen in einer lockeren Bürorunde einmal zum Besten gegeben hatte.

Der Blick (der einherging mit einem peinlichen Schweigen), mit dem er danach von seinen Kollegen bedacht wurde, sagte so viel wie: „Oh, du armer Irrer." Bis eben warst du ja noch echt in Ordnung." *Großartig*, hatte er sich darauf gedacht, *jetzt zählst du nicht mehr zu den coolen Leuten. Wie damals auf dem Schulhof*, und vermied es seitdem, jenseits seines engsten Freundeskreises über so etwas zu reden. Ähnliche Erfahrungen hatte Lola schon wesentlich früher gemacht und hielt es ebenso wie ihr Ehemann. Um genau zu sein, achtete sie peinlich genau darauf, welche Personen sie mit diesem Thema konfrontierte. Diese Erkenntnis war gekommen, bevor sie sich vertrauensvoll an ihren Urgroßvater wenden konnte. Erschrocken und verwirrt war sie vorher an ihre Eltern herangetreten und hatte ihnen von den Dingen erzählt, die sie ahnte, spürte und träumte. Daraufhin wurde sie von ihren Eltern in psychologische Behandlung gegeben und verbrachte ein halbes Jahr in einem Sanatorium.

Sie waren auf der B 1 unterwegs, würden aber schon bald auf die B 239 und dann auf die L 886 Richtung Pyrmont abbiegen. Die Sonne war bereits untergegangen und der Mond sammelte sich immer mehr, um in einigen Tagen der Welt sein volles Angesicht zu präsentieren. Vom letzten Besuch bei Lolas Eltern zum Jahreswechsel wussten sie, dass sie in Schieder eine Umleitung fahren mussten, weil die K 67 zwischen Wörderfeld und Vahlberg wegen Bauarbeiten gesperrt war. Das wechselhafte Landschaftsbild von Mischwäldern, moorigen Bachtälern und frostbedeckten Feldern des Landkreises Lippe zog geschützt im Mantel der Dunkelheit an ihren Seitenfenstern vorbei, als Julius das Gespräch mit seiner Kollegin vom heutigen Vormittag einfiel.

In einem Büro ist es ziemlich normal, dass man sich mit seinem Büropartner austauscht. Was auch logisch ist, war der oder die Gegenüber doch der direkte Ansprechpartner, den man zur Verfügung hatte. Kontraproduktiv war es in dem Fall, wenn man nicht gut auskam oder, wie es so schön heißt, die Chemie nicht stimmte. Im Zuge von Teamfindungsübungen und im Schulterschluss gegen arbeitserschwerende Dinge wie Vorgesetzte,

Kunden, Dienstanweisungen und Kollegen anderer Abteilungen kam man in den gewöhnlich existierenden Konstellationen aber für gewöhnlich recht gut klar. Man muss sein Gegenüber ja nicht gleich zu einem Filmabend einladen oder zum Taufpaten erheben.

Für Ophelia Weber waren es die ersten Schritte ins richtige Berufsleben als sie, ohne groß gefragt zu werden, mit Julius zusammen in ein Büro gesetzt wurde. Im Zuge der gemeinsamen Zeit, welche Sie miteinander verbrachten, erwies es sich jedoch als emotionaler Glückstreffer, hatten sie beide doch mehr gemeinsam, als man vermuten sollte.

Sie hatte den letzten Teil Ihrer Ausbildung in Julius' Team an dem Katzentisch zwischen ihren beiden Ausbildern verbracht und war insgeheim froh darüber, nicht mehr direkt neben den Personen zu sitzen, welche ihr im letzten Praxisabschnitt über die Schulter und auf die Finger geschaut hatten (von den ätzenden Aufgaben in der Abschlussprüfung, welche sie wegen dieser beiden Spackos fast vergeigt hätte, mal ganz abgesehen).

Nun aber, nach bestandener Abschlussprüfung und mit einer beabsichtigten Halbtagsstelle in der Abteilung sollte ihre Karriere beginnen. Sie war jung, in einer funktionierenden Beziehung (jedenfalls meistens funktionierend und wenn auch nur mit sich selber), hatte ein schönes Zimmer für sich und eines für ihre Meerschweinchen in einer coolen Ladys-WG und ihr Auto hatte auch gerade erst wieder zwei Jahre TÜV bekommen, was schon fast an ein Wunder grenzte.

Jeder Außenstehende würde sie mit ihrem Outfit für eine Hardrock-Variante von Harley Quinn halten, was im Grunde genommen nicht mal abwegig war. Doch erkannte Julius schnell, dass in dieser leicht verpeilten Person mit den schlabbernden Bandpullis und den großen Rehaugen eine sanfte und besondere Seele ruhte. Von ihrer Art her erinnerte sie Julius an sich selbst, als er in ihrem Alter war (nur ohne Brüste und die bunten Haare) und er wollte verdammt sein, wenn er sich so spießig anstellen würde wie die Leute, bei denen er nach seiner Ausbildung gesessen hatte.

Das übliche Beschnüffeln sparte man sich, da schon in der Ausbildung diverse Parallelen festgestellt wurden, und beide freuten sich auf ein bisschen Gleichgesinnung bei der Arbeit. Zumindest für die Hälfte des Tages, denn die andere Hälfte arbeitete Ophelia als Empfangsdame, IT-Koordinatorin und Aushängeschild in dem Tattoo-Laden ihres Bruders.

Ihr Musikgeschmack, ihre Schrullen und die Art, wie sie die trockenen Sachverhalte und oft ermüdenden Meldungen durch die noch nicht verhärmten Augen einer Zwanzigjährigen sah, sorgten dafür, dass Ophelia zu einem kleinen, liebenswerten Regenbogen im grauen Büroalltag von Julius wurde. Und dieses Gefühl der Vertrautheit, welches über bloße Kollegialität hinausging, beruhte auf Gegenseitigkeit.

Fridays for Future, die neusten Tattoo-Ideen, Netflix, Konsolenspiele, Musik, die tolle Party letztes Wochenende, die kommende Party dieses Wochenende, die Bemühungen, weniger zu trinken, zu rauchen, und noch vieles mehr waren Themen auf dem Tisch zwischen den Memos und Akten zweier gleichgepolten Arbeitskollegen. Der kleine Altersunterschied von fast siebzehn Jahren, welche zwischen Ophelia und Julius lag, wirkte dabei eher erfrischend als beschränkend. So profitierten sie beide von der Expertise und der Sichtweise des anderen, welcher oft für einen Perspektivenwechsel sorgte. Was den Sender des Radios anging, einigte man sich schnell auf Radio Bob über das Internet und irgendwie hatten beide das Talent, immer dann über ein aktuelles Thema aus dem Radio zu sprechen, wenn der andere in seine Arbeit vertieft war. So kamen sie von diesem auf jenes und von Hölzchen auf Stöckchen, doch zwischen dem ganzen unbedeutenden Kram und dem Smalltalk-Gebrabbel kamen auch oft genug tiefere Dinge zur Sprache, bei denen man sich ansonsten eher die Lippen zunähen lassen würde, als darüber mit einem Arbeitskollegen zu reden.

So kam es dazu, dass Ophelia am zweiten Donnerstag des neuen Jahres, einen Tag bevor sich Julius und Lola nach Bodenwerder aufmachten, ihm Folgendes erzählte.

„Hey, hab' ich dir schon von letztens erzählt, wo ich nachts wach geworden bin?", begann sie zwischen zwei Songs und der klackernden Bürokulisse von Tastenanschlägen.

„Du, deine nächtlichen Toilettengewohnheiten sind ein bisschen mehr Info, als ich mir gerade erwünsche", feixte Julius zurück, ohne von seiner Arbeit aufzublicken.

„O Mann, nein." Ophelia rollte mit ihren großen Augen, wie immer, wenn Julius sie aufzog, indem er ihre Worte in guter Sitcom-Manier verdrehte. „Das meinte ich nicht. Hattest du das auch schon mal, dass du aus dem Schlaf hochgeschreckt bist, weil du dachtest, jemand sei in deinem Zimmer und beobachtet dich?"

„Ja, klar, aber dann ist es doch nur die verfluchte Katze, die an der Matratze kratzt", antworte Julius immer noch im Sitcom-Modus.

„Nein, so was meine ich nicht. Ich meine, wenn du alleine bist?", ihre Worte hatten jetzt an Heiterkeit verloren. Auch der ansonsten melodische Schwung in ihrer Stimme war verschwunden.

„Äh ... nein." Julius dachte kurz nach. „Okay, einmal weiß ich noch, aber wie sich rausstellte, war einer meiner dämlichen WG-Bros kurz vorher in meinem Zimmer, um sich irgendwas auszuleihen oder so, während ich tief und fest schlief."

„Ne, ich meine so wirklich alleine." Sie legte die Akte beiseite und blickte um ihren Monitor herum, um Julius ins Gesicht zu schauen. „Na ja, ich bin halt vor ein paar Tagen, ich glaube, war letzte Woche oder die davor, na ja, jedenfalls letztens irgendwann noch im Urlaub deswegen aufgewacht und hätte schwören können, dass einer da ist. In meinem Zimmer. Bin hochgeschreckt und könnte schwören, dass in der Ecke was war. So was wie ein Schatten von einer Person. Hab voll Herzklopfen bekommen und Panik geschoben und das Licht angemacht."

„Und?" Julius hatte das Arbeiten auch eingestellt und blickte an seinem Monitor vorbei zu ihr rüber.

„War natürlich nix. Niemand da. Aber danach, hältst mich jetzt bestimmt für bescheuert, aber als mein Freund am Wochenende bei mir geschlafen hat, hat er am nächsten Morgen gesagt, dass er die Nacht voll scheiße geschlafen hat, weil er ständig das

Gefühl hatte, dass er beobachtet werden würde. Halt so, als ob da noch wer im Raum gewesen war."

Ein leichter Schauer, wie von einer frischen Brise, kroch Julius vom Rücken bis in den Nacken. So ging es ihm auch immer, wenn Lola Geschichten aus ihrer Hexenwelt erzählte. Er wusste, dass da noch mehr kommen würde. Auch sparte er sich die Frage, ob es eventuell eines der Mädchen war, mit denen Ophelia zusammenwohnte. Diese Möglichkeit der rationalen Lösungsfindung hatte er gedanklich nach Ophelias Ergänzung bezüglich ihres Freundes ad acta gelegt.

„Das war noch nicht alles, oder?" Seine Frage war rein rhetorisch. Er kannte die Antwort schon längst.

„Ne, am selben Wochenende klopfe es von der anderen Wohnung her."

Seine freischweifenden Gedanken bekamen wieder festen Boden unter den Füßen. Er legte die Stirn irritiert in Falten.

„Was hat dein Nachbar damit zu tun?"

„Das ist es ja eben", keuchte sie. „Nebenan wohnt keiner. Die Wohnung stand schon leer, als ich eingezogen bin und die WG gegründet habe. Keine Ahnung, wie lange die schon unvermietet ist."

Erneuter Take-off für Spekulationen im Reich des Unfassbaren.

„Und dann?!", fragte er und wusste schon, was er ihr nach dem Gespräch raten würde.

„Na ja, als ich heute Morgen aus der Tür bin und abgesperrt habe, hätte ich schwören können, dass da einer in der Ecke der Nachbarwohnung stand. Also nicht im Rahmen, sondern in der Ecke. Hab irgendwas aus dem Augenwinkel gesehen, wie so etwas, was sich am Rand deines Blickfeldes befindet. Wie eine Silhouette am äußersten Winkel deines peripheren Sehens. Und dann, als ich hingeschaut habe, war da nichts mehr. Hab mich so erschrocken, dass ich mich erst mal auf die Treppen setzten musste. Ich schwöre dir, ich habe da jemanden aus den Augenwinkeln stehen sehen, aber halt nicht deutlich."

„Ich schätze mal nicht, dass es irgendein Nachbar aus dem Haus gewesen sein kann, oder?", fragte er und kannte die Antwort schon im Groben.

„Ne. Du glaubst bestimmt, ich spinne."

Sein Mund wurde trocken. „Nein, das tu' ich ganz und gar nicht. Ich glaube, ich kenne da jemanden, dem du davon mal erzählen solltest." Julius trank einen Schluck aus seiner Wasserflasche und wägte gedanklich ab, ob er noch mal wagte, die Natur seiner Ehefrau einem Arbeitskollegen zu offenbaren.

Er atmete kurz durch und schaute dann wieder um seinen Monitor zu Ophelia herüber. Ihre Augen, groß und dunkel, schauten ihn hilfesuchend an. Das offene Formular, an dem er gerade arbeitete, spiegelte sich wie ein fließender Datenstrom auf seiner Brille wider. Er nahm sie ab und atmete unhörbar durch die Nase aus. Sein Blick war so ernst wie Ophelias Worte zuvor. „Habe ich dir schon mal erzählt, dass meine Frau eine Hexe ist?"

„Und was erwartest du, dass ich jetzt tun soll?", fragte Lola, während sich draußen langsam ein leichter Nebel über die weitreichenden Felder zog.

„Rede einfach mal mit ihr. Vielleicht kannst du ihr ja helfen, falls es was aus deiner Hexenwelt ist."

„Ich bin doch keine Funkhexe", protestierte sie genervt von dem anstrengenden Tag in der Praxis und der Tatsache, dass Julius ihre Dienste einer für sie Fremden angeboten hatte.

„Honey, jetzt zick nicht rum und tu' mir bitte den Gefallen. Ophelia ist wirklich ein nettes Ding und ich habe sie selten so verstört erlebt wie heute, als sie mir davon erzählt hat. Hör dir einfach mal an, was sie dir erzählt. Und vielleicht kann sie das Problem ja weg räuchern. Vanille hilft doch gegen Geister, oder?"

„Eigentlich Kampfer oder Weihrauch, wobei ich auch noch gerne mit Salbei räuchere. Hilft auch gut und riecht besser", grummelte Lola, suchte aber bereits ihr Handy. „Dann gib mir mal ihre Nummer."

„Guck mal in meinem Handy nach. Hab Sie unter ‚Ophelia/Büro' gespeichert."

Sie fand die Nummer ohne Probleme und entgegen dem allgemeinen Trend, der seit dem Auftreten der Smartphones eingesetzt hatte, ging Ophelia direkt ans Telefon. Lola war etwas überrascht, wie jung sich ihre Stimme anhörte, und ein leichter Anflug von Eifersucht jagte brennend heiß wie ein Schluck Schnaps durch ihren Körper.

Julius bekam davon nicht viel mit und konzentrierte sich weiter auf die Straße, die jetzt zunehmend vom Nebel vereinnahmt wurde. Er bekam lediglich die Worte von Lola mit.

„Hallo, hier ist Lola, die Frau vom Julius. Er hat mir erzählt, was dir in letzter Zeit zu Hause widerfahren ist … Ja, ja genau. Ja, hat er gesagt." Es folgte eine Zeitlang Stille, während Ophelia irgendwas am Handy erzählte, was Julius nur bedingt verstand. Als Lola kurz auflachte, war er beruhigt und wusste, dass das Eis gebrochen war und er gut daran getan hatte, seiner Lieblingskollegin die Hilfe seiner Frau zu empfehlen.

Lola forderte Ophelia noch mal auf, ihr zu erzählen, was genau passiert war, und unterbrach sie nur um Laute der Zustimmung von sich zu geben.

„Klopfgeräusche von nebenan. Davon hat er mir nicht erzählt. Nachts oder … ah … auch tagsüber … Deine Mitbewohnerin hat das auch gehört und gefragt, ob du das warst. Ja … ja … aha."

Die Erwähnung der Klopfgeräusche erinnerte Lola spontan an ihre erste Wohnung, die sie nach ihrem Auszug mit neunzehn bezogen hatte. Es handelte sich dabei um ein fünfundzwanzig Quadratmeter Wohn-Klo, welches direkt an dem Mittellandkanal in Hannover/Misburg lag.

Neben seiner geringen Größe hatte die Wohnung noch eine wichtige Eigenschaft. Sie verfügte über eine Aura der Gemütlichkeit.

Lola hatte sie direkt bei der ersten Besichtigung gespürt und hätte am liebsten sofort den Mietvertrag unterzeichnet. Das Fortführen der Besichtigung und die Scharade um die Wenns und Abers der Anmietung war eigentlich nur noch Zeitverschwendung. Dennoch folgte Lola den ungeschriebenen Regeln dieses kulturellen Brauchs.

Obwohl die Wohnung wirklich klein war und nur einundhalb Zimmer hatte, wurde sie, kurz nach Lolas Einzug, umgehend zum Treffpunkt ihres damaligen Freundeskreises. Dies lag an besagter Gemütlichkeit, die jeden Besucher wie eine Grippe infizierte. Manch einer ihrer damaligen Freunde hatte eine wesentlich größere Behausung, die auch einfacher zu erreichen war, aber egal, ob zum Vorglühen für eine heiße Partynacht, für Filmabende oder einfach nur für ein geselliges Sit-in, es war immer Lolas Wohnung, welche dafür ausgewählt wurde. Nach einiger Zeit vernahm sie nachts ein klackerndes Geräusch wie von einer Gasheizungstherme, die versucht anzuspringen, nur dass die Wohnung mit Öl beheizt wurde. Es steigerte sich im Laufe der Zeit, wurde lauter, intensiver, bis es dem Geräusch von Fingernägeln ähnelte, die auf Metall trommeln.

Das war der Moment, an dem sich Lola sicher war, dass sie nicht allein wohnte. Dazu kamen abstruse Träume von einer Person, welche sie nicht kannte und auch sonst nichts und niemandem zuordnen konnte.

Eigenartigerweise beunruhigte sie der Gedanke nicht im Geringsten, sondern wurde immer weniger bedrohlich, je mehr diese Phänomene auftraten. Sie erinnerte sich, dass ihr dann doch einmal nach einem anstrengenden Arbeitstag mitten in der Nacht die Hutschnur gerissen war, als das Trommeln überhandnahm und sie um den Schlaf brachte. Sie war unsanft davon wach geworden und hatte in Ermangelung einer besseren Idee laut nach Ruhe gebrüllt. Mit Erfolg, zumindest eine gewisse Zeit lang. Sie musste rausfinden, wer hier mit ihr wohnte, und für gewisse Regeln sorgen.

In den folgenden Tagen und Wochen hatte sie spirituell geforscht und langsam aber stetig so etwas wie einen emotionalen Kontakt aufbauen können. Über diesen war sie mit der dort anwesenden Präsenz in Kontakt getreten. Auf die Frage, was Lola hier suche, hatte sie in guter Loriot-Manier mit den Worten „Ich wohne hier!" geantwortet. (Ohne jedoch damit zu rechnen, die Antwort „Aber doch nicht um die Uhrzeit" zu erhalten. Das wäre wirklich beunruhigend gewesen.) Sie erfuhr auf diesem unkonventionellen Weg so in den darauffolgenden fünf Jahren, in denen sie in der Wohnung am Mittellandkanal wohnte, dass es sich bei dieser Präsenz um den Geist eines jungen Studenten handelte, der hier einst gewohnt hatte. Im Zuge des emotional-spirituellen Austauschs gab er ihr zu verstehen, dass er ebenfalls hier wohne und es ihm sehr gut in seiner kleinen Studentenbude gefalle. Die Tatsache, dass er ein Geist war, kümmerte Lola nicht im Geringsten, dafür war sie schon viel zu tief in die Hexerei eingetaucht, um sich von so etwas schockieren zu lassen. Lola spürte damals schon, dass sie hier die Oberhand hatte. Es war ihre Welt, in der sie lebte. Er nicht mehr. Also: ihr Haus, ihre Regeln! Diplomatisch einigte man sich dann auf ein Arrangement, das weniger Lärm und gegenseitige Rücksichtnahme beinhaltete, was akzeptiert und eingehalten wurde. Und es blieb dabei. Hin und wieder ein kleines Auf und Ab, aber Geister waren halt auch nur Menschen.

Als Lola dann aus der Wohnung auszog, musste sie auch den Teppich rausreißen, welcher schon vor ihrem Einzug in der Wohnung war. Es war eine mühsame Arbeit, da der flauschige Bodenbelag zwar nicht professionell, dafür aber mit viel Klebeband befestigt worden war. Mithilfe ihres Vaters (natürlich) und einigen freiwilligen Helfern aus ihrem Freundeskreis wurde diese Kraftanstrengung in einem Zeitrahmen von einigen Stunden und gefühlten zehn Litern Schweiß bewältigt. Zum Vorschein kam ein alter Parkettboden, der von den Klebebandfragmenten und den bröckeligen Resten des abgetretenen Schaumgummibodens des Teppichs mitleidig und verwohnt wirkte.

Das Holz war dunkel, gezeichnet von den Jahren und der Abnutzung vor seiner Zeit unter dem billigen Bodenbelag für 6,99 Euro pro Quadratmeter.

Recht nahe der Kochzeile der Wohnküche befand sich jedoch ein heller Fleck, der unberührt und wie neu aussah, als hätte man das dunkle Holz des Parketts ordentlich mit Nitroverdünnung und einer Wurzelbürste behandelt. Als erst ihr Vater und später, bei der Übergabe, ihr Vermieter sie darauf ansprachen, versicherte sie beide Male, dass sie sich den Fleck nicht erklären könne. Und das entsprach der Wahrheit. Immerhin, so erklärte sie beiden, lag der Teppichboden schon in der Wohnung, als sie eingezogen war. Sie hatte ihn zum Nulltarif vom Vormieter übernommen. Tief in ihrem Inneren wusste sie jedoch, dass dies der Ort war, an dem ein junger Student vor einiger Zeit in der Wohnung sein Leben beendet hatte.

Der Exkurs in Lolas Erinnerungspalast war kurz und die Details, welche Julius und dann noch mal Ophelia ihr geschildert hatten, waren mit denen aus ihrer alten Wohnung nur spärlich vergleichbar.

„Du könntest die Wohnung etwas reinigen. Also nicht mit Schrubber und Besen, sondern spirituell. Quasi einmal richtig durchräuchern. Dazu eignet sich hervorragend entweder Salbei, Weihrauch oder Kampfer. Gerade mit Kampfer vertreibst du wirklich alles aus deiner Wohnung. Vom Silberfisch bis zum Poltergeist. Du packst eines davon in ein sicheres Gefäß auf ein Stück Shisha-Kohle und dann am besten in jedem Zimmer mal so eine Viertelstunde durchknastern. Wenn du dann mit allen Zimmern durch bist, einmal alle Fenster aufreißen und gut durchlüften. Gibt es eine Möglichkeit, in die andere Wohnung rein zu gucken?"

„Ich könnte mit dem Handy auf den Sims vor meinem Fenster klettern und rein filmen. Ich benutze den Sims im Sommer auch als Dachterrasse, da ist genug Platz und mein Zimmer grenzt direkt an die Wohnung nebenan. Ich mach mal ein Video und schick es dir dann. Bis gleich."

Exakt drei Minuten und vierundfünfzig Sekunden später erreichte Lola ein Video von der Nummer +49 163 2215739. Ophelias Handynummer, jedoch sollte Lola nie herausfinden, wer es geschickt hatte. Inzwischen waren sie nur noch knappe zwanzig Minuten von Bodenwerder entfernt.

„Also das ist das Zimmer direkt neben meinem", hörte Lola Ophelia in dem Video sagen. Zuerst konnte Lola nichts auf dem Display im Detail erkennen, da das Fensterglas die Beleuchtung der Kamera reflektierte. Dann änderte sich der Winkel der Aufnahme und sie spähte in das verlassene Zimmer.

Der Raum war fast quadratisch, ungefähr dreieinhalb mal fünf Meter groß und zu zwei Drittel voll mit allerlei Gerümpel und Schrott, der bereit für den Sperrmüll zu sein schien. Eimer, Holzplatten und Bauschutt türmten sich in dem Raum zu einem Haufen und waren in dem spärlichen Licht von Ophelias Kamera nur schwer zu definieren. Lola glaubte sogar einen alten Einkaufswagen in dem Gerümpel zu erkennen, doch die Schattenwürfe des Haufens verliehen dem Ganzen eine undefinierbare Gesamtform. Tapetenreste hingen wie Hautfetzen von den Wänden und an einigen Stellen war sie schon kahl, sodass der nackte Beton darunter zu erkennen war.

Die Schönheit des Verfalls, dachte Lola. Eine Siebzigerjahre-Stehlampe mit einem großen Lampenschirm stand wie die entleibte Karikatur von Pharrell Williams in der Ecke abseits des Schutthaufens. In der Mitte stand ein Kinderbett, losgelöst von dem Rest und zeugte wie ein Mahnmal weggeworfenen Lebens. Ein saurer Geschmack machte sich in ihrem Mund breit und sie war froh, dass Ophelia die Kamera zum nächsten Fenster schwenkte.

Es handelte sich um den Raum genau neben dem ersten, doch war hier außer einem alten Bettgestell nichts Besonderes zu erkennen (der dazugehörige Lattenrost lag gewiss auf dem Sperrmüllhaufen nebenan). Das Gestell war mittig positioniert und wirkte nahezu verloren in dem ansonsten leeren Raum.

Die Wände waren, soweit Lola das erkennen konnte, weiß und wiesen keinerlei Spuren von Abrissarbeiten, wie im Raum nebenan, auf. Die Decke war einfallslos grau in der Aufnahme (sie schätze, dass sie bei normalem Licht gewiss weiß gewesen wäre). Lediglich zwei trostlose Kabel hingen, wie gezogene Krampfadern, aus einem aufgestemmten Loch in der Mitte der Decke. Die versenkten Dübel drum herum löste die Pixel-/Lichtkombination nicht auf. Der Boden wirkte fleckig, jedoch war nicht zu erkennen, ob dies einem Mangel an Sauberkeit oder einfach der natürlichen Beschaffenheit des Belags geschuldet war.

Dennoch, irgendetwas störte Lola an dem Gesamtbild des Raumes und sie pausierte mit einem Fingerdruck kurz das Video. Das Bettgestell hatte Ähnlichkeit mit denen, welche man von alten Psychiatriebildern kannte. Ein graues (also weißes) Rohrgestänge mit kurzen Beinen und übergreifenden Bügeln an Kopf- und Fußende. Sie war sich nicht sicher, ob sie wirklich glaubte, was sie sah oder ob ihre Fantasie sich einen Streich, aufgrund der mittelmäßigen Aufnahme und der schlechten Lichtverhältnisse, mit ihr erlaubte, aber sie könnte schwören, Abnutzungsspuren an den oberen und unteren Bettpfosten zu erkennen. Wie von Fixierungsgurten.

„Wir sind wieder an der Umleitung", hörte sie Julius sagen. „Jetzt geht es die Serpentinen rauf." Seine Stimme verschmolz mit dem Lied von Eisbrecher im Radio, wie ein statisches Rauschen im Hintergrund. Seichter Nebel erfüllte die Landschaft um das Auto herum, dessen Scheinwerfer wie Lanzen in die fein verteilten Wassertröpfchen stachen. Ihr Hexensinn meldete sich. Er witterte etwas und legte sich wie ein Lehmklumpen auf ihren Magen.

Sie spulte das Video mit einigen Fingerbewegungen einige Sekunden zu dem ersten Raum zurück und betrachtete sich den Müllberg noch mal genauer. Als die Kamera zu dem Kinderbett schwenkte, stoppte sie. Der Schatten des Sperrmülls hinter dem Bett projizierte ein zerfurchtes Bild an die Wand, doch an seinem höchsten Punkt hatte er die Form einer menschlichen Silhouette. Eine schlanke Person mit flachem, breitkrempigem Hut.

Sie schaute genauer hin. Man konnte es nur verschwommen wahrnehmen, doch es wirkte wirklich, wie die Konturen eines Menschen, zumindest von Kopf bis kurz unter den Schultern. Der Rest ging in die Schattensilhouette des Berges aus nutzlosem Unrat über. Sie blickte genauer auf den Sperrmüll, aber da war nichts, was menschenähnlich war. Es war nur dieser kurze Moment auf dem Video, bei dem der Schatten, wie von einem Cowboy mit Staubmantel, zu erkennen war. Unwillkürlich glitt ihre Zunge über ihre Zähne und spürten eine bittere Patina von Plaque darauf.

Zielsicher sprang sie zurück zu dem nächsten Zimmer mit dem Bett. Während die Kamera das Zimmer einzufangen versuchte, hörte sie Ophelias Stimme, die erklärte, dass ganz rechts an der

Wand zum nächsten und letzten Zimmer wohl ein riesiger Spiegel angebracht war. Dann sah Lola es selber an der Lichtreflektion. Gedanken rasten Lolas Synapsenautobahn rauf und runter, als würde sie versuchen, ein Puzzle zu lösen, während sie gleichzeitig eine Schachpartie spielte.

Ihr Smartphone zeigte ihr die Aufnahmen vom letzten Zimmer. Ähnlich wie bei dem davor waren die Wände intakt und keinerlei Unrat oder beschädigende Eindrücke an Boden, Decke oder sonst wo zu erkennen. Mehrere Sitzgelegenheiten in Form von Sesseln unterschiedlichster Mach- und Bezugsart (in der Zahl fünf) waren in dem Zimmer drapiert, wobei Lolas Aufmerksamkeit der Blickrichtungen dieser Sitzarrangements galt. Sie standen teilweise beisammen, teilweise abseits verteilt in dem Raum. Doch etwas hatten sie gemein miteinander. Sie standen sich nicht gegenüber wie in einem Wohnzimmer, um einen möglichst großen peripheren Blickwinkel auf alle Anwesenden im Raum zu haben. Alle standen mit der primären Blickrichtung in Richtung der Wand, auf deren anderer Seite im zweiten Zimmer der Spiegel angebracht war. Auf einem der abseitigen Sessel lag eine Jacke zusammengeknüllt wie eine alte Zeitung. Die Farbe konnte sie aufgrund der Lichtverhältnisse nicht näher bestimmen, aber die Größe ließ Lola darauf schließen, dass sie nur einem Kind gehört haben konnte.

Lolas Hände wurden kalt und klamm. Der saure Geschmack im Mund hatte sich zu Sodbrennen entwickelt. Julius bog in eine scharfe Rechtskurve, der eine noch schärfere Linkskurve folgte, die die Reifen durch den Drift dezent quietschen ließ. Noch mal rechts, links und sie hatten die Serpentinen hinter sich.

Auf dem Bildschirm in Lolas Hand erschien noch einmal Ophelias Gesicht. Sie sagte irgendwas, aber Lola verstand es nicht. Eine düstere Vorahnung hatte sie gepackt und sich drückend, wie ein Motorradhelm, um ihren Kopf gelegt. Julius blickte kurz von der Straße zu seiner Frau herüber, dann wieder auf die Straße, die in immer dichter werdenden Nebel führte.

Die Kamera schwenke wieder herum und fing noch kurz etwas Dunkles ein, was nach der Kamera griff. Die Silhouette eines dunklen Schattens in Staubmantel und mit breitkrempigem Hut. Ophelia schrie kurz auf, wurde jedoch mittendrin abgeschnitten. Das Video war abrupt zu Ende.

Julius war aufgrund des Nebels und der anspruchsvollen Strecke konzentriert. Ophelias kurzer Schrei aus Lolas Handy ließ ihn heftig zusammenzucken, aber sein Verstand verarbeitete es rationell. Nur ein kalter Blitz in seinem Inneren, ähnlich wie wenn man im Straßenverkehr von einer Geschwindigkeitsüberwachungsanlage fotografiert wird. Sein Herz pochte erschrocken, doch seine Augen blieben auf die Straße gerichtet, welche immer mehr in der diesigen Umarmung des Wetters versank. Zum ersten Mal in seinem Leben sah er Füchse, die durch den Nebel über die Straße jagten.

VORWORT

Im Zuge der Corona-Pandemie und des zweiten Teillockdowns im November 2020 kursierten jede Menge Posts durch das Internet und die ganzen sozialen Netzwerke (ich persönlich nutze nur Facebook als soziale Plattform, alles andere ist mir zu viel, aber vor allem zu stressig und zeitaufwendig), die sich über die Sinn- und Unsinnigkeit von Maßnahmen ausließen, anprangerten, provozierten, diskutierten und aufklärten und dadurch zu mehr Posts über die Sinn- und Unsinnigkeit von Maßnahmen führten. Im Zuge dessen hat ein Bekannter von mir das Medium Facebook genutzt, um seine Sicht der Dinge darzulegen und, angesichts der Berichte über Proteste und Verschwörungstheorien, sich etwas Luft zu verschaffen. Das Ganze hat er in einem wunderschönen Text verfasst, der mich dazu inspiriert hat, auf diesen Zug aufzuspringen, um mir etwas Luft zu machen. Es war erstaunlich, wie schnell ich Dinge gefunden habe, die mich belasten und die ich niederschreiben konnte. Ich glaube nicht, dass jeder mit allen Aussagen von mir d'accord geht, aber vielleicht finden Sie sich ja in der einen oder anderen Aussage so oder so wieder und setzen sich kritisch damit auseinander. Bitte nehmen Sie Abstand davon, die Fackeln anzuzünden, die Mistgabeln rauszuholen und einen wütenden Mopp zu bilden. Das ist nicht meine Absicht hinter dem Text. Mir ging es in erster Linie darum, mal das aufzulisten und auszusprechen, was mich tagtäglich nervt und auf die Palme bringt. Sie ja vielleicht auch.

FICK DICH
(Eine kurze Abrechnung mit der Gesellschaft)

Für Max Bittner

Fick dich, der du dich Volksvertreter nennst und so ziemlich alle Interessen vertrittst, nur nicht die des Volkes.

Fick dich, der du Rettungskräfte attackierst, weil sie deine Handyaufnahme vom Unfallort stören.

Fick dich, der du grundlos ein Auto fährst, das auf hundert Kilometer drei Ölfelder verbraucht.

Fick dich, der du glaubst, du bist prinzipiell was Besseres, nur weil du mehr Geld verdienst.

Fick dich, der du tötest und verletzt, nur weil ein imaginäres Überwesen es angeblich so will und du dich für sein auserwähltes Werkzeug hältst.

Fick dich, der du in ein Land auswanderst und einen Teufel tust, dich dort kulturell zu integrieren oder die Landessprache zu lernen.

Du bist eines der Dinge, die grundsätzlich falsch sind aktuell und die uns andere in den Wahnsinn und darüber hinaus treiben. Auch wenn es dich erschüttern mag, aber wir haben alle eine Verantwortung für unsere Gesellschaft, du hast keine Sonderstellung, sondern bist genauso ein Teil wie wir, nur dass du das scheinbar nicht begreifst. Deine Engstirnigkeit und dein Selbstbetrug lassen uns andere verzweifeln und unseren Glauben verlieren.

Also fick dich einfach!

Fick dich, Staat, der du alles steuern und regeln willst und selber nur eine Hure der Konzerne und deren Lobbyisten bist.

Fick dich Impfgegner, weil du aus unerfindlichen Gründen dagegen bist und dein Kind lieber der Gefahr von Tetanus oder Poliomyelitis aussetzt.

Fick dich, der du glaubst, dass dein selbstbeigebrachtes, veganes Kochen ein Medizinstudium ersetzt.

Fick dich, der du den Klimawandel leugnest, selbst wenn er dein Wohnzimmer verwüstet.

Fick dich, der du so verkorkst bist, dass du wirklich glaubst, die Erde sei eine Scheibe und nur sechstausend Jahre alt.

Fick dich, Verschwörungstheoretiker und Aluhutträger, der du so sehr an irrsinnige Theorien glaubst, dass du immun gegen jegliche Diskussion und empirische, wiederlegende Fakten bist.

Fick dich, der du lieber hinterherläufst und nickst, anstatt den Weg des höheren Widerstands zu wählen und mal dein eigenes Hirn anstrengst.

Nein, ich respektiere deine Meinung nicht. Weil es keine Meinungen, sondern gefährliche Lügen sind. Ich respektiere die Meinung von Menschen, die Dinge kritisch betrachten und im gesellschaft- oder wissenschaftlichen Diskurs hinterfragen. Ich respektiere andere Meinungen, nur deinen geistigen Dünnschiss nicht. Dein halb gares Wissen, das du jetzt mit einer unglaublichen Selbstverständlichkeit rausposaunst, als hättest du einen Doktortitel in irgendwas Wichtigem, verbreitet nur unnötig Angst, Hass und noch mehr Dummheit. Als hätten wir nicht schon genug davon auch ohne dich.

Also fick dich einfach!

Fick dich, du parlamentarischer Abgeordneter, der du dich jahrelang mit bürokratischem Bullshit beschäftigst und dich mit deinen Kollegen nicht mal auf die Farbe von Scheiße einigen kannst.

Fick dich, die du dich direkt sexuell belästigt fühlst, nur weil ich nett sein wollte und dir ein Kompliment gemacht habe.

Fick dich, der du in der fünften Generation Hartz IV beziehst und dich darüber echauffierst, dass du sanktioniert wirst, wenn du ein Arbeitsangebot ausschlägst oder Termine platzen lässt.

Fick dich, der du stets auf die Einhaltung der politischen Korrektheit bestehst und für andere Kulturen, Rassen oder vermeintliche Minderheiten eintrittst, die deine Hilfe gar nicht haben wollen.

Fick dich, der du einen Lehrer verklagst, weil er deinem missratenen Kind eine schlechte Note gegeben hat, das du selber bei jeder Gelegenheit abschiebst, um Ruhe vor ihm zu haben.

Fick dich, der du dich jammernd nur noch über deine Krankheiten definieren kannst, als wären sie alles, was dich noch ausmacht. Du klagst auf hohem Niveau und sorgst für engere Gitterstäbe in unserem goldenen Käfig, die uns langsam aber sicher immer mehr erdrücken. Du beschwerst dich grundlos über Abstrusitäten ohne zu merken, wie gut es dir doch geht, nur weil die Medien dir laufend Leute zeigen, die mehr haben als du. Du jammerst und heulst über Nebensächlichkeiten in einer Welt, die ganz andere und schwerwiegende Probleme hat als diesen kleinkarierten Scheiß, über den du dich mit wachsender Begeisterung bei allen, die es hören und nicht hören wollen, ausheulst.
Also fick dich einfach!

VORWORT

Kennen Sie das? Es gibt manchmal so Worte, Namen oder Titel, denen eine gewisse Erhabenheit, ein gewisses Machtpotential innewohnt. Oder einfach gesagt: die ein echtes Brett sind! Schlagzeilen, Musikfilm und Buchtitel arbeiten gerne mit solchen Überschriften, die verheißungsvoll und imposant klingen als auch nebenbei die Neugierde wecken.

Bewusst wurde es mir bei einer Folge der Serie *Der Weg nach Westen*, die da *Der Friedhof der Götter* hieß. Was für ein Titel, was für eine Vorstellung. Dann wurde mir gewahr, dass mir dieses Phänomen schon etliche Male untergekommen ist. In Form von Vornamen wie Viktoria oder Maximilian, die Großes verheißen (dem der Namensinhaber aber vielleicht gar nicht gerecht wird), oder Titeln wie *Die letzte Kirche*. Mein persönlicher Favorit ist jedoch der Namen eines gigantischen Space-Hulks, den ich so unvergleichlich verheißungsvoll finde, dass er zu einem meiner Lieblingsnamen geworden ist (neben Klassikern wie Darth Vader oder Hannibal „the Cannibal" Lecter). Der Name dieses Ungetüms von einem Raumkreuzer lautet *Tormageddon Monstrum Rex*.

Was für ein Brett von einem Namen! Bei etwas, das solch einen Namen trägt, ist Ehrfurcht Programm und die Vorstellungskraft kommt an ihre Grenzen.

In den ganzen Geschichten, die ich in den Jahren 2020 und 2021 gelesen habe, kamen einige dieser Namen vor und sie machten ihrem Namen alle Ehre. Ein weiterer Titel erweckte meine Aufmerksamkeit, auch wenn ich aufgrund der Lyrik mit der Geschichte eher weniger anfangen konnte. Es war eine Kurzgeschichte, welche eine Ähnlichkeit zu Robert Brownings Monologen aufweist (und sich mir daher vielleicht verschließt) namens *Die Knochenkirche*.

Es war mir klar, dass ich etwas schreiben wollte, was einen ähnlichen, mächtigen Namen trug und ein verzerrtes Abbild seines eigentlichen Selbst darstellt (wie eine Kirche aus Knochen). Doch Ideen hatte ich keine.

Dann lud mich mein Trauzeuge und guter Freund zu einem Filmabend ein und wir schauten uns die Super-Ultimate-Extended-an-der-Grenze-zum-Unnötigen-Version von *Watchman* an. Und siehe da, die Story in der Story brachte mich auf eine Idee. Zwar basiert sie anfangs auf *Tales of the Black Freighter*, soll sich jedoch gänzlich anders entwickeln. Nun musste das verwertbare Material noch etwas umgewandelt, in Form gebracht und niedergeschrieben werden. Das gestaltete sich jedoch so zeitaufwendig, dass ich beschloss, die Story in mehreren Teilen zu schreiben, beziehungsweise mit dem Mittel der Fortsetzung zu arbeiten.

Der Titel ist bewusst in Anlehnung an die oben genannte Geschichte, aber auch an einen skurrilen Namen voller bizarrer Erwartung gewählt und von einem verdammt starken Song der Band *Subway to Sally* geliehen. Ich fand den Namen schon vielversprechend, als ich ihn zum ersten Mal auf dem CD-Cover gelesen hatte, und hoffe, dass er auch für eine Story vielversprechend klingt. Aber urteilen Sie selber. Hier ist *Knochenschiff*.

KNOCHENSCHIFF

Für Nikolai Wilms

„*Wieviel Trauma kann ein Patient ertragen?*
[…] im Grunde besteht die Antwort immer aus einer neuen Frage:
Wie stark ist der Überlebenswille? "

Überlebenstyp
Stephen King

Teil 1
Die Insel

19. Mai 1724

Ich habe Glück, sogar verdammtes Glück. Oder vielleicht bin ich doch einfach nur verdammt?! Ich habe überlebt, so wie es mir scheint wohl als Einziger. Vorgestern bin ich hier an Land gespült worden, nachdem ich mich ebenso an das Wrackteil gekrallt hatte wie an mein Leben.

Es gab einen Kampf auf hoher See. Nachdem unser Schiff, die *Freedom*, in Stücke geschossen war und die Schreie der Verletzten mit ihnen im Meer versunken sind, packte ich das erste schwimmende Wrackteil, um nicht auch von der See verschluckt zu werden. Es handelte sich dabei um unsere Galionsfigur, die die Matrosen Marry getauft hatten. Marry war das Abbild einer keuschen Frau mit goldenen Haaren und alabasterweißer Haut. Sie trug ein königsblaues Kleid, welches ihr über die Knöchel bis auf die braunen Halbschuhe fiel. Die Hände hatte sie lang an ihre Oberschenkel gelegt und ein goldfarbener Gürtel umschlang ihre üppige Hüfte. Das Gesicht mit der stolzen Stirn hatte sie in Bugrichtung nach vorne gereckt und ihre Wangen waren gerötet, ob des frischen Windes und der kalten Gischt wegen, welche sie hin und wieder abbekam. Ihr Kleid bauschte sich im unteren Bereich seines Saumes auf, als gleite sie wie ein Delfin auf einer steifen Brise durch das Meer.

Jetzt lag sie auf dem Rücken und ich hielt mich so fest an ihren hölzernen Brüsten fest wie ein Neugeborenes an denen seiner Mutter. Sie lächelte mich mit ihren dünnen, roten Lippen zuversichtlich an und ihre großen Augen starrten stur in den sich verfinsterten Himmel.

Rot erhellten die Flamen das Firmament, während die brennenden Überreste der *Freedom* untergingen. Im Lodern des brennenden Schiffwracks hörte ich die Stimme von Mr. Brick, dem Bootsmann, der nach mir rief. Ich blickte mich um und sah ein Meer aus leblosen Körpern und Wrackteilen, welche wie Treibgut regungslos in der wogenden Umarmung der See trieben. Dann erspähte ich ihn steuerbord des brennenden Infernos, welches einst unser Schiff war, wie er sich bemüht an einer Planke festhielt. „Sir", rief er mich. „Sir, bitte helfen Sie mir. Mein Fuß ist in der Takelage verheddert und es zieht mich nach unten."

Ich löste mich von meinem behelfsmäßigen Floß und schwamm auf ihn zu. Fast schon hatte ich ihn erreicht, als ein Teil der Großrah abbrach und auf den tüchtigen Bootsmann herunter krachte. Dann war er nicht mehr zu sehen. Ich tauchte, mein Messer zwischen den Zähnen, und bekam ihn noch zu packen. So schnell ich konnte durchtrennte ich die Vertäuung an seinem Bein und zog ihn zurück an die Wasseroberfläche. Oben angekommen hing sein Kopf, wie ein umgeknickter Grashalm, in einem unnatürlichen Winkel auf seinen breiten Schultern. Zwar hatte ich ihn vor dem Ersaufen gerettet, doch sein Genick war gebrochen. Bekümmert ließ ich seinen erschlafften Körper los und er sank hinab in sein feuchtes Seemannsgrab.

Dann sah ich es, durch Rauch und Pulverdampf verschwommen, vor dem orangen Hintergrund der untergehenden Sonne. Eine Ausgeburt der Hölle. Unförmig und bizarr in seiner Bauart setzte dieser Moloch von einem Schiff geflickte Segel und setzte kurz über den Horizont. Durch den Stand von Gottes heller Scheibe wirkte das Schiff schwarz wie die Nacht. Aus welchem

Abgrund mussten die Seelen seiner Crew entstiegen sein, welche bei dem Überfall nach Blut und Knochen gerufen haben. Noch immer konnte man den beißenden Geruch nach Schießpulver, menschlicher Verdorbenheit und nach Krieg riechen.

Wie Ikarus und Dädalus steuerte das Schiff direkt auf die Sonne zu, bis sich nur noch die schattenfarbenen Segel vor dem rötlichen Himmel des atlantischen Ozeans abzeichneten. Dann verschwand es aus meiner Sicht. Vielleicht schwanden mir auch nur die Sinne, aber jedenfalls war es weg und mit ihm der scheußliche Geruch nach Moder und Tod. Die Wellen, die über mir zusammenbrachen, schäumten scharlachrot und strömten im Kielwasser des Frachters eine schreckliche Wärme aus. Erneut rettete Marry mich und hielt mich über Wasser, indem ich mich bauchlinks auf sie drauf schob.

Ich kann nicht sagen, wie lange ich danach das Bewusstsein verlor, noch, ob es mir wirklich verloren ging. Ich trieb den Wellen und Gezeiten ausgeliefert auf der See und so verhielt es sich auch mit meinem Bewusstsein. Gemartert von den Ereignissen des Abends und Entkräftet von dem Zerren und Ziehen des Meeres, stets darauf bedacht, meine hölzerne Retterin nicht loszulassen, dämmerte mein Verstand zwischen Erschöpfung und Überlebenswille. Bis ich an Land gespült wurde.

In der Dunkelheit der hereingebrochenen Nacht ließ ich mich erst gänzlich von der Entkräftung übermannen, als ich festen, sandigen Boden unter den Füßen hatte und mich so weit an Land gezogen hatte, dass mich die nächste Flut nicht zurück in die tödliche Nässe zu ziehen vermochte. Dort blieb ich regungslos liegen und überließ Gott meine geschundene Seele, auf dass er sein Urteil darüber fällen möge.

Als ich wieder zu mir kam, stand die Sonne schon hoch am Himmel und die Möwen waren in ihr übliches atonales Konzert über Futterneid vertieft. Wie Lenkdrachen schwebten sie, fast bewegungslos, in den Lüften und blickten schimpfend auf mich herunter. Mein Schädel schmerze dumpf, meine Muskeln brannten und meine Glieder fühlten sich steif, wie ein zu sehr gestärkter

Hemdkragen, an. Noch verspürte ich keinen Hunger, doch mein Mund war ausgetrocknet wie der Sand des Standes, an dem ich mich mühselig erhob. Eine steife Brise wehte mir entgegen und brachte den salzigen, feuchten Geruch des Meeres in die Nase. Ich blickte mich um und fand mich auf einem trostlosen Inselabschnitt wieder. Mitsamt meiner Männer oder dem, was von ihnen übrig war. Das Meer schickte sie mir mit verdrehten Gliedmaßen und verzerrten Gesichtern, im Todeskampf erstarrt und vom Salzwasser aufgeweicht, zurück. Einige auch nur in ihren Einzelteilen. Nur an der obszönen Frauen-Tätowierung des einzelnen, angespülten Armes und dem rot-weiß gestreiften Oberteil des kopf- und gliederlosen Torsos konnte ich sowohl Mr. Fleut als auch den alten Smee erkennen. Den Rest ihrer Leiber hatte das Meer oder seine Bewohner für sich beansprucht.

20. Mai 1724

Nachdem ich die Insel abgeschritten und erkundet hatte (zweihundertneun Schritte an der längsten und fünfundsechzig Schritte an der breitesten Stelle, keine Quelle, kaum Schatten), kam ich zurück zu Marrys und meinem Landepunkt. Der Strandabschnitt ähnelte nun jedoch eher einem Friedhof. Mehr und mehr Männer wurden, wie zu einem Morgenappell des Grauens, von den wilden, tobenden Wellen, welche sich an der Küste der Insel brachen, an den Stand gespült. Ihre Augen waren verdreht, sodass man nur noch das Weiße sah, ihre Münder weit aufgerissen in stummen, anklagenden Schreien. Wasser, Tang und kleine Meeresbewohner wurden im Takt der Wellen in sie hinein und hinaus gespült. Ich mochte mir gar nicht vorstellen, was für ein mariner Lebensraum sich bereits in ihren Eingeweiden begründet hatte.

Ein Mitglied meiner Mannschaft lag mit eingeschlagenem Schädel vor mir. Die ersten Möwen hatten sich bei ihm niedergelassen und pickten auf die Öffnung ein. Genüsslich labten sie sich an seiner Hirnmasse, als wären die dort wohnenden Gedanken und Erinnerungen exquisite Köstlichkeiten. In der Hölle mangelte zumindest den Möwen an nichts.

Ich näherte mich in der Absicht, sie zu verscheuchen, doch eine war so angetan von der Mahlzeit, dass ich es schaffte, sie zu fangen und ihr mit befriedigender Genugtuung den Hals umzudrehen. Ich blickte auf das Gehirn meines Kameraden, welches sich im Sand verteilte und wünschte kurz, dass die Vogelviecher mir mein Augenlicht nehmen würden. So würde mir der Anblick dieses Schlachtfeld erspart und ich müsste die anklagenden Blicke der Toten nicht mehr ertragen.

Ich schleppte mich durch die toten Körper meiner Kameraden zurück zu dem Punkt, wo Marry und ich an Land gekommen sind. Sie lag dort, wie eine gütige Ehefrau, und wartete auf mich. Den Blick starr in den Himmel gerichtet. Ein gutes Stück über ihr hob ich mit den Händen eine tiefe Kuhle aus. Dann wendete ich sie bäuchlings, zog sie in Position und richtete sie auf, sodass sie einen letzten Blick auf die schier unendliche Weite des Atlantischen Ozeans werfen konnte. Ich nahm etwas von dem mit meinen Männern angespülten Seetang und fertigte aus den breiten, faserigen Blättern eine Binde für Marrys Augen. Obwohl sie mich durch ein Meer aus Blut getragen und ihr harter Körper mich vor dem Ertrinken gerettet hatte, wollte ich ihr den Anblick dieses leichenübersäten Stands ersparen. Diese kleine Geste des Anstandes war alles, was ich ihr für ihren treuen Dienst gewähren konnte. Jetzt stand sie da wie Justitia persönlich und richtete blind über den Lebenden und die Toten. Erneut verließen mich die Kräfte und ich sackte vor ihren Knien zusammen.

Liebevoll spendete sie mir etwas Schatten und ich musste an meine Gemahlin denken. Meine geliebte Frau Constanze, meine beiden Söhne Dave und Eric und meine kleine Tochter Susanne. Sie warteten daheim auf mich und ahnten nicht, welche Abscheulichkeit Kurs auf sie gesetzt hatte. Verzweiflung packte mich wie die Wogen eines aufkommenden Sturms. Wie sollte ich sie nur beschützen können vor dem grausamen Schiff und den blutbefleckten Mörderhänden seiner Besatzung. Ich suchte die Möwe, der ich den Garaus gemacht hatte, und fand sie unweit der Leiche des Matrosen Jefferson, dessen Hirn sie als Henkersmahlzeit verkostet hatte. Angelehnt an Marrys Körper und umringt von den Leichen meiner Crew verzehrte ich die Möwe roh und hoffte, dass sie ich sie nicht wieder von mir gab.

21. Mai 1724

Ich hatte mich die Nacht zweimal beinahe übergeben und nur mit purer Willensstärke mein Abendmahl bei mir behalten. Faulgase schwängerten die Luft und ich wechselte meine Position je nach Windrichtung.

Als die Sonne sich am heutigen Tag erneut dem Untergang neigte, erspähte ich die Umrisse eines Floßes, welches keine zweihundert Meter vom Strand entfernt im glitzernden Wasser auf den Wellen tanzte. Hoffnung keimte in mir auf. Laut rufend und mit den Armen rudernd wie einer aus dem Tollhaus rannte ich ins Wasser. Als meine Rufe verhallten, sprang ich in die Brandung und schwamm beflügelt von der Aussicht, nicht mehr allein mit meinem Schicksal zu sein, der Silhouette des Floßes entgegen. Jeder Seemann weiß, über welche Kraft das Wasser verfügt und ich spürte es einmal mehr am eigenen Leib, während ich beflügelt von der Aufsicht auf die Beendigung meiner Einsamkeit gegen die Wellen anschwamm. Gewaltsam versuchte die See mich zurück an den Strand zu spülen und krachend brachen die Wellen über mir zusammen und drückten mich unter Wasser, doch meine Hoffnung verlieh mir Auftrieb. Als ich näher kam, trübte sich meine Euphorie, als ich erkannte, dass es sich bei dem Floß nur um einige Trümmer handelte, welche sich in das Rahsegel verwickelt hatten. Mitten drinnen befand sich mein treuer Freund, Mr. Brik, wie eine Raupe in ein Kokon eingewickelt in das Tuch des Segels. Sein Gesicht war von dem Salzwasser verkrustet und die Augen milchig trüb. Die Zunge hing ihm wie eine verschrumpelte Seegurke obszön aus dem Mund. Sein Kopf hing immer noch so unnatürlich schräg, dass ich Angst hatte, er könnte jeden Moment abreißen.

Ich zog ihn an Land und brach in Tränen aus angesichts der Hoffnungslosigkeit meiner Situation. Ich zwang mich damit aufzuhören, um nicht noch schneller auszutrocknen, und dann wurde mir der immense Dienst meines alten Kameraden gewahr. Er hatte mir ein Segel gebracht, so wie etwas Material für mein eigenes Floß. Alles was ich liebte, alles, wofür ich lebte, hing davon ab, meinen Heimathafen vor diesem verfluchten Teufelsschiff zu erreichen und am Leben zu bleiben. Ich verkniff mir weitere Tränen und durchsuchte die Leichen meiner Kameraden nach Flachmännern und kleinen Rumfläschchen, um meinen Durst zu stillen. Eine hässliche Aufgabe, aber es musste getan werden. Immerhin musste ich für meinen Plan bei Kräften bleiben. Ich musste am Leben bleiben.

23. Mai 1724

Die Strahlen der roten Morgensonnen fanden mich nicht weniger niedergeschlagen vor als an dem Morgen davor und dem Morgen davor und dem Morgen davor. Die kleinen Privatvorräte an Alkohol meiner Kameraden waren weniger als gedacht und ich hatte alles mit einem Schluck Salzwasser gestreckt. Den letzten Tropfen dieser erbärmlichen Substanz hatte ich gestern Mittag zu mir genommen. Das Einzige, das anders war als am vergangenen Tag, war die Perspektive, die mit der Leiche von Mr. Brik angeschwemmt worden war.

Am Strand, keine sieben Schritte von Marrys schattenspendendem Körper entfernt lagen die sich aufblähenden Körper des Restes meiner Männer. Süßlicher Verwesungsgeruch trieb vom Wind getragen zu mir rüber und mahnte mich dazu, mit meinem Tun zu eilen. Einige Matrosen waren schon teilweise vom Strand verschluckt und halb begraben, als hätte sich der Sand um sie herum verflüssigt, um sie sich einzuverleiben. Stinkende Gase und unziemliche Laute drangen von meiner Crew herüber, doch was sollte man die Toten dafür rügen. Ich zog mein Messer und ging mit dem Daumen über die Schneide. Es war immer noch scharf und kurz überlegte ich, mich mit offenen Adern einfach zu meinen Kameraden an den Strand zu legen. Doch was würde dann aus Constanze und den Kindern werden? Nein, zwar war es eine garstige Arbeit und ein unchristliches Tun, aber mir bleieb keine andere Wahl, so ich meine Familie vor der Crew des verdammten Schiffes warnen wollte.

Mit dem Treibgut und der Takelage, die Brik mir gebracht hatte, hatte ich einen notdürftigen Rahmen für mein Floß gezimmert. Mein Mund war durch die Arbeit trocken und lechzte nach einem Tropfen Wasser, doch außer dem salzigen Nass des Meeres gab es nichts, was ich ihm anbieten konnte. Ich kaute einige der Seetangblätter in der Hoffnung, dass diese nicht allzu salzige Feuchtigkeit in sich gespeichert hatten. Eine trügerische Hoffnung, aber immer noch besser als pures Meerwasser zu trinken. Jetzt, wo ich mit dem Rahmen fertig war, begab ich mich daran, unter den strafenden Blicken meiner Männer sie in den Rahmen zu ziehen und als Planken zu verarbeiten. Unsanft entriss ich sie ihrer ewigen Ruhe und bettete sie auf das Lager, welches ich für sie bereitet hatte. Ich ekelte mich dabei vor mir selbst und meinem Tun, doch mir blieb keine andere Wahl. Sie waren jetzt an der Seite unseres Erlösers, Jesus Christus, und ich steckte in dieser kargen Hölle. Ich verdrängte die Vorstellung meiner abscheulichen Absichten aus meinem Hirn und konzentrierte mich auf das Wesentliche. Doch es brachte alles nicht. Es musste getan werden, wenn ich zurück zu meinen Liebsten wollte. Einige der Leichen rissen teilweise beim Transport mit schmatzenden Geräuschen und verteilten stinkenden Gedärmebrei im Sand, über den sich sofort die Möwen hermachten. Ich schaffte es, mir eine für das Abendessen und eine weitere für den morgigen Tag zu fangen. Ich nahm mein Messer, öffne die Kehle des Vogels und stillte als Erstes meinen Höllenbrand. Möge Gott mir für diese abscheulichen Sünden verzeihen und für meine weiteren, aber ich hatte so einen Durst.

Mai 1724

Der Küstenstreifen stank wie die Kloake des Teufels doch die meisten Kadaver befanden sich jetzt nicht mehr am Strand. Ihre verrenkten Gestalten in zerrissener Kleidung bildeten das Gebälk meines Floßes und das Fundament meiner Hoffnung. Getrieben von dem Glauben daran, dass diese Hände einst wieder sanftere Arbeit verrichten mochten, wie meine Kinder zuzudecken, brach ich Knochen um Knochen, um die Körper richtig in Form zu bringen und auf meinem Floß zu drapieren. Ich schnitt und sägte und amputierte Gliedmaßen, um diese an anderer Stelle weiter in mein bizarres Seegefährt einzuarbeiten. Eine furchtbare Arbeit, doch ich hatte bereits zu viel Zeit verloren. Da, wo mir das Seil ausging, nutzte ich das an Bindematerial, was noch teilweise am Strand lag und als dies auch nicht mehr reichte, öffnete ich einige der Matrosen und holte mir Nachschub aus ihrem Inneren. Mein Messer schnitt nun, am Ende meines Tuns, erwartungsgemäß nicht mehr so gut.

Den Mast mit dem Segel muss ich durch den Brustkorb von Mr. Jefferson treiben, um ihn aufzustellen und vertäuen zu können. Ich versuchte es so gut es geht mit den zur Verfügung stehenden Mitteln und tatsächlich blieb er aufrecht stehen, selbst bei starken Böen.

Als letztes zog ich Mr. Brik an Bord und band ihn aufrecht sitzend an den Fuß des Mastes. Ich hoffte, dass sein zusätzliches Gewicht und sein Körper den Mast stützen würde, wenn die See uns ihre Stürme schickt.

„Mit Gottes Hilfe kehren wir gemeinsam zurück, mein Freund", versprech ich ihm und erschrack vor meiner eigenen Stimme, die wie die eines Fremden klang. Bevor die Flut einsetzte und ich den Leichenkahn zu Wasser liess, zog ich Mr. Briks Uniformjacke über, richtete mein Haar so gut es ging und salutierte vor meinen Männern. Diese tapferen Matrosen. Selbst im Tode strebten sie danach, ihrer Pflicht nachzukommen und das Floß stabiler zu machen. Und ich würde meiner Pflicht nachkommen, sie wieder nach Hause zu bringen.

Dann stach ich in See und blickte mich nicht nach Marry um, welche als stumme Zeugin meiner Verbrechen an meiner Mannschaft zurückblieb. Selbst als mich der Wind über die Brandungszone ins offene Meer hinausträgt, spürte ich ihren blinden, vorwurfsvollen Blick noch in meinem Rücken. Doch ich drehe mich nicht um.

Teil 2
Die See

Hoffnung kann ein fürchterlicher Antrieb sein und grausames Entfesseln. Das wurde meinem Kapitän klar, als er schwankend und wankend auf einem Floß aus Leichen seiner ehemaligen Kameraden aufs offene Meer hinaustrieb. Seine Glieder schmerzten bei fast jedem Handgriff. An seinen Armen und seinem Bauch hatten sich kleine, punktförmige Flecken gebildet, als wäre ein Schwarm Mosquitos über ihn hergefallen. Zum Glück juckten sie nicht. Dafür wirkt die Fläche um sie herum wie ausgetrocknet, obwohl er vom Scheitel bis zur Sohle mit der Gischt der Wellen benetzt ist. Es schmerzt mich, ihn so zu sehen. Er war zwar nicht immer ein guter Mann, doch ich kenne seinen Kern. Er hat Fehler begangen, schlimme Fehler, doch wer hat das nicht. Ich glaubte einst an ihn und tue es jetzt immer noch. Immerhin lebte er noch, während ich tot an dem Mast seines Floßes lehne.

Er hatte den Fehler gemacht und sich ohne Proviant auf die Reise begeben und obwohl er vom kühlen Nass umgeben ist, droht ihm der Tod durch Verdursten, bevor er seinen Heimathafen erreichen würde. Was ein grausames Schicksal, doch ich bin dazu verdammt, es mitanzusehen. Stumm und bewegungslos wie der Geist Gottes, der bei der Schaffung der Welt über dem Wasser schwebte, schaue ich ihm bei seinem Kampf zu. Nur dass ich jetzt weiß, dass es keinen Gott gibt.

Wie ein fauler Italiener lehne ich am Mast und lasse mir die Sonne auf mein schütter werdendes Haar scheinen, als wären wir auf einer Vergnügungsfahrt.

Pflichtbewusst hisst er das blutverkrustete Segel, was ich ihm geschenkt hatte, nachdem mich der Ozean wieder ausgespukt hat, und hält hart am Wind. Die Flecken in meinem Leichentuch bilden jetzt die Flagge, unter der er fährt. Seine Standarte auf diesem Meer der Einsamkeit. Ich kann sie von hier aus nicht sehen, doch durch die Augen des Kapitäns zeigt sie mir das zerflossene Bild des Wappens der Chorherren vom Heiligen Grab zu Jerusalem. Ein fast braunes Doppelkreuz, einem umgedrehten Schwert ähnlich mit einem kurzen und einer langen Parierstange. Die Gischt lässt die Form in sich tanzen und jedes Mal, wenn er erneut zu dem Segel blickt, hat sich seine Form leicht verändert, so wie alles im Laufe der Gezeiten. Hier ist Zeit ein unbestimmter, flexibler Begriff. Auf See können Sekunden zu Stunden und Jahre zu Minuten werden.

Obwohl sein Kann weder Brassen noch Wanten hat, ächzt und stöhnt er. Ich höre es. Es ist das Stöhnen der Toten, die er zusammengeschnürt hat und die somit nicht zur Ruhe kommen. Er zurrt die Leinen fest und seine Glieder knacken, fast so, als würden sein Körper, seine Muskeln und Sehnen diese akustische Aufgabe eines Schiffes erfüllen. Seine Glieder schmerzen, er ist todmüde, doch er gönnt sich keine Ruhe.

Die Nacht bricht herein und stürmische Winde kommen auf. Mein Blick ist schlaff nach unten gerichtet, doch der Kapitän blickt erneut zu dem flatternden Segel auf und zu dem Kreuz, das sich wieder verändert hat. Dann geht sein Blick zum Horizont und in ihm schürt sich die Befürchtung, dass Gott ihn mehr und mehr verlassen wird, je länger seine Reise dauert, während der Teufel seine Hände nach ihm austreckt. Ich würde ihm gerne sagen, dass es keinen Teufel und keinen Gott gibt, doch ich schweige, während mein Körper weiter verwest.

Mit Aufziehen der Abenddämmerung begrüßte uns die See von ihrer wilden Seite. Ein gewaltiges Heer an finsteren Wolken zieht wie altertümliche Riesen am Himmel auf und gewinnt immer mehr an Masse dazu, je weiter sich die Sonne hinter den Horizont zurückzieht. Die See bewegt sich auf und ab, wie ein unruhiger Schläfer, der tiefer in einen aufwühlenden Albtraum hinabsteigt. Wir sind dieser Albtraum, er, ich und dieses Gefährt, das uns über Wasser hält. Der Wind fängt an zu heulen und treibt die Wellen stärker und stärker gegen das bizarre Floß. Er überprüft die Vertäuungen und hofft, dass sich Gottes Gnade noch nicht vollends von ihm abgewandt hat. Seine Männer und ich reiten auf den Wellen, welche sich jetzt hoch türmen und ihn von den Beinen holen. Ich bin sicher an den Mast gebunden, doch er klammert sich an allem fest, was er zu greifen bekommt. Stricke, Kleidungsfetzen und Gliedmaßen. Die See lässt ihre turmhohen Wellen auf uns herunter schmettern wie der rasende Zorn der Welt. Er verliert den Halt, wird weggeschwemmt und greift unbewusst zu. Sein Halt ist der aufgerissene Unterkiefer eines Kameraden, den ich nicht mehr erkennen kann. Ich verliere mich in den toten Augen, während das Meer erneut nach allen Körpern auf ihm greift. Der Wind nimmt wieder zu, zerrt an dem Segel und schwankend rappelt der Kapitän sich wieder auf, um es einzuholen. Seine Muskeln im Rücken halten gegen den Sturm und obsiegen. Ich halte weiterhin stumm Wacht am Mast. Er verlagert sein Gewicht nach achtern, um die Wellen sanfter zu nehmen, doch das tosende Meer beißt weiter gierig in die fleischigen Planken seines Gefährts. Wie von einer guten Crew zu erwarten, halten sie zusammen und die See kann sie nicht entzweien. In schierer Verzweiflung greift die See erneut nach ihm, zieht ihn von den Beinen und versucht, den Kapitän ins Meer zu spülen. Erneut rutscht er und droht Gefahr, in seinem Streben zu scheitern, doch mehrere Arme und Hände greifen nach ihm und halten ihn so an Bord. Die Schiffscrew will ihn nicht gehen lassen, trotz seiner Taten, und ich auch nicht. Niemals konnte ein Kapitän stolzer auf seine Crew und sein Schiff sein.

Der Sturm lässt nach und der Himmel klärt sich auf. Erschöpft sinkt er unter meinem ermutigenden Blick zusammen, während mein herunter klaffender Kiefer Maulaffen feilhält. Die Schönheit der See nach einem Sturm bei Nacht ist der Lohn für seinen Kampf gegen die Gewalten des Wetters. Ein himmlischer Frieden von atemberaubender Schönheit wird ihm und seiner Crew gewahr. Über uns leuchten die Sterne klar und hell, wie funkelnde Diamanten in einem Himmelbett aus schwarzer Seide. Silbern trifft ihr Glanz all jene, welche sich ihrer würdig erwiesen haben. Ich hoffe, sie leuchten für den Kapitän und vielleicht leuchtet ja einer davon auch für mich.

Schmatzende Geräusche holen ihn aus seinem ohnmachtsähnlichen Schlaf. Wieder sind es die Möwen, welche sich zerrend und schreiend an seinem Floß zu schaffen machen. Sie hacken und picken und eine reißt mir mein linkes Auge aus der Höhle. Ist schon okay, sie wollen auch nur leben und ich brauche es eh nicht mehr. Der Kapitän sieht es etwas anders. Er springt auf, von Wut getrieben und nur der gierige Augendieb lässt sich nicht von seinem Mahl abbringen, während alle anderen Reißaus nehmen. Erst als er die Möwe packt, erfasst sie die Todesangst. Sie versucht, mit den Flügeln um sich zu schlagen, und einer entkommt tatsächlich seinem klauenartigen Griff. Der Schnabel, welcher sich gerade noch an meinem Fleisch gelabt hat, hackt nun wild auf ihn ein. Er packt mit beiden Händen zu, drückt fester, um das Leben aus dem Vogel herauszupressen, doch das Vieh ist stark und in wilder Panik. Begreift sie wohl, dass es um ihr Leben geht. Der spitze kräftige Schnabel hackt blutige Löcher in seine Hände, doch der Schmerz macht ihn nur noch umso rasender. Er drückt zu und spürt Knochen brechen, dann schleudert er sie zu Boden und tritt voller Wucht zu. Wieder und wieder. Die Gegenwehr erstirbt, doch nicht sein Zorn. Er packt sie bei ihren schuppigen, mit Schwimmhäuten versehenen Füßen und schlägt sie wie einen Fußläufer mehrere Male gegen den Mast, bis ihn die Kraft verlässt. Erschöpft sackt er auf die Knie. Die Möwe hängt wie eine nasse Socke in seiner Hand und Federn tanzen in der leichten Brise, welche das Floß sanft schaukeln lässt. Ich bin über die solide Standfestigkeit des Mastes erstaunt. Der Kapitän nickt mir anerkennend zu und dankt mir stumm, dass ich ihn so gut stütze. Er hebt den Vogel über den Kopf, während er die Blutstropfen mit seinem Mund auffängt und die Feuchtigkeit in seinem Rachen genießt. Ihn kümmert weder die warme Temperatur noch der metallische Geschmack. Hauptsache, es ist flüssig. Dann beißt er voller Inbrunst in das langsam erkaltende Fleisch und fängt an zu würgen, als ein Federstück ihn im Hals kitzelt Er hustet und keucht. Er haut sich mehrfach vor die Brust während er nach Luft ringt. Irgendwo in seiner trockenen, rauen Kehle hat sich die Rache der Möwe festgesetzt und er wird sie nicht los. Ich würde ihm so gerne helfen und kann doch nur teilnahmslos zusehen, wie er sich an den Hals packt und die Haut zerkratzt. Die Feder kitzelt und reizt tief in seinem Rachen. Hecktische Panik ergreift ihn während er um sein Leben hustet und japst. Er haut sich erneut, fester auf die Brust. Nichts scheint zu helfen. Die geröteten Augen treten beängstigend aus den Höhlen hervor und sein Gesicht läuft dunkelrot an. Seine Finger kratzen blutige Striemen von außen an seinem Hals und seine Panik tobt wie ein wildes Tier in ihm. Genährt durch Angst elendig zu ersticken. Nach allem, was er getan hat, um zu überleben. Vor lauter Husten bekommte er keine Luft mehr. Ist unfähig, einen Atemzug zu nehmen und sein Gesicht verfärbt sich zusehends blau. Seine Augen quellen soweit aus den Höhlen, dass ich befürchte, sie könnten jeden Augenblick herausfallen. Dicke Adern zieren seinen mageren, zerkratzten Hals. Als letzten Ausweg steckt er sich seine Finger in den Hals in dem verzweifelten Versuch, den Fremdkörper dort drin zu erreichen. Der Würgereiz wird stärker, unterbricht den Husten und er erbricht Magensäure und halb geronnenes Blut, welches er vor Kurzem noch so sehnsüchtig zu sich genommen hat. Darin schwimmt ein kleines Stück Federkiel mit verklebten Daunen und zwei seiner Zähne.

 Entkräftet lässt er sich nach hinten sinken, doch seine geschundenen Hände tasten nach der verdammten Möwe. Selbst wenn er jetzt gerade zu schwach ist, sie zu essen, wird er nach einer kurzen Rast dankbar für ihr rohes Fleisch sein.

 Ich erkenne die Gesichter meiner Kameraden kaum noch wieder und will mir gar nicht ausmalen, welches Bild mein Antlitz ziert.

Das Wasser und das Salz haben das ihrige zu unserem eh schon desolaten Zustand dazu getan – und das nicht erst zum Anfang dieser Reise. Und dennoch bin ich dankbar für das Meer und seine Wellen, die meine Knöchel umspülen, so verzerrt der Wasserspiegel ihr verschrumpeltes und verwestes Antlitz.

Dann sehe ich mich durch die Augen des Kapitäns. Zwar betrachtet er mich immer noch mit den Augen eines treuen Freundes, doch bin ich nur noch ein grässliches Abbild meiner Selbst. Meine Haut scheint grau, mit einem grünlichen Schimmer und mein einst volles, schwarzes Haar erinnert mehr an ein schütteres Gespinst.

„Ich muss dich zurückbringen, bevor wir noch weiter verkommen", sagt er zu mir und ich möchte ihm glauben. Seine Hände bluten immer noch seit der Schnabelattacke der Möwe und ich glaube, sie haben sich entzündet. Er wäscht sie mit Salzwasser aus und erschrickt angesichts der entstellten und verzerrten Gesichter, die ihn überall herum aus dem Wasser anstarren. Dann wird ihm bewusst, dass dieses totenmaskenähnliche Antlitz das seinige ist. Eingefallene Haut und tiefliegende, dunkelumränderte Augen in einem Skelettschädel, den man großzügig mit gegerbter Lederhaut bespannt hat. Er setzt sich, ohne den Blick abzuwenden, hin und versucht sich zu erinnern. Wann hat er sich das letzte Mal gewaschen oder rasiert, höre ich seine Gedanken. Die einst rosigen Lippen, nun blass und aufgesprungen, die eingefallenen Wangen von dem sonnengebleichten Bart umrahmt. Und diese Augen. Diese rotgeränderten, starren Augen. Er schlägt in das Wasser und trübt sein entsetzliches Spiegelbild.

Die See ist ruhig mit einer leichten Brise, die seinen Körper kühlt. Doch seine Seele steht nun in Flammen. Weit und breit kein Land und keine Möwen, was kein Essen für ihn bedeutet. Doch das Schlimmste ist der Durst. Seine Zunge ist rau und trocken und es ist ein kratzendes Geräusch zu vernehmen, wenn er sich mit ihr über seine spröden, aufgeplatzten Lippen fährt. Sein Hals ist ausgetrocknet und jedes Mal, wenn er schluckt, hat er das Gefühl, einen Büschel Stroh herunterzuwürgen. Lange wird er so nicht mehr aushalten können. Voller Bedauern denkt er an das Unwetter zu Beginn unserer Reise zurück. Regen, was würde er für Regen geben, der seine Haut benetzt und seinen Durst stillt. Angeblich kann man einen halben Liter Wasser pro Tag trinken, ohne zu verdursten, fährt es ihm durch den Geist. Seemannsgarn oder nicht, er versucht es, muss es versuchen, schöpft eine Hand voll und spuckt es prustend wieder aus. Jetzt hat er noch mehr Durst, also probiert er es weiter. Eine hohle Hand voll, nicht im Mund behalten, sondern direkt hinunter und sich zwingen, es drinnen zu behalten. Er schafft es, weil er es muss. Er schafft es, weil er sonst sterben wird. Er schafft es, weil er nicht aufgeben will. Er schafft es, für Constanze, für Dave und Eric und seine kleine Susanne.

Wie benommen starrt er hinaus auf die See auf der Suche nach irgendetwas, was er erspähen kann, doch nichts außer der schier endlosen Weite des offenen Meers fängt sein Blick ein. Schön und gleichsam erschreckend glitzert die Sonne auf den Wellen. Ich fasse mir ein Herz.

„Was habt Ihr vor, Kapitän?", frage ich ihn. Er blickt sich um und sucht verwundert nach der Quelle der Stimme. Meine eigene Stimme klingt quakig und hell, mir selber unbekannt, doch die Betonung und das Timbre klingen seltsam vertraut.

„Hier unten. Da, wo Ihr mich angebunden habt.", sage ich ihm und er blickte zu seinem treuen Mr. Brik herunter und mein trübes, totes Auge blickt zu ihm herauf.

„Ich werde dringend zu Hause gebraucht", sage er unsicher zu mir und ein Lächeln zieht sich über meine graugelben Lippen und entblößen ein bläuliches Zahnfleisch mit weißen Zähnen.

„Warum?", frage ich, der sein Leid nicht mehr mitansehen kann.

„Ich muss sie warnen. Ich muss sie alle warnen. Ich muss meine Familie beschützen." Er wendet sich von mir ab, blickt erneut zielsuchend hinaus auf das Meer und leckt sich mit seiner trockenen Zunge über die salzigen Lippen. Ich muss hämisch lachen, was meinen Kapitän wütend herumfahren lässt. Dabei meine ich es doch nur gut mit ihm.

„Wirklich?", frage ich amüsiert seinem strengen Blick standhaltend. „Glaubt Ihr tatsächlich, Ihr wärt mit diesem Leichenkahn schneller als das verfluchte, schwarze Schiff? Ihr sprecht mit einem Toten und hinterfragt es nicht einmal. Hihihi ... Ihr habt den Verstand verloren. Was ja auch irgendwie verständlich ist. Die Sonne, der Hunger, der Durst, eure ganzen Taten, um zu überleben, haben Euch in den Wahnsinn getrieben. Ihr habt viel durchgemacht und noch mehr ertragen. Ihr habt eure Crew gefleddert und aus ihr ein Floß gebaut. Und jetzt redet ihr mit einem Toten. Hihihi. Ihr führt Selbstgespräche mit einer Leiche." Ich weiß nicht, wieso mich das Ganze so amüsiert, ich wollte ihm gegenüber nicht boshaft sein, doch ich kann nicht anders.

Schockiert wendet er sich wieder ab, nicht jedoch ohne dabei die verdrehten Körper seines Gefährts zu betrachten. Männer, die ihm einst treu gedient haben und nun in menschenunwürdiger Art beieinander liegen, ohne sich gegen diesen Zwang erwehren zu können. Zu Hause würde man derlei Schändung der Totenruhe mit dem Strick honorieren. Doch hier geht es um mehr.

„Sie alle und auch ich dienen einem hehren Ziel. Ich muss es versuchen", ist seine aufrichtige Rechtfertigung.

„Ihr seid wahrlich wahnsinnig", ermahne ich ihn als ehemaliger Bootsmann. „Ihr habt als Einziger überlebt, weil Ihr feige wart."

„Ich bin kein Feigling!" Erbost über diese Behauptung wendet er sich mir energisch zu. Beschämt blickte ich auf mein zerfetztes Beinkleid, während ich gurgelnd weiterspreche, als wäre meine Kehle voller Flüssigkeit.

„Ihr hattet verdammtes Glück. Das Schicksal war auf Eurer Seite und nun verhöhnt Ihr es und spuckt ihm ins Gesicht mit eurem tollkühnen Plan. Dem Schicksal gefällt so etwas nicht." Ich hebe meinen Kopf und schleimiger Auswurf tropft aus meinem Mund. „Ganz und gar nicht. Es wird Euch dafür bestrafen, wenn Ihr nicht mit dieser Torheit aufhört. Mein Rat daher: Wendet dieses Gefährt, verschwindet von hier und blickt nicht zurück. Fangt von Neuem an und lasst die Toten ruhen."

„Nein! Ich kann es schaffen. Ich kann uns nach Hause bringen. Ich kann meine Familie beschützen." Wut durchflammt seine Adern und lässt seit Langem Stolz seinen Rücken durchdrücken. „Ich kann uns alle retten."

„Das verfluchte Schiff hat längst Kurs gesetzt. Es ist schon bald da und wird alle hohlen", versuche ich ihn zu überzeugen, um sein Leid zu beenden.

„Halt den Mund!", herrscht er mich an.

Ich bin erbost und wusste gar nicht, dass ich dazu jetzt noch in der Lage war.

„Es gibt keine Rettung vor diesem Schiff. Erinnert Euch. Ihr werdet versagen, so wie ihr das erste Mal versagt habt, als sich eure Wege kreuzten."

Schockiert tritt er zurück. Das Trauma und der Schock hatten die Ereignisse auf der *Freedom* tief in ihm vergraben, wie den sagenhaften Schatz von Kapitän Flint. In seinen aufgerissenen Augen sehe ich nun die Erinnerung an die Ereignisse, die ihn haben stranden lassen. Wie die Ebbe legt es Dinge frei, die vom Meer verschluckt worden sind. Die Sichtung des Frachters, die ersten Einschläge der Kanonen. Pulverdampf, Feuer und Schreie. Ein Kapitän, der mit Splittern gespickt in seinem eigenen Blut ersäuft, und ein junger Offizier, der mit seinen Entscheidungen gezögert und somit den Tod seiner Mannschaft verschuldet. Die zweite Salve traf uns noch härter, ließ weitere Planken splittern und den Hauptmast bersten. Der Rumpf wurde zerfetzt, sowie etliche Mannschaftsmitglieder. Marry, unsere Galionsfigur, verließ als Erste das Schiff, wurde von schweren Treffern aus ihrer Befestigung gerissen. Während ich als Bootsmann den Mannschaften das Kommando gab, das Feuer zu erwidern und uns bereit fürs Entern zu machen, rief er alle dazu auf, das Schiff zu verlassen und es aufzugeben. Als die ersten Unholde sich an Bord schwangen, sprang er über Bord und überließ das Schiff und seine Besatzung ihrem Schicksal.

„Ihr habt uns geopfert", zische ich ihn an. Mit weit aufgerissenen Augen taumelt er nach hinten, von mir weg. Doch es gibt kein Entkommen vor der Wahrheit. Seine Schultern sinken herab, genau wie sein Haupt. Von der Erinnerung seines Versagens in die Knie gezwungen, legt er sein Geständnis gegenüber der Mannschaft ab.

„Ja, das habe ich. Ich habe euch alle im Stich gelassen." Seine Stimme ist dünn und nicht mehr als ein Lufthauch, doch ich kann ihn deutlich hören. „Es tut mir leid. Ich hatte Angst und wusste nicht, was ich machen sollte." Sein eingefallenes Gesicht mit den rotgeäderten Augen blickt mich mit zitternden Lippen an. „Aber ich versuche es wiedergutzumachen. Indem ich uns alle nach Hause bringe. Der Herr sei mein Zeuge, ich werde nicht aufgeben und nie wieder weglaufen. Dafür kämpfe ich jetzt. Ich will euch zurückbringen zu denen, die euch lieben. Dafür kämpfe und lebe ich. Und wenn ich dabei draufgehe, dann in der Hoffnung auf Vergebung und dass ich mein Weib und meine Kinder an der Seite unseres Herrn im Himmel einst wiedersehen werde." Sein Anblick schmerzt mich, doch er muss die Wahrheit erfahren.

„Im Himmel? Es gibt keinen Himmel. Glaubt mir, ich sollte es ja inzwischen wissen." Ich sacke traurig zusammen, während etwas in mir rumort. Dann erbrechen sich etliche kleine Krebse aus meinem Mund und verteilen sich klackernd und krabbelnd auf meinen Kameraden, welche unnötig gestorben waren. Beraubt um Leben und Frieden im Tode lasse ich den Kopf hängen.

Wärme, lebende Hände packten mich bei meinen schwammigen Schultern. Finger graben sich in meine sich zersetzende Haut und streichen mir die klebrigen, nassen Haare aus meinem verwesenden Gesicht, welche meinen Kopf wie modrige Wasserpflanzen schmücken.

„Es tut mir so leid, alter Freund. Bitte verzeih mir." Ich spüre seine Reue, seinen Schmerz. Es schenkt mir etwas von dem Frieden, nach dem ich mich so sehr sehne. Es hat keinen Sinn, ihm sein Handeln zu grollen. So etwas war zu Lebzeiten schon nicht meine Art und warum sollte ich jetzt im Tode damit anfangen. Er bückt sich tief, um mir in mein verbliebenes Auge zu blicken. Ich sehe seinen guten Willen rotumrändert von den Fängen des Wahnsinns in seinen müden Augen. Sein Blick macht mir Angst. Eine Erkenntnis trifft mich wie eine Pistolenkugel. Sein Martyrium hat gerade erst begonnen und ich habe tiefes Mitleid um diese lebende Seele, welche allein auf diesem Ozean des Irrsinns segelt. Zusammengesackt und stumm auf diesem bizarren Gefährt an den Mast gebunden vergebe ich ihm in der Gewissheit, dass unsere gemeinsame Zeit bald vorüber sein wird.

Ein rotes Glühen zeigt sich am Firmament und es ist nicht die sinkende Sonne. Die See ist unruhig und Rufe hallen durch die Luft. Etwas brennt am Firmament, dann wankt da Floß, als es von etwas gerammt wird. Still steht der Kapitän und hält sich an der Takelage des blutverkrusteten Rahsegels fest, als könnte er übersinnlich erfassen, was das gerade war. Dann erzittert das Floß erneut. Achtern löst sich der Kopf von Peter Grimm aus dem Floß. Mit verdrehten Augen, aufgerissenem Mund und fast weißen Zähnen darin verschwindet er in dem Blau des Ozeans. Bewegung kommt in den Kapitän und hektisch geht er von steuerbord nach achtern. Einige dunkle Schatten schwimmen an dem Floß vorbei in Richtung des brennenden Lichtes, aber einige auch nicht. Dreieckige Flossen durchschneiden die Wasseroberfläche wie Entermesser und umkreisen das Floß.

Willkürlich schießen Haie aus dem Wasser und graben ihre Zähne in die Mannschaft. Sie schütteln und reißen Fleischstücke und Körperteile aus den Planken. Wie Pfeile stoßen ihre Schnauzen zwischen den Leichenteilen hervor und zerren an der Vertäuung. Der Kapitän stolpert zwischen den Angriffen auf dem wackligen, malträtierten Floß umher, welches aus den Resten seiner Crew besteht. Er packt einen Stecken, mit dem die Takelage fixiert war, und geht in Angriffshaltung. Mehr und mehr Fleischplanken werden in Fetzen gerissen und wild schlägt das einzige lebende Besatzungsmitglied auf die Meeresräuber ein, während sein Floß immer weniger wird. Ein großes Exemplar bricht backbord durch den Boden und verfängt sich in der Vertäuung. Schwarze Augen, die die Kälte des Meeresgrunds widerspiegeln, sind auf den Kapitän gerichtet. Und er erwidert den Blick des Räubers. Es ist fast so, als würden sie einander als Seeungeheuer erkennen. Mit lautem Schrei sticht er den Stecken in das Auge des Hais. Tödlich verwundet wirft sich dieser hin und her, will sich zurückziehen und taucht ab. Dabei zieht er uns unter Wasser, während er sich im Todeskampf windet. Ich kann es nicht sehen, aber ich weiß, dass der Kapitän weiter an dem Stecken festhält und sich nicht abschütteln lässt. Das stumpfe Messer in der Linken sticht er wiederholt auf den Meeresräuber ein. Dieser zappelt weiter, dreht und windet sich und verfängt sich weiter in den Schlingen und Stricken des Leichenkahns. Als seine Gegenwehr erstirbt und sein Leben endet, hatte sein Todeskampf die geometrische Form des Floßes neu angeordnet. Wie eine Fliege im Netz in der Takelage des Floßes gefangen, ist der Hai nun auch ein Teil des Schiffs geworden. Mit dem frischen Haikadaver in der Mitte, verstrickt und verworren in den Leichen meiner Seemannskameraden, hat das Floß nun eine noch groteskere Form angenommen. Obwohl viele Fleischplanken weg sind, kommen wir mit dem Neuzuwachs des Schiffes auf die Größe einer Schaluppe, fast so, als würde das Gefährt des Kapitäns wachsen.

Das Leuchten ist nun ganz nah. Ich rieche den Gestank von brennendem Holz und Pulverdampf. Ich höre das Wehklagen von Seelen in Not. Die stummen Rufen der Ertrunkenen und die panischen Schreie der in haifischverseuchten Wasser schwimmenden Seeleute dringen an mein Ohr. Der Mast knickt um und ich falle in die See.

„Brik, nein!", höre ich den Kapitän noch rufen, doch ich sinke zu schnell in die Tiefe, als dass er mich halten kann. Ich bin froh, dass ich ihm von Angesicht zu Angesicht verzeihen konnte, bevor sich unsere Wege nun ein für alle Male trennen. Ich hoffe, er verzeiht sich, dass er mich nicht nach Hause bringen kann. Vielleicht hört Davy Jones ja mein Flehen nach Erlösung vor den hungrigen Haien um mich herum. Doch so oder so, meine Reise endet hier. Und doch mache ich mir Sorgen, was aus meinem Freund werden wird. Ich befürchte, das Schicksal hält nichts Gutes für ihn bereit.

Fortsetzung folgt ...

VORWORT

Inspiration kann man überall finden. Aus Bildern, Liedern, Alltagssituationen, Erzählungen oder oder oder … Dabei ist es die Kunst des Autors, die Situation so abzuändern, dass sie eben nicht oder nicht nur Eindrücke von sich selber widerspiegelt, sondern sich eines möglichst großen Spektrums an Möglichkeiten, Hintergründen und Varianten bedient. Mancher möchte in der nun folgenden Geschichte vieles aus meinem Arbeitsalltag während eines gewissen Zeitabschnitts meines Lebens wiederfinden. Doch ich kann Ihnen, geehrter Leser und geehrte Leserin versichern, dass dies nicht zutrifft. Zumindest nicht ausschließlich. Tatsächlich finden sich in der Geschichte mehrere Lebensereignisse von mindestens vier Personen wieder, welche von mir zusammengefasst, gut durchgerührt, mit Fantasie verfeinert und dann mit einer Prise Grauen abgeschmeckt wurden. Das Ganze wurde sodann knapp ein Dreivierteljahr auf dem Papier gereift und dann kalt serviert. *Bon Appetit.*

Ferner darf ich Ihnen versichern, dass die Personen der Geschichte frei erfunden sind. Die Handlung basiert auf abgeänderten persönlichen Erfahrungen von diversen Menschen, welche in einem fiktiven Rahmen zusammengeführt wurden. Etwaige Ähnlichkeiten mit tatsächlichen Begebenheiten, lebenden oder verstorbenen Personen wäre rein zufällig und nicht beabsichtigt.

Ganz, ganz ehrlich.

WIE WAR DEIN TAG?

Für Carsten Wilms

Teil 1
Ein neuer Anfang ... möglichst besser

Die Antwort auf die Frage am Ende des Tages

„Wie war dein Tag, Liebling?" Roland atmete tief durch angesichts von Clairs Frage. Tja, wie war sein Tag gewesen? Seitdem er den Job gewechselt und in sein jetziges Amt gesetzt worden war, konnte er nur schwer eine Antwort auf diese Frage finden. „So wie immer, Schatz. Langweilig und meine Kollegen nerven mich." Das war schon viel, was er über seinen Tag sagen konnte.

Früher hatte er im Sozialamt gearbeitet, Leistungsabteilung. Das heißt, jeden Tag Vorsprachen von Leuten, die um ihre Existenz kämpften und um ihren Lebensunterhalt bangten, Schulden hatten und Rechnungen nicht bezahlen konnten. Und das in jeder erdenklichen Form der modernsten Bürokommunikation. Briefe, Faxe, E-Mails und natürlich die täglichen persönlichen Vorsprachen in der Eingangszone. Einmal hatte ihn ein Kunde (so die offizielle, durch das Arbeitsministerium vorgegebene Bezeichnung der Menschen, die, aus welchen Gründen auch immer, nichts oder zu wenig verdienten, um den für Deutschland festgelegten Mindestlebensstandard zu erreichen) sogar per Facebook-Messenger angeschrieben. Roland war von dieser Dreistigkeit negativ beeindruckt gewesen und hatte diesem Kunden sehr schnell und unmissverständlich klargemacht, dass dies seine Privatsphäre verletzten würde und mal so gar nicht klarging. Er sollte sich doch bitte auf die dienstlichen Kommunikationswege beschränken. Und das war nicht der einzige Vorfall dieser Art. Er hatte von seinen Kollegen sogar schon davon gehört, dass diese von ihren Kunden im

Supermarkt mit Leistungsfragen behelligt worden waren. Kopfschüttelnd hatte er sein Unverständnis für diese Leute zum Ausdruck gebracht und sich im Stillen für sein Credo auf die Schulter geklopft, niemals da zu arbeiten, wo man wohnte. Oder anders ausgedrückt: Iss niemals da, wo du hinscheißt.

Und natürlich hatte er abends davon seiner Frau erzählt und Bestätigung für sein entrüstetes Verhalten bekommen. Demnächst fangen die Leute noch an, ihren Hausarzt im Fitnessstudio oder beim Spazieren im Park um eine medizinische Meinung zu bitten.

In seinem damaligen Berufsalltag hatte er es durchgehend mit Personen zu tun, die vom Schicksal richtig gefickt worden waren. Alleinerziehende, wo der Partner verstorben war oder sich einfach mit allem, was greifbar war, aus dem Staub gemacht hatten. Arme Schweine, die von ihrem Arbeitgeber verarscht und für Hungerlöhne zu frondienstähnlichen Arbeiten gezwungen wurden. Fleißige Hände, die einfach wie eine heiße Kartoffel fallen gelassen wurden, weil die Firma pleite war oder oder oder. Die Bandbreite der möglichen Schicksalskonstellationen war so zahlreich wie die Sterne am Firmament.

Natürlich gab es auch die Kunden, welche schlichtweg faul waren und sich lieber auf Staatskosten ausruhten, anstatt selber für ihren Lebensunterhalt zu sorgen. Leider gab es davon nicht gerade wenige. Und dann gab es natürlich auch noch die, die wirklich einfach zu dumm zum Überleben waren, und auch davon gab es nicht gerade wenige. Die Königsklasse bestand natürlich aus denen, welche zu faul und zu dumm zum Arbeiten waren. Wo es was für wenig Aufwand zu holen gibt, sind natürlich auch noch die Trickser. Diejenigen, die den Staat und seine Fürsorge schamlos ausnutzen, wo sie nur können. Wie bei den anderen Kategorien von Hilfeempfängern gab es auch von dieser Sorte mehr als genug (auch wenn von offizieller Seite etwas anderes behauptet wird).

Für all diese Seelen sorgte der deutsche Sozialstaat durch das Steuergeld der arbeitenden Masse und das Wohlwollen der Politiker. Zumindest wurde ihnen die Illusion verkauft, dass sie an der Gesellschaft teilhaben würden. Dabei wäre die Gesellschaft, wenn man mal ehrlich ist, froh darüber, wenn manche dieser Nullapostel und Schmarotzer ihr nicht auf der Tasche liegen würden.

Fragte man Roland oder einen seiner Kollegen, so erhielt man genügend Namen von Hilfeempfängern, also Menschen, die unter dem sogenannten Existenzminimum lebten, die bereits in der vierten Generation lieber andere für sich arbeiten ließen, als selber zum Bruttosozialprodukt beizutragen. Wie will man auch mit einem Hauptschulabschluss einen Job finden, der eine sechsköpfige Familie ernähren kann? Da lässt man es lieber direkt sein und zeugt lieber noch ein paar Mäuler mehr. Das bringt mehr Kohle, besonders wenn man für jedes Kind neue Beihilfen beantragen kann. Und wenn die Leistungen abgelehnt wurden, dann suchte man sich auf Staatskosten einen passablen Anwalt, welcher der überarbeiteten und überlasteten Rechtsabteilung eine Tube Vaseline schickte, bevor er sie so richtig in den Arsch fickte. Zumindest wenn er nett war.

Die Arbeit war viel, stressig und stand immer an der Kippe der Eskalation, gerade bei persönlichen Vorsprachen. Manch einer konnte das, was ihm durch Roland und seine Kolleginnen und Kollegen vermittelt wurde, nicht verstehen, ob wegen ihres fortgeschrittenen Alters, einer Sprachbarriere oder einfach nur, weil sie Scheiße im Hirn hatten. Andere wiederum, und das waren die echt stressigen Kunden, wollten es einfach nicht verstehen. Entweder weil ihr Leben nicht so lief, wie es die ganzen bunten Boulevardmagazine im Fernsehen jeden Tag in den wunderbarsten und schillerndsten Farben malten oder weil es nun mal viel leichter ist, anderen die Schuld am eigenen Versagen zu geben. Somit ersparte man sich das Eingeständnis, dass man das eigene Leben schlicht und ergreifend selber gegen die Wand gefahren hat. Und schuld waren sowieso immer die anderen. Die Aussage von Rolands altem Physiklehrer aus der zehnten Klasse, dass der Mensch immer den Weg des geringsten Widerstands geht, fand in den Büros des Sozialamtes stets empirische Beweise am lebenden Objekt.

Die Betitelung der Hilfesuchenden als Kunden sorgte obendrein noch dafür, dass sich einige, in Anlehnung des alten Verkaufsslogan, eher als Könige und Königinnen denn als Hilfesuchende sahen.

In solch einer Einrichtung ist es daher kein Wunder, dass selbst jedem eingefleischten Sozialisten das Mitgefühl für seine Mitmenschen vergeht und auch noch so engagierte Kreuzritter verhärmten. Und das Ganze mit einer Geschwindigkeit, auf die selbst Gott eifersüchtig wäre. Im Zuge des menschlichen Schubladendenkens bekommen diese negativ geprägte Einstellung, gepaart mit einem gehörigen Schuss Überarbeitung, wiederum die Kunden ab, die wirklich Hilfe brauchen. Sie reagieren dann zurecht angepisst und erzürnt, womit sich der Kreis schließt und voilà, fertig ist der Teufelskreislauf.

Natürlich werden bei Facebook, Twitter und so weiter auch entsprechende Kommentare verfasst, die diese ach so menschenunwürdige Behandlung anprangern, aber wer außer den Leuten, die ebenfalls von der Sozialhilfe leben, interessieren sich schon dafür? In einem solchen Amt, wo menschliche Schicksale der sozialen Unterschicht zwangsläufig in fließbandartiger Massenabfertigung stattfinden, kommt man sich wie ein Feuerwehrmann vor, der einen Großbrand mit nur einem Schlauch löschen soll. Dabei muss er auch noch entscheiden, bei welchem Haus er anfängt.

Was einen jedoch nicht umbringt, macht einen ja bekanntermaßen nur härter und so hat man sich nach einigen Jahre in einer solchen Behörde entweder ein dickes Fell angewöhnt oder sich einen neuen Job gesucht. Im besten Fall reagiert man auf verbale Anfeindung mit Gleichgültigkeit, wenn nicht sogar mit einer gewissen Form von Humor. So hatte Roland einer italienischen Kundin, die ihren Willen nicht bekam und die Rassismuskarte spielte, indem sie ihn als Nazi beschimpfte, mit dem Satz: „Das sagen sie nur, weil ich Jude bin", versucht rhetorisch zu kontern. Sehr zur Erheiterung aller Kollegen wurde er daraufhin lautstark von der Dame mehrfach als Judennazi bezeichnet, während sie wütend von den Sicherheitskräften durch den Flur Richtung Ausgang begleitet wurde.

An einem anderen Tag wurde Elyf Yilmaz, die stellvertretende Teamleitung aus dem Büro neben an, ebenfalls als Rassistin bezeichnet. Ein Mann mit unscheinbarem, mitteleuropäischem Aussehen fuhr furchtbar hoch und gestikulierte lautstark. „Sie sind eine Rassistin.", echauffierte er sich, nach dem er nicht das zu hören bekam, was er gerne gehört hätte und fügte als Rechtfertigung dieser Aussage noch bei: „Das machen Sie nur, weil ich Belgier bin."An dem Tag hatten viele der Kollegen in der Pause Tränen in den Augen und hielten sich die Bäuche vor Lachen. Sven Müller lachte so herzhaft und unkontrolliert, dass er dabei von seinem Stuhl fiel, was wiederum zur allgemeinen Erheiterung und noch mehr Gelächter führte.

Damals gab es jeden Tag zu Hause was zu erzählen. Über die Menge der Arbeit, die Dummheit, Dreistigkeit, Faulheit, Unverschämtheit, Ignoranz, Penetranz oder, was hin und wieder auch mal vorkam, Freundlichkeit und den persönlichen Dank einiger Kunden. Dazu kamen dann in regelmäßigen Abständen die neusten Schnapsideen (was anderes konnten sie einfach nicht sein) der Führungsebene, die, fernab des tatsächlichen Tagesgeschehens, für eine Verbesserung der Arbeitsabläufe sorgen sollte. Für gewöhnlich handelte es sich dabei jedoch eher um Verschlimmbesserungen für die Belegschaft jenseits des Elfenbeinturms, dem diese Anweisungen entsprangen, und sorgte für eine Verschärfung der Arbeitssituation, Frust und Unverständnis. Aber man konnte auf eine Frage wie: „Wie war dein Tag?", ausführlich antworten und sich gleichzeitig etwas Frust von der Seele reden, um Luft für einen weiteren Tag in dem Behördenzirkus zu schaffen.

Dann wechselte Roland die Kommune, das Amt, praktisch einen Teil seines bisherigen Lebensinhalts. Und auf einmal hatte er so gut wie nichts mehr zu erzählen.

Der erste Kontakt I

„Es freut mich, dass Sie sich Zeit für mich nehmen", sprach Roland und schüttelte dem älteren Herrn vor ihm die Hand.

„Die Freude ist ganz meinerseits", erklärte Herr Rauch mit seiner gurgelnden Stimme, die sich anhörte, als hätte er Flüssigkeit in den Atemwegen oder Schleim in den Bronchien. „Bitte setzten Sie sich doch."

Roland nahm in dem kleinen Eckbüro des ehemaligen Gerichtsgebäudes der Stadt Herne Platz und ließ die vorherrschenden Eindrücke auf sich wirken. Es handelte sich um ein klassisches Büro einer x-beliebigen Verwaltung. Der Boden war mit grauen, Siebzigerjahren-Fliesen mit dunklen Sprenkeln getafelt, die aussahen, als hätte man einer PVC-Katze das Fell über die Ohren gezogen. Die einfallslos weißen Wände waren mit Regalen versehen, in die Ordner gestopft waren. Hier und da säumten Gesetzessammlungen und Kommentierungen aus mehreren unterschiedlichen Erscheinungsjahren die Reihen wie die Chronologie der entsprechenden Gesetzesbücher. Vereinzelte Bilder mit schmucklosen Motiven an der Wand und Topfpflanzen in den Ecken versuchten, dem Ganzen eine persönliche Note zu verleihen. Im Fokus für ihn stand jedoch die teigige Gestalt seines neuen Teamleiters, Herr Ernst Rauch, welcher das Abbild eines klassischen Mannes im gehobenen Alter verkörperte. Seine speckigen Wagen hingen schlaff herab wie die eines rasierten Bernhardiners und sein massiger Hals schwappte über den Kragen seines einfachen Hemdes von C & A genauso wie sein Doppelkinn. Er war groß und in seiner Jugend gewiss einmal stämmig gebaut, doch nun hatten mangelnde Bewegung und das ständige Sitzen in einem Büro seinen Körper in einen fettigen Wohlstandsfleischmantel eingehüllt. Eine flattrige Cordhose des Modells „Alte Herren" schlabberte um seine dürren Beine und verriet mehr als deutlich seinen praktisch nicht vorhandenen, flachen Hintern. Doch was sind schon Äußerlichkeiten. Für Roland ging es hier um einen Neuanfang.

„Es freut mich, dass wir endlich neues Personal hier bekommen. Ich habe die Anfrage schon vor eineinhalb Jahren gestellt und da eine weitere Kollegin vor Kurzem weggefallen ist, sind nun schon zwei Stellen verkannt. Mal sehen, wann die zweite nachbesetzt wird, aber jetzt sind Sie ja erst mal hier. Wann genau fangen Sie noch gleich hier an?"

Roland hatte sich fest vorgenommen, dass ab jetzt alles anders werden würde, und zu diesem Zweck den Termin mit Herrn

Rauch während seines Resturlaubs vereinbart. Er hoffte, dadurch einen guten Eindruck zu machen und schon mal etwas von dem zu erfahren, was demnächst auf ihn zukommen würde und wohl für die nächste Zeit sein tägliches Brot sein würde.

„In gut vier Wochen. Also zum ersten Juni."

„Ah, hervorragend. Das ist ja nicht mehr lange hin. Sie werden dann im Büro mit Frau Roth sitzen. Diese wird Sie auch vormittags einarbeiten. Nachmittags befindet sie sich im Homeoffice, weshalb Sie sie heute leider noch nicht kennenlernen werden. Aber wenn Sie Fragen haben, können Sie gerne zu mir kommen oder sich an die anderen Kollegen wenden. Meine Tür ist immer offen und wenn sie mal nicht offen ist, dann bin ich auch nicht da. So, dann erzähle ich Ihnen mal, was Sie hier bei uns so erwartet."

Der Erzählung von Herrn Rauch konnte Roland entnehmen, dass dieser ein echtes Urgestein im Amt für Wirtschaftsförderung war. Er hatte klein angefangen und sich über dreißig Jahre lang zu seiner jetzigen Position hochgearbeitet. Im Gegensatz zu seinem Auftreten wirken seine Ausführungen messerscharf und fachlich zutreffend, während er sie sich mit einer Leichtigkeit aus dem Ärmel schüttelte, als hätte er einen ganzen Kartenstapel mit Trümpfen darin. Er war eine graue Eminenz in dem Amt und hatte in fast jeder Entscheidung auf Führungsebene ein Mitspracherecht, obwohl er nur die Position eines Teamleiters innehatte. Doch Erfahrung ist manchmal mehr wert als eine offizielle Position und von daher war er zu diversen Amtsleiter-Meetings, Arbeitsgruppen und Ausschusstagungen geladen, um als Experte in Fachfragen gehört zu werden. Jetzt stand er kurz vor seiner Pension. Noch gut zwei Jahre, dann war es so weit.

Er zeichnete Roland einen einfach zu verstehenden, aber fundierten Abriss der grundsätzlichen Tätigkeit der Abteilung, eine kurze Zusammenfassung seiner neuen Aufgabe, einen kleinen Ausflug in die Entwicklung des Amtes in den letzten dreißig Jahren gepaart mit Anekdoten, Erzählungen und einigen anderen, nützlichen Informationen aus seiner eigenen Karriere.

„So, wenn Sie keine weiteren Fragen mehr haben, würde ich zum Schluss eine kleine Vorstellungsrunde durch das Teams machen", sagte Herr Rauch und erhob sich langsam von seinem Stuhl.

„Ich habe schon einige der Kollegen vom Büro gegenüber kennengelernt in der Zeit, in der ich auf Sie gewartet habe", erklärte Roland, während er ebenfalls aufstand.

Wenn man in einem Amt etwas hilflos auf den Fluren umherirrt, wird es über kurz oder lang passieren, dass man von einem Mitarbeiter mit der Frage konfrontiert wird, was man denn hier wolle. Dabei schwankte der Tonfall zwischen freundlich, hilfsbereit bis zu patzig oder herablassend, je nach Amt, Uhrzeit, morgendlichem Stuhlgang und/oder zurückliegender Zeit, seitdem die fragende Person das letzte Mal gevögelt hatte.

In Rolands Fall hatte es sich bei der fragenden Person per Zufall um Violetta Müller-Eckbert gehandelt. Eine seiner zukünftigen Kolleginnen, die ihn freudig mit in ihr Büro nahm, solange er auf Herrn Rauch warten musste.

Violetta war Rolands Schätzung nach Mitte bis Ende vierzig, aber so quirlig wie eine Zwanzigjährige. Eine natürliche Aura der guten Laune umgab sie und im Zuge der späteren Zusammenarbeit sollte er noch herausfinden, dass selbst wenn sie mal schimpfte oder sich aufregte, es nicht lange dauerte, bis sie wieder lächelte und andere damit ansteckte. Violetta war geschieden und zog ihren siebzehnjährigen Sohn allein groß, was vielleicht der Grund war, weshalb sie immer noch so jugendlich und energiegeladen wirkte, auch wenn die ausladenden Hüften eine lange Zeit im Dienst der Verwaltung verrieten.

In ihrem Büro lernte er zwei weitere Kollegen kennen, deren Begeisterung über seine Person jedoch eher im Gegensatz zu Violettas Herzlichkeit standen. Natürlich hat man als Mitarbeiter einer Behörde immer ein zurückhaltendes Wesen, wenn jemand komplett Fremdes ein Büro betritt. Immerhin kann man nicht abschätzen, ob es sich um einen Bürger, einen neuen Vorgesetzten oder einen wahnsinnigen Axtmörder handelt. Während Stephanie Leidinger, Violettas Büro-Mitbewohnerin, ihn nur abschätzend betrachtete und sich dann wieder einem scheinbar wichtigen Telefonat hingab (in dem sie sich über irgendwas echauffierte), saß Andreas Wolters stumm in der Ecke und balancierte seinen durch seine Flattop-Frisur und seine kantigen Wangenknochen quadratisch wirkenden Schädel auf den Schultern eines bürotypischen, erschlafften Körpers. Schmale Lippen waren waagerecht in sein Gesicht gezeichnet und verrieten keinerlei Emotionen. Die Kleidung aller drei war bürotypisch unscheinbar und ohne Statement auf Persönlichkeit, Vorlieben oder irgendeinen Hinweis auf etwas Privates. Bequem war hier die Devise.

Zu Rolands innerer Beruhigung boten ihm alle Anwesenden direkt das Du an und während Violetta die Herzlichkeit in Person war und auch Stephanie nach dem Telefonat etwas auftaute, blieb Andreas weiter distanziert, abschätzend und löste während Rolands gesamtem Aufenthalt nicht einmal die verschränkten Arme vor der Brust, was Roland als extrem abweisende Haltung ihm gegenüber empfand.

„Na gut, dann fangen wir bei denen an, die Sie noch nicht kennen", erklärte Herr Rauch freundlich und gestikulierte Roland, das Büro nun zu verlassen.

Zwischen zwei Bürostühlen

Alles fing eigentlich ganz gut an. Er stieg eine Gehaltsstufe auf, kam heraus aus dem seelenzermürbenden Hartz-IV-Sachbearbeiter-Moloch und hatte es wesentlich näher zu seiner Dienststelle. Vorbei die Zeiten, wo er sich nachmittags durch die Staus der Rushhour auf der A 52 und der A 40 kämpfen musste und teilweise bis zu zwei Stunden brauchte, bis er daheim war. Zwanzig Minuten entspannte Autobahnstrecke und fertig war die Laube. Das war auch das, was er seiner Frau erzählt hatte.

Doch wie so oft ist der vermeintlich positive Fortschritt in Wahrheit mit Widerhaken und Dornen besetzt, der einem das Leben unter dem Strich eher erschwert. Die alte Befürchtung, dass man lieber den bekannten Schrecken erträgt, als sich einer unbekannten Veränderung hinzugeben. Und so gut der erste Eindruck auch immer ist, er ist oberflächlich und vermag einem nur dann weiterzuhelfen, wenn man den Luxus hat, sich auch nur dort bewegen zu können. So etwas ist bei der Arbeit in einem Team eher schwer. Nicht umsonst ist Teamfähigkeit das moderne Pendant zur Pünktlichkeit in den Stellungsangeboten und Bewerbungsgesprächen geworden. Die gute, alte, preußische Tugend, zu einem fixen Zeitpunkt auch tatsächlich zu erscheinen (am besten sogar fünfzehn Minuten früher), gilt mittlerweile als Grundvoraussetzung bei jedem Arbeitgeber und dies als eine positive Eigenschaft zu verkaufen, ist eher ein verkapptes Armutszeugnis. Teamfähigkeit ist etwas essentiell Wichtiges in einer Welt, in der man sich sozial immer mehr isoliert, in der man virtuelle Freunde und Follower hat, aber keinen zum Reden, wenn es einem beschissen geht. Sie sorgt im besten Fall für reibungslose Arbeitsabläufe, was wiederum für Produktivität und somit steigende Umsätze sorgt. Zwischenmenschlich vermittelt sie eine angenehme Atmosphäre und sorgt für mehr Kollegialität und bestenfalls sogar für Freundschaften unter den Mitarbeitern. Immerhin verbringt man selbst bei einer Fünfunddreißig-Stunden-Woche sieben Stunden des Tages in unmittelbarer Nähe zu den lieben Kollegen. Dazu kommen noch Arbeitswege, Fortbildungen und Überstunden und ratzfatz ist das mehr Zeit, als die Partnerin, der Partner oder die Kinder unter der Woche bekommen. Somit kann man ein Team, eine Abteilung oder jegliche andere Konstellation von berufsmäßiger Zusammengehörigkeit gut und gerne als eine Art Zweitfamilie betrachten. Mit allem, was dazu gehört. Dem unangefochtenen Familienoberhaupt, den missmutigen Greisen, die früher alles besser fanden, den Kids, die man beschäftigen muss, und die entfernten Verwandten, die man hin und wieder trifft und bei denen man froh ist, wenn sie wieder weg sind.

So war es in Rolands altem Team. Man hielt da zusammen, zankte auch mal, aber alles in allem war man im selben Boot und stand geschlossen gegen die Flut von Arbeit und gab sich gegenseitig Sicherheit beim täglichen gemeinsamen Blick in den Abgrund der menschlichen Existenz. Dabei gab es keine Abgrenzung. Wer hier arbeitete, gehörte dazu oder war schneller weg als Jürgen Klinsmann als Bundestrainer.

Man wusste einfach, wie es hier zuging, wie belastend es sein konnte und dass man hier nur als Team bestehen oder als Einzelkämpfer untergehen konnte. Klar blieb auch mal jemand auf der Strecke, immerhin herrscht Krieg in Deutschlands Sozialämtern, doch wenn man sich nicht gerade blöd anstellte oder durch Minderleistungen glänzte (man musste nicht direkt durch Leistung, Aufopferung und Eifer herausragen), dann gehörte man ganz schnell zur Familie. Und dann hielt der Rest der Familie auch zu einem, auch über die Dienstzeit hinaus und gegen jeden Tadel von höherer Stelle. Neulinge wurden genauso willkommen geheißen wie alte Familienmitglieder, welche nach langer Abwesenheit wieder zurückkamen. Immerhin zog man hier gemeinsam am selben Strang und bildete ein geschlossenes Bollwerk gegen das täglich anbrandende Meer aus Angst und Elend.

Roland sollte relativ schnell merken, dass es in seiner neuen Arbeitsstelle anders lief.

Der erste Kontakt II

Bei so einer Vorstellungsrunde hört man immer wieder die gleichen Floskeln: Schön, dass sie da sind; Ich freue mich auf gute Zusammenarbeit und so weiter. Was will man auch sonst jemandem sagen, der einem völlig fremd ist, noch nichts von der Arbeitsmaterie versteht und aktuell nur auf der Durchreise im Büro steht. Doch der Sensible und Emphatische kann auch hier schon einiges über seine Kollegen erfahren, sucht nach Verbindungen zu den einzelnen Mitarbeitern und versucht, sich selber interessant zu präsentieren. Zwar war Roland kein Partylöwe, doch acht Jahre Jobcenter-Frontoffice hatten ihm ein selbstbewusstes Auftreten gelernt. Zwei Personen im Team, Markus Förster und Olga Serwatzki, waren im Urlaub und so begann man zwei Büros weiter. Der Kollege Thorsten Radhoff war der zweitälteste im Team und wirkte sehr entspannt in seinem Einzelbüro. Er hatte eine tiefe Stimme und intelligente, wache Augen, wobei er mit seinen hoch toupierten Haaren und den breiten Koteletten aussah wie das uneheliche Kind von Dave Gahan und Elvis Presley.

„U2-Fan oder -Riesenfan?", sprach Roland ihn nach der Vorstellung an und deutete auf das eingerahmte U2-Bild an der Wand.

„Ich würde sagen: Fan", erhielt er eine kurze Antwort. „Ist eine Erinnerung an die ‚Unforgettable Fire Tour' im November 1984 in Dortmund."

„Im Westpalenstadion?"

„Ne, damals schafften es in Deutschland nur solchen Bands wie Queen, ganze Stadien zu füllen. So groß war U2 da noch nicht. Es war nur die Westfalenhalle", wobei er das Wort nur mit der Geste für Anführungszeichen nonverbal untermalte.

„Na ja, Hauptsache es hat gerockt", entgegnete Roland und verabschiedete sich damit, da er weitergeführt wurde.

Ähnlich wie bei Violetta herrschte ein herzliches Gefühl, als man ihm Marlies Hungemeyer vorstellte. Sie sprach sehr weich und besonnen und wirkte sehr koket und warmherzig. Es fiel Roland schwer, ihr Alter zu schätzen, irgendwas zwischen vierzig und Ende fünfzig wäre durchaus denkbar gewesen. Ihr Gesicht wies gerade um den Mund und die Augen schon einige Fältchen auf, doch ihr zierlicher Körper wirkte straff und fest, sehr im Gegensatz zu dem der meisten anderer Kolleginnen fortgeschrittenen Alters, mit denen Roland bereits zu tun hatte. Sie stand auf, als die beiden eintraten, und kam Roland um den Schreibtisch herum entgegen, um ihm die Hand zu reichen. Mit einem ehrlichen Lächeln teile sie mit, wie schön es sei, ihn kennenzulernen, und hieß ihn hier herzlich willkommen. Dann herrschte die bedrückende Stille, wenn man sonst nichts mehr zu sagen hat. Beim Rausgehen verabschiedete sie sich höflich und eilte pflichtbewusst zurück an ihren Schreibtisch.

Wenn sie mal älter ist, wird sie so eine feine Dame sein wie meine Großmutter, dachte sich Roland während Herr Rauch ihn ins nächste Büro führte.

So warm der Empfang bei Marlies auch war, in Sina Kohtens Büro war die Wärme verschwunden. Sie war das jüngste Teammitglied mit natürlichen, dünnen Duck-Face-Lippen, großen, blauen Augen, kastanienbraunem Haar, hohen, runden Wangenknochen und Brüsten so groß, wie man sich die von Gott vorstellen musste. Ihre Begrüßung war kühl, desinteressiert und stellte von Anfang an klar, dass sie wenig bis gar kein Interesse an dem neuen Kollegen hatte. Es folgte Claudia Roth, welche Roland einarbeiten sollte und nur ein kurzes Hallo übrighatte, da sie auf dem Sprung ins Homeoffice war. Als Nächstes lernte er Maik Schuster kennen, der ein abgeschiedenes Büro weiter den Flur rauf hatte. Er war ebenfalls auf der Zielgraden in Richtung Rente und klärte die grundsätzlichen Fragen der Zuständigkeit, bevor die einzelnen Fälle ins Team gegeben wurden. Er war ein weißhaariger Mann von recht kleiner Statur und selbst als er aufstand, konnte Roland nur die obersten zwei Drittel seines Gesichts hinter den riesigen Aktenstapeln auf seinem Schreibtisch erkennen. Erst als er um den Tisch herum kam, um Roland die Hand zu schütteln, sah er die drahtige Gestalt seines neuen Kollegen und den gepflegten weißen Vollbart, der ihm in Kombination mit den blau-grauen Augen an den gütigen Gandalf aus Peters Jacksons Verfilmung des Herrn der Ringe erinnerte. Zu guter Letzt lernte er an diesem Tag noch Monika Kowallek, die Chefin der Stabsabteilung unter dem Amtsleiter kennen. Vor zwanzig Jahren hätte man ihre Position noch als die der Chefsekretärin bezeichnet, doch heutzutage gilt sowas als politisch unkorrekt und wird als abwertend empfunden. Daher nannte sich ihre Position jetzt Teamleiterin der Büros des Amtsleiters. Wow, klingt direkt viel besser.

Ihre Haut war sonnengebräunt und wirkte fast ledern, während ihr Wesen lebhaft und aufgekratzt wirkte. Sie erweckte bei Roland den Eindruck eines aufgetakelten Eichhörnchens auf Koffein, wie sie so quirlig und aufgedreht umherlief, so schnell sprach, dass Roland nichts richtig verstand. Die buntbemalten Augen lagen hinter einer immens großen Brille mit massigem Gestell, während ihr Hals mehr Falten aufwies als ein Origami-Pinguin. Er kannte die Sorte Frau ziemlich gut. Es waren die Damen, die in der Freizeit schon zum Frühstück ein Sektchen genossen und die Tatsache des Alterns nur schwer ertragen konnten.

Das sollten also Rolands neue Kollegen werden und wie jeder gute Ehemann erzählte er seiner Frau abends davon, als sie ihn fragte, wie sein Tag war.

Fassade

Der erste Eindruck ist immer prägend, doch die wirkliche Erfahrung macht man erst mit der Zeit. So ist es in einer Liebesbeziehung, wenn man sich am Anfang möglichst gut verkaufen will und erst nach Jahren des Zusammenseins vor seinem Partner laut furzt. Und nicht anders ist es auch, wenn man eine neue Stelle annimmt. Zuerst freuen sich alle über die Unterstützung und man selber gibt alles, um sich von seiner besten Seite zu zeigen, ist bei der Arbeit eher vorsichtig als nachsichtig und fragt (wenn wir schon gerade bei abgedroschenen Floskeln sind) lieber einmal zu viel nach als einmal zu wenig. Man kann die einzelnen Kollegen noch nicht richtig einschätzen und ist daher zurückhaltend, freundlich und hält mit der eigenen Ansicht eher hinter dem Berg, auch wenn man dies oder das grundsätzlich ganz anders sieht. Erst wenn diese Hemmschwellen sinken, wenn man sich etwas besser kennt und man sich ein genaueres Bild von den Leuten gemacht hat, vorzugsweise in einer Situation, in der sie sich nicht mehr verstellen konnten, dann weiß man wirklich, mit wem man es zu tun hat.

Am Anfang war alles Neuland für Roland, sowohl die Arbeit als auch das Gebaren seiner Kollegen. Der morgendliche Klatsch (der gut und gerne schon mal mehr als eine Stunde dauern konnte) als auch die ausgedehnten Mittagspausen von bis zu zweieinhalb Stunden (je nach Oberweite der Kollegin). Das ganze Teamkonstrukt wirkte auf ihn weniger wie eine Familie, so wie er es aus seiner alten Stelle her kannte, sondern eher wie eine Grüppchenbildung, eine Art Clique, wie damals auf dem Schulhof. Es gab da die angesagten Schüler mit den Markenklamotten, die in der Raucherecke qualmten oder hinter den Pavillons rumknutschen und somit ganz oben in der Coolnesshierarchie standen. Und es gab die Außenseiter, die nerdigen Sonderlinge, welche sich irgendwie versuchen, über Wasser zu halten und der Tyrannei der Coolen zu entgehen.

Roland vermied es sich daran zu beteiligen, sondern konzentrierte sich vorrangig darauf, die neue Materie zu erfassen und sich vernünftig einzuarbeiten. Zu diesem Zweck machte er sich Notizen, Schaubilder von Abläufen und legte eine Art Wissensdatenbank an, wo Begriffe, Abkürzungen und Abläufe erklärt und wichtige Paragraphen und Vokabeln niedergeschrieben waren. Eine Art Nachschlagewerk, was einem jeden weiterhelfen konnte, der hier neu anfangen würde und wie Roland noch nie mit dem Themenbereich der kommunalen wirtschaftlichen Hilfe zu tun gehabt hatte. Eine Art Wikipedia für den Fachbereich, nur eben analog in Form eines Glossars.

Lediglich bei dem Spül-Treffen, kurz vor Feierabend, nahm er teil. Es war wie ein tägliches Ritual, zu welchem durch die miteinander verbundenen Büroräume aufgerufen wurde. Zumindest die, welche sich auf der entsprechenden Flurseite befanden. Das Team befand sich zwar auf derselben Etage, jedoch waren die Büros entlang des L-förmigen Flures um die Ecke verteilt. Jeden Tag zwischen kurz vor und kurz nach Drei erfolgte die Anfrage des gemeinsamen Spülens und während der oder die eine spülte und der Rest abtrocknete, tauschten sich alle gegenseitig über den Tag und den bevorstehenden Feierabend aus. Es war wie ein sanfter Abschluss der Arbeit, eine kleine Dienstbesprechung, die reflektierend und entspannt den Tag beendete. Und natürlich wurde auch hier ausgiebig das Neueste des Flurfunks der gesamten Verwaltung erörtert.

Thorsten Radhoff nahm nie an den Spül-Treffen teil, stellte jedoch bereitwillig sein schmutziges Geschirr zur Verfügung, genau wie Cordula Roth, welche die zweite Hälfte des Tages im Homeoffice verbrachte und nebenbei ihre zwei Töchter hütete. Auch Sina Kothen erschien nur selten, was Roland nicht als unangenehm empfand. Fester Bestandteil des rituellen Tagesabschluss waren stets Marlies Hungemeyer, Violetta Müller-Eckbert und die beiden Kollegen Markus Förster und Olga Serwatzki, welche Roland nun auch endlich kennenlernte. Markus war etwas jünger als Roland, engagiert und pedantisch in seiner Aktenführung. Olga war Mitte vierzig, hatte in Prag Jura studiert und eine Zeitlang, nach ihrer Immigration nach Deutschland, als Anwältin gearbeitet. Wie sie ihr Studium geschafft und die Zulassung bekommen hatte, war allen ein Rätsel, hatte Roland ganz zu Anfang hinter vorgehaltener Hand erfahren, da sie sich durch unorganisiertes Arbeiten und eine eigene, leicht naive Weltanschauung auszeichnete, und nach seinem ersten Kennenlernen wusste er, was damit gemeint war. Auch in der hier geltenden praktischen Rechtsanwendung verfolgte sie einen eher unkonventionellen Stil der als „Olga-Versum" bekannt war.

Als seine Frau ihn abends fragte, wie sein Tag war, erzählte er ihr die ersten paar Male noch von diesen Erlebnissen und Erkenntnissen.

Teil 2
Im Team

Hinter den Fassaden

In den anderthalb Jahren zwischen Rolands erstem und seinem letzten Tag in der Abteilung der Wirtschaftshilfe vertieften sich seine Eindrücke über das Team und demontierten seine Ansichten zu Kollegialität, Problemlösungsfindungen, Fairness und Akzeptanz grundlegend.

Nach den ersten anfänglichen Missgeschicken bei den Bescheiden und fehlerhaften Buchungen (welche noch großzügig verziehen und unter den Oberbegriff „Welpenschutz" fielen) hatte er recht schnell den Dreh raus. Von da an dauerte es keine zwei Monate, bis er sich anfing zu langweilen. Die Arbeit war einfach, für seinen Geschmack zu einfach und stand in keinerlei Relation zu dem Stress und der Eile, die er aus dem Sozialsektor kannte. Hatte er vorher jeden Tag hundertzwanzig Prozent geben müssen, um den täglichen Andrang von Vorsprachen, Anfragen und Mitteilungen Herr zu werden, wurde er hier auf mickrige zwanzig Prozent heruntergebremst. Keine Vorsprachen mehr, keine stressigen Anrufe und so gut wie keine Eile. Auch die tiefgehenden Recherchen in Gesetzen, die Subsumtion von Paragraphen und das Springen zwischen einzelnen Gesetzbüchern gab es hier nicht oder wenn, dann nur in einem lächerlich einfachen Rahmen, sodass selbst ein dressierter Affe die Arbeit hätte bewältigen können.

Zu Anfang empfand er es noch als angenehm, als Lohn für die langen, harten Jahre der nervenaufreibenden und oftmals undankbaren Arbeit im Sozialamt, die nie ein Ende zu nehmen schien. Doch schon nach wenigen Wochen wusste er nicht mehr, wo hin mit sich, und fühlte sich leer und unausgefüllt, so wie ein nicht genutztes Poesiealbum.

Die Poststapel, die er täglich bekam, reduzierten sich nach einer oberflächlichen Sichtung um gut und gerne ein Drittel und bei dem, was übrigblieb, benötigte er nicht mal zwei Stunden, um es abzuarbeiten. An stressigen Tagen vielleicht auch drei.

Den Rest des Tages wartete er auf E-Mail-Anfragen von diversen Fachämtern aus der Verwaltung, Sachstandsberichte zukünftiger Auszahlungsentscheidungen (nur lesen und Entscheidung bitte nicht in Frage stellen) oder er kümmerte sich um etwas aufwendigere Anfragen, wobei das Credo der Abteilung „pro Kunde Zahlung und glücklich sein" zu sein schien, da der Ermessensspielraum in der Abteilung praktisch nicht vorhanden war. Undenkbar in seiner vorherigen Stellung, aber hier anscheinend offiziell so gewünscht.

Umso weniger verstand er das Gejammer seiner Kollegen und Kolleginnen, die sich bei ihrem morgendlichen Kaffeeklatsch über die stressige Arbeit austauschten und darüber echauffierten, dass man ihnen ja nicht noch mehr zumuten könnte. Immerhin gingen sie jetzt schon am Limit. Am liebsten hätte er die Verbindungstüren zu den angrenzenden Büros (links von ihm Thorsten Radhoff und rechts Sina Kohtens, die seit Kurzem wieder zusammen mit Claudia Roth in einem Büro saß) zugemacht, um sich dieses Klagen auf hohem Niveau zu ersparen, doch noch war er bestrebt, ein gutes Verhältnis zu den neuen Kolleginnen und Kollegen aufzubauen.

Hätte er es doch bloß gemacht, dann hätte es vielleicht etwas länger gedauert, bis ihm die Marotten von einigen auffielen, die dafür Sorge trugen, dass sich ihm die Fußnägel hochrollten. Natürlich hatte jeder Mensch so etwas und teilweise fallen einem selbst solche Angewohnheiten gar nicht mehr auf, aber einige Angewohnheiten seiner Teammitglieder fühlten sich in seinem Gehirn an wie das Geräusch von Fingernägeln auf einer Tafel.

Was folgte, war eine emotionale Abschottung gegen diese Einflüsse, jedenfalls so gut es ihm gelang. Es waren Eigenschaften, die wie ein Nashorn als Busfahrer waren. Man konnte sie schlichtweg nicht ignorieren.

Zu Hause erzählte er so gut wie nichts davon. Das hatte zwei Gründe. Erstens, weil er sich nicht noch einmal über sein Team aufregen wollte, und zweitens, weil es neben den zwischenmenschlichen Erkenntnissen einfach nichts zu erzählen gab.

Das Team und wie Roland es wahrnahm

Clair war zwar etwas naiv, jedoch kannte sie ihren Mann gut genug und wusste, dass er ein brodelnder Vulkan war, der sein heißes Inneres unter einer dicken Schicht erkalteter Emotionen verborgen hielt. Das hieß jedoch nicht, dass er nicht ausbrechen konnte, wenn sich genug Druck im Inneren aufbaute. Ähnlich wie bei einem Fass musste es nur einen Tropfen geben, der es zum Überlauben bringt oder, um bei der Vulkanmetapher zu bleiben, ein Ereignis, das seine tektonische Außenhaut auseinanderdriften lässt.

„Erzähl mir doch mal von deinen Kollegen, mit denen du zusammenarbeiten musst", hatte sie ihn gefragt, als er auf ihre Frage, wie sein Tag war, nur mit einem brummenden Schulterzucken geantwortet hatte. „Wie sind die so?"

„Ach Süße, ich möchte in meinem Feierabend nicht über diese Idioten sprechen. Es langt, wenn ich ihre Blockflötengesichter morgen wieder sehen muss."

„Na komm schon", bohrte sie weiter, nahm die Fernbedienung und schaltete den Fernseher aus. Voller Erwartung drehte sie sich auf der Couch zu ihm hin. „Zieh mal richtig vom Leder. Es wird dir guttun, etwas Druck abzulassen. Ich kenne sie ja eh nicht und du kannst herrlich über sie ablästern." Sie lächelte ihn entwaffnend an und ihre grünen Augen strahlten dabei wie kleine Smaragde.

„Können wir nicht lieber vögeln, um etwas Druck abzulassen?" Ihr Lächeln verzog sich zu einer schmollenden Schnute und ihre Augen verengten sich. Ihre Stirn wurde kraus, die Nase gerümpft und ihr ganzes Gesicht schien sich spitzmäusisch in der Mitte zu konzentrieren. Das war ihr Ich-bin-sauer-aber du-kannst-das-Ruder-noch-rumreißen-Gesicht. Sie holte mit dem Kissen hinter sich aus und schlug es ihm protestierend vor die Brust.

„Du willst immer nur vögeln", grantelte sie.

„Und du immer nur reden", konterte er lächelnd. Sie verschränkte die Arme vor der Brust und presste das Kinn nach unten wie ein trotziges Kind, wobei sich ihre Gesichtsmuskeln immer noch zur Gesichtsmitte kontrahierten.

„Du bist so süß, wenn du schmollst", stichelte er sie weiter und bekam einen grummelnden Laut wie von einer dieser alten Spieldosen, die Geräusche machen, wenn man sie kippt, als Antwort. Dann warf sie ihm einen finsteren Blick zu, den Treib's-nicht-zu-weit-Freundchen-Blick.

„Also gut", gab er nach, doch noch änderte sich nichts an Clairs Trotzhaltung.

„Markus Förster, zum Beispiel, der sitzt mit Andreas Wolters in einem Büro, der ist mit seinen knapp dreißig Lebensjahren das Vorzeigebeispiel eines jungen, zielstrebigen Beamten. Clever, kundenfreundlich und serviceorientiert." Clairs Kinn hob sich, doch noch hatte sie die Arme vor ihren hübschen Brüsten verschränkt. „Er ist aber auch unscheinbar, kontur- und ausdruckslos. Wie weiße Wandfarbe. Dazu kommt seine duckmäuserische, fast schon devote Art gegenüber den täglichen Zusammenrottungen der Kolleginnen. Ihm stehen also die besten Voraussetzungen zur Verfügung, um in der Verwaltung Karriere zu machen." Ihr Gesicht entspannte sich und die ersten Ansätze der Rückkehr des Lächelns von eben breiteten sich wieder langsam auf Clairs Lippen aus.

„Dabei wirkte er stets so, als wartete er verzweifelt auf das Angebot, sich von einer barmherzigen Kollegin mal ordentlich durchbumsen zu lassen. Der einzige Grund zur Hoffnung, dass er doch kein totaler Vollidiot ist, ist sein Bestreben in Hinsicht auf die buddhistischen Lehren und die Lebenseinstellung, die er hin und wieder erwähnte. Ich wage jedoch zu behaupten, dass in so einem Moloch, wie einer Verwaltung, Platz für geistige Erleuchtung ist. Und irgendwie kaufte ich ihm diesen spirituellen Kram auch nicht wirklich ab. Dafür ist er zu … zu … zu Mainstream. Verstehst du?"

„Es langt halt nicht, sich Federn in den Arsch zu stecken, um als Huhn durchzugehen", bestätigte ihn Clair und Roland lachte herzhaft.

„Ja. Auch nicht, wenn man seit sieben Jahren seinen Urlaub in Thailand verbringt. Doch das was mir jedes Mal wirklich Zahnschmerzen bereitete, ist sein humorlos und irgendwie gönnerhaft wirkendes Lachen. Es klingt abgehackt und glucksend. Höh, höh, höh", versuchte er das Lachen zu imitieren.

„Hörte sich eher wie ein stotternder Zwei-Takter mit Startschwierigkeiten an."

„Ja, oder?! So, als hätten seine Lungenflügel nicht das Volumen für ein herzhaftes Gelächter. Es klingt eher so, als wollte er jedes Quäntchen Luft aus seinem Körper pressen, während seine Lunge gerade kollabierte. Höh, höh, höh. Furchtbar."

Clair lachte. Es war so ein Lachen, was Roland dazu bewegen konnte, alles für sie zu tun und alles zu ertragen. Hauptsache, sie lachte so herzerwärmend.

„Und wen gibt es noch so?", fragte sie, nachdem sich beide von dem Lachanfall etwas beruhigt hatten.

„Na ja, von Violetta hab' ich dir ja erzählt. Sie war direkt die Erste, die ich kennenlernte, und in meinen Augen ist sie auch die Umgänglichste. An ihr wäre eine echt gute Kölnerin verloren gegangen."

„Ist das irgendein Verwaltungsinsider oder was meinst du damit?"

„Na ja, ich glaube, der Ausdruck ‚Et is, wie et is, un et kütt, wie et kütt' trifft voll auf sie zu. Sie ist so herrlich unkompliziert und nimmt alles mit einem Lächeln oder, wenn es mal etwas härter kommt, mit Galgenhumor. Sie steht voll auf St. Pauli und ist trotz ihres Alters von irgendwo zwischen Ende vierzig und Anfang fünfzig eine echte Partymaus. Wenn sie nicht in ihr Ferienhaus nach Bodenwerder fährt, ist sie jedes Wochenende unterwegs und ist wohl auch dem Weingeist nicht gerade abgeneigt."

„Dem Weingeist?!"

„Na, sie feiert halt viel. Hab' auch mitbekommen, dass sie unter der Woche voll viel unterwegs ist und hier Kampfsport macht und da bei der freiwilligen Feuerwehr abhängt. Keine Ahnung, was sie da genau macht. Ob sie da Mitglied ist, wobei ich jetzt sagen muss, dass sie nicht so den sportlichen Eindruck macht. Oder ob sie einfach nur so eine Art Maskottchen ist."

„Aha. Na ja, das klingt doch eigentlich ganz gut."

Roland seufzte. Ja, es klang eigentlich ganz gut, wenn nicht bloß …

„Du hast recht. Eigentlich klingt das ganz gut, aber dann gibt es halt auch noch so Leute wie Sina Kothen und Andreas Wolters. Ich fand diesen Arsch schon unsympathisch, als ich ihn zum ersten Mal traf, und ich glaube, das basiert auf Gegenseitigkeit. Wenn ich es nicht besser wüsste, würde ich dem eine humorlose Arroganz unterstellen, aber alle anderen kommen ja super mit ihm aus. Ich habe irgendwie mal rausbekommen, dass der auf Star Wars steht, und ihn gefragt, wie er den Film Solo gefunden hat und ob der sehenswert ist. Junge, Junge, also so eine schleppende Unterhaltung habe ich schon seit dem Abi nicht mehr geführt. Alles musste man ihm aus der Nase ziehen und permanent hatte ich das Gefühl, als wollte er sich eigentlich gar nicht unterhalten. Aber er hat auch nichts Gegenteiliges gesagt. Nur wenn er mit dem Hühnerhaufen beisammen ist, dann plappert er wie ein Wasserfall, aber auch immer schön von oben herab. Auf mich wirkt das so abgehoben und so gönnerhaft, als kenne er allein den Masterplan und alle anderen tappen im Dunkeln. Dabei wird seine Stimme immer höher, je mehr er sich in Szene setzt, als hätte er alles schon im Vorfeld gewusst und die Lösung schon immer auf der Tasche gehabt. Und natürlich sehen alle anderen Mitarbeiter der Verwaltung, ausgenommen der Runde, der er sein Wissen präsentiert, den einfachen Lösungsweg des Andreas-Arschloch-Ficker-Wolters nicht. Dabei schlägt er auch immer die Beine übereinander, als wäre er besonders wichtig. Ich glaube ja eher, dass er sich dabei die Eier einquetscht, was halt seine höherwerdende Stimme erklärt."

Clair betrachtete Rolands Augen und seine Mimik. Gerade die Nasenpartie, wie er sie rümpfte und verzog, als er sprach. „Du scheinst den Typen echt nicht leiden zu können, was?", sagte sie und versuchte damit, die letzte Runde der Hasstiraden einzuleiten.

„Zum Verrecken nicht. Auch wenn ich Fehler gemacht habe, glaub mal ja nicht, dass er mit mir spricht. Ich muss diesem Penner halt hin und wieder Akten zukommen lassen, die speziell für sein Aufgabengebiet sind. Und anstelle bei Fehlern auf mich zuzukommen und mit mir zu reden, nein, da legt er die mir ins Postfach mit einem Zettel drauf. Darauf stehen dann diverse Korrekturhinweise und beizeiten wird mir sogar noch die entsprechenden Dienstanweisungen beigefügt. Letztens hatte ich eine Grundsatzdiskussion darüber, wie ich eine Verfügung schreiben soll, weil er sie genau so in seiner Akte haben will. Und dass mein Kürzel ja gar nicht gehen würde."

„Was ist ein Kürzel?"

„Eine kurze Signatur aus den Buchstaben von deinem Namen. Ähnlich wie ein Monogramm."

„Und wie lautet deins?"

„Null-Null-S für Null-Null-Schneider. Du weißt schon, wie in dem Film von Helge Schneider als Kommissar Null-Null-Schneider halt."

Clair hätte ihr Unverständnis nur noch deutlicher machen können, hätte ein Fragezeichen über ihrem Kopf geschwebt.

„Auf der Jagd nach Nihil Baxter", sprach Roland und versuchte dabei, die Stimme des Komikers und Musikers nachzuahmen, jedoch nicht wirklich gut.

Clair wusste nicht im Geringsten, was er meinte, sie hatte den Film nicht gesehen und hielt Helge Schneider auch nicht wirklich für komisch, sparte sich den Kommentar dazu jedoch.

„Und wieso darfst du das nicht?", fragte sie stattdessen.

„Keine Ahnung. Ich hatte das schon, seitdem ich in der Ausbildung so was zum ersten Mal setzten musste, und keiner hat sich in den letzten zwölf Jahren darüber mokiert. Nur dieser Wichser. Ich hab' mir auch mal den Spaß gemacht und mir seine Akten aus den anderen Sachgebieten angeschaut. Komisch, dass alle anderen auch ihre eigenen Verfügungen setzen dürfen. Nur bei mir macht dieser Sack ein Fass auf."

„Das ist aber wirklich unfair. Vielleicht solltest du das mal deinem Chef sagen. Das grenzt ja schon fast an Mobbing."

„Wenn das so weitergeht, dann werde ich das wohl auch machen."

Doch dazu sollte es nicht kommen. Drei Monate nach dem Gespräch mit Clair geschah nichts Abwertendes oder Denunzierendes von Seiten des Kollegen Wolters gegen Roland. Dann kam der Dezember 2019 und Andre Wolters wurde erst kommissarischer Vorgesetzter vom Team und wenige Monate darauf offizieller Teamleiter. Wenig später darauf eskalierte alles.

„Gibt es in deinem Team eigentlich auch jemanden, über den du was Positives sagen könntest?", fragte Clair am nächsten Tag, nachdem er ihr auf ihre ursprüngliche Frage nach seinem Tag nur mit einem nichtssagendem „Uff …" geantwortet hatte.

„Na ja, wenn ich so überlege … Natürlich. Gibt den Thorsten, obwohl der auch ein ganz schöner Arsch sein kann. Aber da wäre zum Beispiel auch noch die Cordula Roth, welche mich

eingearbeitet hat. Sie geht, meine ich, auf die vierzig zu, ist nur halbtags im Büro und die andere Hälfte im Homeoffice, um neben her noch ihre beiden Mädchen, ich glaube Zoe und Wanya oder so, zu hüten."
„Aha. Und wie ist die so?"
Roland schnaubte ein Lächeln und seine Stirn, welche seit Clair zu Hause war, in Falten lag, glättete sich sichtlich.
„Also, lass es mich so sagen: wo der Blinde unter den Einäugigen König ist, sticht sie als Gott-Kaiserin echt aus dem Team heraus. Vielleicht kommt es mir aber auch nur so vor, weil ich so viel und eng mit ihr zusammengearbeitet habe. In fast schon mütterlicher Art betreute sie Kollegen und Antragssteller gleichermaßen und hat als eine der wenigen Kollegen tatsächlich Tiefgang, der über die übliche Smalltalk-Konversation wie ‚Na, was gibt's denn heute bei euch zu essen? Also ich hab' ja jetzt bei Aldi im Angebot ein Kilogramm Möhren gekauft' oder ‚Ach, ich freu' mich schon, wenn man wieder in den Urlaub fahren kann. Wir fahren ja jetzt schon seit zehn Jahren jedes Mal mit der ganzen Familie an die Ostsee. Hier, guck mal, ich hab' sogar einen witzigen Schlüsselanhänger von unserer Lieblingsinsel!' hinaus. Sie betreut ein riesiges Sachgebiet, ist engagiert, hilfsbereit und ich bin echt froh, dass sie mich eingearbeitet hat."
„Und wieso das?"
„Weil sie eingänglich erklären kann und auch geübt in Geduld ist. Auch empfinde ich sie als eine der wenigen, die, wenn ihr was nicht passt, sofort den Mund aufmacht und sich nicht erst tage- und wochenlang bei dem scheinbar allgegenwärtigen Hühnertreffen darüber echauffiert. Gerade das machte sie in meinen Augen zu einer guten, wenn auch nicht ganz einfachen Mitarbeiterin. Und gerade das schätze ich an ihr. Und ich glaube, der Ernst Rauch, mein Teamleiter, sieht das ähnlich. Ich meine mich an sowas zu erinnern, was er beiläufig über sie gesagt hat, als ich mich das allererste Mal in dem Team vorgestellt habe."
„Und was hat er konkret gesagt?"

„Das weiß ich doch jetzt nicht mehr. Das war vor gut einem Jahr. Es ist halt ihre Art, die mal glatt wie das Meer bei Windstille sein kann, aber auch Ecken und Kanten hat, wenn etwas nicht so läuft, wie es sollte."

„Oder wie es mal war?", ergänzte Clair scherzhaft und Roland musste erneut verlegen lächeln aufgrund des Scharfsinns seiner Frau.

„Genau", stimmte er zu. „Dabei blieb sie jedoch stets sachlich und korrekt und hätte definitiv das Potential zu wesentlich mehr Verantwortung in der Verwaltung. Doch sie hat sich lieber für ihre Familie anstatt für ihre Karriere entschieden."

„Das klingt ja mal wirklich nach einer netten Person. Jedenfalls setzt sie ihre Prioritäten."

„Definitiv. Natürlich guckte sie auch, was an Aufgaben oder Anträgen nicht zu ihrem Gebiet gehört und gibt das entsprechend an den jeweiligen Kollegen, beziehungsweise die Kollegin ab, aber das ist etwas, was wirklich jeder tut. Mache ich ja auch. Sie fährt voll auf Horror ab, es darf aber kein Splatter sein. Und im Gegenteil zu ihrem Mann, der wohl irgendwo in einer der betriebsähnlichen Einrichtungen der Stadt arbeitet, ist sie ein Riesenfan von Serien wie American Horrorstory oder The Walking Dead und guckt die Serien daher wohl immer abends im Bett, wenn er schon schläft."

„Und was kannst du noch über sie erzählen?"

„Die beiden Kinder haben ihrer Figur nicht gutgetan."

„Aha?!", unterbrach Clair und hob dabei fragend eine ihrer Augenbrauen. Sie konnte das mit beiden und Roland hatte versucht herauszufinden, ob es ein Muster gab, welche Braue sie bei welcher Gelegenheit oder Stimmung hochzog. Doch es gab schlichtweg keines.

„Ja, ist halt so. Sie hat halt was auf den Rippen. Doch irgendwie hat sie es geschafft, sich ihre innere Attraktivität trotz ausladender Hüften und dem darüberliegenden auseinandergegangenen Bindegewebe zu behalten. Im Gegensatz zu manch anderem macht sie aber auch noch was aus sich. Ihr mittelblondes Haar, in dem schon die eine oder andere silberne Strähne durchschimmert, trägt sie mal als einfachen Pferdeschwanz, mal offen und mal gelockt. Letzteres schmeichelt ihr jedoch nicht wirklich, weil die Frisur ihre schmale Nase und die kleinen, fast mandelförmigen Augen in ihrem Gesicht verloren wirken lässt."

„Du bist ja ein richtiger Wörterpicasso, so wie du sie beschreibst. Scheinst sie dir ja genau betrachtet und durchleuchtet zu haben."

„Du weißt doch, dass ich ein Auge für so kleine Details habe und was meine Wortgewandtheit angeht, die sichert uns unseren überschwänglichen Reichtum." Er küsste sie auf die Stirn.

„Und wann bekomme ich was von diesem Reichtum zu sehen?", frotzelte sie und ging schon mal in Deckung, wohl wissend, dass ein Kissen geflogen kommen würde. Nachdem Roland seine freche Frau kurz mit einem Bombardement aus Couchkissen zurechtgewiesen und sich beide von dem gespielten Streit erholt hatten, fuhr er fort: „Und doch, wie ich schon sagte, es ist fast so, als schimmerte immer noch etwas ihrer natürlichen Schönheit aus ihr heraus. Ich glaube, in ihrer Jugend muss sie mal ein richtig heißer Feger gewesen sein und wenn man ganz genau hinschaut, dann kann man diesen Feger in der in die Jahre gekommenen Mutter noch sehen."

„Ich muss mir doch keine Sorgen machen, dass du jetzt anfängst für deine Kollegin zu schwärmen, oder?" Clair konnte es nicht sein lassen und bettelte schon wieder um eine Kissenschlacht.

„Willst du jetzt was über die Eierköpfe erfahren, mit denen ich zusammenarbeite oder nicht?", herrschte er sie an, wobei sein Ton nicht mehr ganz so amüsiert war wie bei ihren Zwischenrufen zuvor.

„Entschuldige bitte. Sprich weiter, ich verspreche, ab jetzt still zu sein", gelobte sie und hob zum Schwur die linke Hand, als würde sie einen heiligen Eid leisten.

„Schon gut. Wie gesagt, ich fühl' mich ein bisschen fehl dort und bin daher wohl etwas empfindlich. Jedenfalls bin ich sehr froh, von ihr eingearbeitet worden zu sein, da sie geduldig und verständnisvoll ist und mir in dem halben Tag im Amt mehr beibrachte, als es so manch einer der anderen in der doppelten Zeit schaffen würde. Zumal sie fast immer die Ruhe selbst ist, selbst wenn ihr Schreibtisch vor Arbeit überquillt und ein Bombengedächtnis hat. Sie gibt aber auch klipp und klar zu verstehen, wenn sie gerade keine Zeit hat, was nur selten vorkommt.

Der einzige Makel an ihr ist ihre tiefe Freundschaft zu dieser überheblichen Trulla Sina Kothen und zu Andreas Wolters, diesem Arsch. Ich glaube, dieser Saftsack ist sogar ihr Nachbar oder so. Und Patenonkel ihrer Blagen. Das hat leider zur Folge, dass einer der beiden immer um sie herumscharwenzelte, wie ein Satellit, der einen kleinen Mond umrundet."

Als gute Ehefrau, die sie definitiv war, merkte Clair, dass sich die Laune ihres Mannes wieder in eine negative Richtung bewegte, da sich wieder Ansätze von Falten auf seiner Stirn bildeten. Daher hielt sie es für besser, auf weitere Geschichten aus der Verwaltungs-Twilight-Zone zu verzichten. Immerhin sprach Roland zur Abwechslung mal über seinen Arbeitstag.

Wie man sich ins Aus manövriert

In den privaten Unterhaltungen, welche wie erwähnt zu jeder erdenklichen Dienstzeit stattfanden, unterhielt man sich im Team der Wirtschaftsförderungsbeihilfe der Stadt Herne über alles Mögliche. Die Anschaffung des neuen Hundes, der Versuch, sich wieder sportlich zu betätigen, der geplante Urlaub, die Aufgabe der sportlichen Betätigung in Kombi mit der dafür jetzt begonnenen Diät, der Abbruch der Diät, aber vor allem über die erschütternden Ereignisse im Leben der anderen. Vorzugsweise der, die nicht anwesend waren. Dass der neue Kollege A aus der Abteilung eins es jetzt mit der Kollegin XY aus der Abteilung zwei treibt und dafür die Kollegin Z hat sitzen lassen, die Alkoholprobleme vom Abteilungsleiter Bla und das allgemeine schlechte Management in der Stadtverwaltung, welches man ja selber viel besser machen würde. Natürlich durfte aber auch das Gezeter gegen den einen oder anderen im eigenen Team nicht fehlen. Hier im Team ging es dabei entweder um Olga Serwatzki oder den Teamleiter Ernst Rauch.

Erst im zweiten Quartal 2019 sollte dann auch Roland Stück für Stück dazukommen.

Bei dem Gezeter über Ernst ging es meist darum, wie unfair seine Arbeitsverteilung war und wie wenig er auf die Belange der Mitarbeiter einging. Für Roland stellt sich im Zuge der ganzen Empörung die Frage, in wie weit man kurz vor der Rentenziellinie noch motiviert ist, aber solch ein Perspektivenwechsel herrschte hier selten bis gar nicht und er musste zugeben, dass er die Belange seiner Mitarbeiter nicht so ignorieren würde, wäre er der Teamleiter. Zumindest hoffe er dies nicht zu tun, wenn er kurz vor der Rente auf einer solchen Position saß. Gerade während des Umzugs der Abteilung, kurz vor Rolands Einstellung, war wohl einiges schiefgelaufen oder besser gesagt, nicht so gelaufen, wie es eigentlich abgesprochen war. Warum ließ Ernst jedoch nie durchblicken und ließ sich dazu wohl auch zu keiner Aussage hinreißen, was halt mit für ein Dauergesprächsthema und chronische Unzufriedenheit sorgte. Als dann auch noch Maik Schuster erkrankte und abzusehen war, dass er wohl nicht so schnell zurückkehren würde, kam es zu einer neuen Welle der Empörung darüber, dass die Aufgabengebiete neu verteilt werden mussten und jeder etwas mehr zu tun bekam. Die allgemeine Reaktion könnte vermuten lassen, dass ein jeder jetzt schon nach getaner Arbeit unter ein Sauerstoffzelt musste, um den Rest des Tages zu überstehen. Roland fragte sich dabei immer, wie sich seine aktuellen Kolleginnen und Kollegen wohl verhalten würden, wenn sie mal bei seiner alten Stelle im Sozialamt hospitieren würden oder gar dort arbeiten müssten?

Olga Serwatzki war dagegen eine eigene Klasse für sich und erfüllte rein optisch alle Voraussetzungen des klassischen Tratschopfers. Wäre das Team eine Schulklasse, wäre sie eine der Mitschüler, die man ständig verarschen, triezen und treten würde. Sie war klein, von zierlicher Gestalt. Flachbrüstig mit Brille und mausbraunen Haaren balancierte ihr runder Kopf auf ihren schmalen Schultern. Auch sie trug klassisch ein Ensemble aus nichtssagenden, langweiligen Kleidungsstücken, die bewirkten, dass man entweder nicht auffiel oder sofort wieder vergessen wurde. Die

Camouflage der Verwaltung. Trotz eines abgeschlossenen Studiums in Jura hatte ihr Blick eher die Eigenschaft eines Hauses, in dem zwar Licht brannte, jedoch niemand daheim war. Cordula hatte Roland schon in den ersten Tagen darauf vorbereitet, dass Olga jemand war, der wie in einer eigenen kleinen Welt lebte, in den eigenen Regeln und Gesetzte galten. Roland hatte es dann auch selber mitbekommen. Es umfasste schräge Rechtsauffassungen, aber auch eine naive, fast schon träumerische Betrachtungsweise des Lebens, der Welt und allem darin und darum, die Olga einerseits zum Ziel von Gespött, aber auch gleichzeitig zu einem einzigartigen Wesen machte. Wie zu einem rosa Einhorn, welches man am liebsten in den Kaffee tunken möchte, weil es so süß ist. Jedenfalls solange man nicht mit ihr arbeiten musste.

Sie verfügte über keinerlei Organisation, eine hundsmiserable Aktenführung und keinerlei Integrität. Zwar war sie immer früh da und ging spät, jedoch war ihr Sachgebiet immer das, was kurz davor war, arbeitstechnisch abzusaufen. Tadel oder ähnliches erfuhr sie nur selten, da Ernst um ihre Schwächen wusste und versuchte, sie aufzubauen und zu schützen, sehr wahrscheinlich, weil er befürchtete, dass sie sonst zusammenbrechen würde. Daher war es nicht verwunderlich, dass sie permanent überlastet war und alle Hilfskräfte, Praktikanten und Bundesfreiwilligendienstleistende nur ihr zu geteilt wurden. Sehr zum Ärgernis aller anderen Kollegen, was sich in einem ausgiebigen Klatsch und Tratsch in Bezug auf Olgas Person widerspiegelte. Sina Kothen unterbreitete irgendwann beim Spülen Scherzes halber mal die Theorie, dass Olga bestimmt eine russische Spionin sein, die sie alle täuschte und insgeheim zu einem FSB-Killerkommando gehörte. Irgendwie hatte diese Theorie sogar etwas, da man es sich wirklich nicht vorstellen konnte, wie jemand, der fachlich so tiefenbegabt war, ein Jurastudium inne und auch schon als Anwältin praktiziert hatte.

Bei einer ähnlichen Gelegenheit, bei der man sich über die beiden Studenten mokierte, die für Olga im Pausenraum saßen und dort Unterlagen aus ihren Akten kopierten, warf Roland ein, dass Olga letzten Endes die Cleverste hier war, da sie ihr Sachgebiet vor die Wand fährt und dadurch permanent Hilfe erfährt. Das folgende, abrupte Schweigen sagte mehr als tausend Worte. Die kurz darauffolgende, patzige Aussage von Sina Kothen, dass sie das dann jetzt auch so machen würde, war lediglich eine schockierte Trotzhandlung und der vergebliche Versuch, die stille Erschütterung im Team über diese Erkenntnis zu durchbrechen.

Von da an herrschte eine nicht näher beschreibbare Distanz zu Roland. Er hatte ihnen einen Eulenspiegel hingehalten, in dem seine Kollegen das Offensichtliche sahen, was sie aber nicht wahrhaben wollten. Er hatte ihr Universum aus der Bahn gebracht. Diese logische Betrachtungsweise war ein Element des Steins des Anstoßes, den Roland gegen sich in Rollen brachte. Dies betraf sowohl das Zwischenmenschliche als auch das Berufliche.

Wenn man jung, gebildet und dazu noch engagiert und motiviert ist, will einen die Welt für gewöhnlich am liebsten direkt wie eine Blutkonserve anzapfen in der Hoffnung, so viel wie möglich aus so einer Person herauszuholen, und sich selbst einverleiben. Auch die digitalisierte Gesellschaft ist hochgradig an so jemandem interessiert, besonders, wenn man Individualismus aufweist. Anders sieht es da jedoch in der Arbeitswelt aus. Banken, Behörden und andere Schlipsträger- und Sesselfurzerjobs stehen Individualismus eher skeptisch gegenüber. Veränderung wird eben nicht gern gesehen und die Aussage „Das haben wir schon immer so gemacht" ist gleichzusetzen mit einem kirchlichen Dogma, was nicht die geringste Abweichung duldet.

Das alles hatte Roland in den diversesten Ämtern seiner bisherigen Verwaltungslaufbahn schon erlebt, sich jedoch nie gebeugt. Er arbeitete normgerecht, hatte jedoch stets den Blick nach links und rechts über den Tellerrand seines Aufgabengebiets und fand Verknüpfungen sowie Schnittstellen zu anderen Arbeitsbereichen. Gerade in der modernen Kommunikationsmöglichkeit verbargen sich viele Ansätze, Abläufe und Verfahren zu vereinfachen, auch wenn der Weg erst mal schwerer war. Doch Wege werden gegangen, früher oder später. Das Rad der Zeit und damit auch die Welt dreht sich unaufhaltsam und wer sich nicht mit dreht und verändert, wird stehen bleiben und bald überholt sein. Auch eine Verwaltung kann sich nicht auf ewig der Entwicklung und dem Wandel der Welt widersetzen (auch wenn sie es stets versucht).

Was er in seiner Arbeit nicht novellieren konnte, versuchte er mit persönlicher Individualität zu kompensieren. Dazu bediente er sich sowohl seines Outfits als auch seiner privaten und persönlichen Ansichten, die er offen propagandierte. Die Aussage des Kabarettisten Serdar Somuncu, dass jede Minderheit ein Anrecht auf Diskriminierung hat, nutzte er dabei genauso wie das Statement von Gunnery Sergeant Hartman aus Stanley Kubrick Antikriegsmeisterwerk Full Metal Jacket über die Wertlosigkeit eines jeden Menschen, die Rassismus somit unnötig macht. Im Arbeitsleben stößt man immer auf unterschiedliche Ansichten, Meinungen und Geschmäcker. Doch Rolands provokante Aussagen und seine Einstellung zur Arbeit sorgten dafür, dass der eine oder andere abschätzend die Nase rümpfte. Nach seiner anfänglichen Zurückhaltung war es ihm mittlerweile jedoch gleich und genau solche Verhaltensweisen bestätigten Roland eher, als dass es ihn vom Kurs abbrachte. Wie oft hatte man in der Ausbildung eher eine Art Erziehungsherausforderung in ihm gesehen, anstatt sich auf die eigentliche Ausbildungsaufgabe zu konzentrieren?

Ein kleines Beispiel dazu. Outete man sich in der Verwaltung als Vegetarier, war das zum Anfang der Zweitausender noch recht außer der Norm und befremdlich, im Jahre zweitausendachtzehn aber absolut kein Problem, solange man ansonsten schön in der Spur lief. Bei Veganern galt man dagegen trotz der allgemeinen Life-Style-Passion durch die Bank weg als Exot. Wobei sich dieses Thema meistens erst bei halb-dienstlichen Interaktionen ergab, wenn man den liebevoll gebackenen Kuchen der Kollegin oder die Buffet-Reste des Kindergeburtstags von gestern ablehnte, weil da Eier, Milch und so weiter drinnen waren.

Hatte man Tattoos, dann besser an den Stellen, wo man es nicht sieht. Besaß man jedoch sichtbare Körpererziehungen oder als Mann lange Haare, dann passierte es nicht selten, dass man möglichst fern des Lauf-Publikums eingesetzt wurde, wenn man überhaupt eine Einstellung bekam. Wollte man also in einer Verwaltung Fuß fassen, hieß die Devise: schwimm mit dem Strom. Man konnte dadurch den Eindruck gewinnen, dass die Voreingenommenheit der Mitarbeiter in den bürokratisch-geprägten Abteilungen in solchen Angelegenheiten proportional zu der Handlungsgeschwindigkeit solcher Institutionen steht. Und solch engstirnige Weltanschauung passte so gar nicht zu Rolands Charakter. Er war stolz auf alle der bis jetzt beschriebenen Merkmale. Er achtete immer darauf, mindestens ein schwarzes Kleidungsstück (Oberteil oder Hose) zu tragen, wobei es sich dabei zu Beginn seiner Dienstzeit noch um einfache und schlichte Hoodies, Jeans oder Hemden handelte. Seine Unterarmtattoos, Ringe und Armbänder sorgten für genug Individualismus. Zumindest am Anfang.

Er war schon vorher, vor der Äußerung über Olga Serwatzki und kurz nachdem sich die Glücksgefühle und die Dankbarkeit über einen zusätzlichen Kollegen (der helfen würde die erschlagende Masse an Arbeit zu bewältigen, sodass man mehr Zeit in Kaffee, Klatsch und Tratsch verwenden kannte) gelegt hatten, mit einem gewissen abschätzenden Argwohn von den einzelnen Teammitgliedern beäugt worden. Das lag nicht nur an seinem abweichenden Kleidungsstil und seines dadurch bekennenden Musikgeschmacks in Form von Metallica-, Volbeat- oder Kiss-Shirts, sondern auch durch seine Arbeitshaltung.

Er wagte es, die bestehenden Abläufe zu hinterfragen, gerade die althergebrachten Verhaltens- und Verfahrensweisen, *die schon immer so gemacht wurden.* Er verärgerte politisch einflussreiche Kunden, indem er es wagte, Nachweise und genauere Ausführungen zu dem Förderantrag anzufordern.

An dem Tag, als Marlies Hungemeyer zwei Büros weiter, von ihrer sechsundachtzigjährigen Mutter erzählte, sorgte Roland für einen weiteren stillen Fauxpas, welcher einen weiteren Punkteverlust auf der Kollegen-Beliebtheits-Skala mit sich brachte.

Es ging ursprünglich um die Macht der Träume und im Zuge dessen erzählte Marlies von einem Traum ihrer Mutter, in welchem diese von ihrem Mann, also Marlies Vater geträumt hatte, welcher Ende der Neunziger nach einem Schlaganfall gestorben war.

„Im Traum", so erzählte Marlies darauf, „ist meiner Mutter mein verstorbener Vater begegnet. Er stand auf der anderen Straßenseite und hat sie zu sich gerufen. Keine zwei Tage später ist meine Mutter dann verstorben. Einfach so, ganz still und plötzlich." Schon war das eigentliche Thema vergessen und der Rest des Bürokaffeekränzchens (bestehend aus Sina und Violetta hatte nur mitleidig die üblichen Floskeln von sich gegeben: War Sie denn dement? Ist schon schräg, was der Verstand einem für Streiche spielen kann. Es gibt mehr Dinge zwischen Himmel und Erde ... und so weiter.

„Wenn deine Zeit gekommen ist, dann ist sie da", hatte Roland kühl reagiert. „Manchmal brauchen Menschen einfach einen kleinen Schubs, um loslassen zu können. Eine Freundin von mir ist eine Hexe und schwört, dass sie mal mit dem Geist eines jungen Studenten zusammengewohnt hat, der nicht loslassen konnte und deswegen in ihrer Bude gespukt hat. Sie hat mir erzählt, dass er der festen Meinung wäre, noch da zu wohnen."

Bei dem Schweigen und dem verdutzten Anblick seiner Kolleginnen biss er sich auf die Zunge und schalt sich innerlich für diese Aussage. Gerade gegenüber solchen Kleingeistern. Man überging das Thema daraufhin, als hätte man eine Szene in einem Film mit der Skip-Taste übersprungen und wandte sich wieder wichtigeren Themen zu, wie zum Beispiel die hemmungslose Arbeitsüberlastung im Büro (die Rolands Meinung nach gar nicht bestand und wenn doch, dann daher, dass siebzig Prozent der Belegschaft aufeinander hockten, Kaffee tranken und sich über die Arbeitsbelastung ausheulten, anstatt mal anzupacken und zu arbeiten).

Seitdem distanzierte er sich von den kleinen Dienstbesprechungen, wie sie von allen Teilnehmern genannt wurden. Lästerrunde war da schon eine bessere Bezeichnung, da man dabei vorzugsweise über das, den oder die redete, der nicht zugegen war. Vielleicht machte ihn seine Abwesenheit während des räumlich wechselnden, kollegialen Kaffeeklatschs nun zum neuen Büroaußenseiter, denn seit seiner Ausführung zu spirituellen Geschehnissen galt er bei den jüngeren Kollegen als „Freak" und bei den Betagteren als „Spinner". Das alles bekam Roland mit, auch wenn man es ihm nie offen ins Gesicht gesagt hatte, aber wenn er blinder Mann spielen wollte, hätte er sich einen Schäferhund gekauft. Nicht selten drang das Geplapper seiner Kollegen zu ihm rüber und hin und wieder gönnte er sich den Spaß und stand plötzlich mit einem Anliegen, Angebot oder einer Frage mitten in der Tür. Das plötzliche Schweigen aller Anwesenden sprach hier Bände, wobei die dünnen Wände ihm eh schon längst alles zugetragen hatten. Von da an war sein Eindruck eindeutig und gefestigt. Er hatte es durch die Bank weg mit Arschlöchern zu tun.

Zu Hause erzählte er jedoch nichts davon, da er sich dieses Festival der Schwachsinnigkeit nicht noch einmal in Erinnerung rufen wollte.

Das Team und wie Roland es wahrnahm II

Mit zunehmender Zeit, die Roland in der Abteilung arbeitete, erkannte er immer mehr die Auswirkung von Masse zu Verhalten. Eine Art Herdenphänomen. Allein waren seine Kollegen durchaus erträglich, umgänglich und von ihrer Persönlichkeit her wirklich nette Menschen. Gerade in der Urlaubszeit verdeutlichte sich dieser Zustand, obwohl ja eigentlich jeder durch die Vertretung ausgelasteter sein sollte. Vielleicht auch nur gerade deswegen.

Das änderte sich jedoch rapide, sobald die Mitarbeiteranzahl exponentiell anstieg und man halt wieder aufeinander hockte. Dann verfärbte sich die Charakterfarbe seiner Kollegen von zartrosa zu ätzend-grün wie bei einem ungeliebten Nachbarn, den man um den lieben Frieden willen erträgt, am liebsten aber ertränken möchte.

Als Alterspräsident hinter Ernst Rauch, dessen Name scheinbar Programm war, da er problemlos eine Packung Ernte 23 pro Tag wegqualmte, stand Maik Schuster. Dicht gefolgt wurde dieser von Thorsten Radhoffs, dessen herausragende Eigenschaft es schlichtweg war, dass er sich um alles einen Scheiß kümmerte. Als weiteres herausragendes Merkmal sei hier die unpassende, jugendliche Duftwolke zu benennen, die ihn permanent zu umgeben schien. Teilweise war sie so stark, dass man seine Ankunft im Büro schon fünf Minuten vorher voraussagen konnte. Roland konnte es nicht direkt zuordnen, doch es hatte eher die Note von Live Jazz von YSL, I Love Dior oder Tommy Girl. Nicht gerade die empfehlenswertesten Düfte für Herren, die näher an der fünfundsechzig sind als an der neunundfünfzig. Was man so hinter vorgehaltener Hand erfuhr (also über das Geplapper der Kolleginnen hinter vorgehaltener Hand), hatte Thorsten vor seiner Hochzeit eine gute Abschussquote, was die innige Zusammenarbeit mit Kolleginnen anging. Zwar war er schon über zehn Jahre in der Wirtschaftsförderung, doch davor zierte seine Laufbahn eine Menge Ämter und eine Menge gebrochener Herzen seine Laufbahn. Auch nach seinem Wechsel in das Team der Wirtschaftlichen Förderung.

Er hatte 1974 seine Ausbildung bei der Stadtverwaltung gemacht und saß nun schon fast genauso lange in dem Amt für Förderangelegenheiten wie Ernst Rauch. Im Zuge seiner Kariere, die angefangen hatte, als man noch aufstand, wenn der Vorgesetzte das Büro betrat und die Bürger noch Respekt vor dem Verwaltungsbeamten hatten, konnte er sich noch sehr gut an den technischen Wandel erinnern. Von der damaligen Schreibmaschine mit dem Kohlepapier für die berühmten Anträge in dreifacher Ausfertigung über die ersten Kopiermaschinen (bei denen das Ergebnis aussah, als seien sie von Gutenbergs erster Buchdruckmaschine fabriziert worden) bis hin zur modernen Textverarbeitung über Bescheidbausteine bei den ersten Macintosh in der Herner Verwaltung. Seine Begeisterung hielt sich diesbezüglich stets in Grenzen und mit Einführung des PCs in jedem Büro war er schon so weit an Dienstjahren, dass er sich dafür nur rudimentär bis gar nicht interessierte. Seine Aktenführung wurde mit jedem Dienstjahr schlampiger und wies zum Zeitpunkt, als Roland zu dem Team dazustieß, weder eine Nummerierung noch Verfügungen oder Vermerke zu den einzelnen Vorgängen auf. Dafür aber die ausgedruckten Bescheide samt Extraseite der dazugehörigen Rechtsnormen (welche grundsätzlich sowieso automatisch im entsprechenden Programm für den Vorgang gespeichert und hinterlegt wurden). Zwar verfügte er immer noch über ein großartiges Talent zur Formulierung kompletter Satzstrukturen im Zuge der Bescheiderteilung und ein umfassendes Fachwissen mit einer beneidenswerten Rechtssicherheit, jedoch war er ein Dinosaurier. Einer vom alten Schlag, der längst von der Datenautobahn überrollt worden war und sich kategorisch jeder Veränderung widersetzte. Mal still, mal weniger still. Je nachdem, wo er sich was wem gegenüber erlauben konnte.

So etwas gehört zum guten Ton in einer Verwaltung und sorgt beim Rest der Bevölkerung für permanentes Unverständnis. Langsame, überholte Abläufe und kaum bis am besten gar keine Veränderung.

Seine Teilnahme am täglichen kollegialen Austausch erfolgte nur selten persönlich, sondern eher als Zwischenruf, der durch die Büros hallte. Nichtsdestotrotz bot er für Roland einen angenehmen Gesprächspartner, gerade wenn sie sich über Musik unterhielten. Eric Clapton, Queen, Iron Maiden, die Motörhead-Alben bis zur Ära mit Fast Eddy Clark, AC/DC, aber nur mit Bon Scott (bitte keine Veränderungen, auch nicht beim Rock), das waren Themen, über die sich die beiden Kollegen stundenlang unterhalten konnten. Auch über Filme und Serien tauschten sie sich aus, wobei man dabei immer Gefahr lief, dass sich die quäkende Stimme von Sina Kothen dazu äußerte. Und doch war trotz dieses selben Nenners ihre Beziehung belastet, da sich Thorsten gerne krumm wie eine Katze machte, die gerade wirft, wenn es um so Selbstverständlichkeiten wie Urlaubs- oder Krankenvertretung ging. Minimalismus bekam durch ihn ein ganz neues Gesicht.

Bei anderen Kollegen gab es aber nicht mal einen Nenner.

Bei Stephanie Leidinger zum Beispiel wusste Roland bis zu seinem letzten Tag im Team nicht, wie er ihn einschätzen sollte. Ähnlich wie Claudia Rothe war sie teilweise im Homeoffice, beziehungsweise war sie montags gar nicht im Büro. In erster Linie war sie Mutter, hielt mit den Erzählungen über ihre junge Familie aber größtenteils hinter dem Berg, zumindest soweit Roland das beurteilen konnte. Insgesamt bekam er nicht viel von ihrem Wesen und ihrer Persönlichkeit im Arbeitsalltag mit, da sie mit Violetta Müller-Eckbert in einem der Büros um die Ecke saß. Sie war das klassische Beispiel dafür, dass Schönheit im Auge des Betrachters liegt. Mit einer Person wie ihr zwei Kinder zu zeugen, schien für Roland so unwahrscheinlich wie ein Leben auf dem Mars. Ähnlich wie die meisten Mitarbeiter in einer Verwaltung war ihr Kleidungsstil unglaublich nichtssagend. Dazu kam die Tatsache, dass sie augenscheinlich über keinerlei weibliche Attribute verfügte. Zwar war sie für die klassische mitteleuropäische Frau recht groß, schlank und blond, doch damit endete es schon. Die Aussagelosigkeit ihres Gesichtes spiegelte sich auch auf ihrem Körper wider. Selbst ihre vollen blonden Haare fielen, durch einen Mittelscheitel getrennt, einfallslos bis auf die Schultern. Es schien fast so, als habe sie durch ihre Mutterrolle aufgehört, eine Frau zu sein.

In den Dienstbesprechungen, die nur alle Jubeljahre stattfanden, war sie meistens ruhig und zurückhaltend (abgesehen von der Beteiligung an der allgemeinen Entrüstung, wenn Änderungsvorschläge eingebracht wurden oder gar zusätzliche Aufgaben verteilt wurden). Wenn sie sich doch mal in eines der Büros auf seinem Flur verirrte, saß sie für gewöhnlich mit überschlagenen Beinen da und nickte allem Gesagten zustimmend zu.

„Ehmm ... ja ... ja. Ja, sehe ich genauso", waren dabei die gängigen Floskeln, die sie stetig nutzte. Manchmal grätschte sie dann doch mal in die Unterhaltung hinein, wobei natürlich immer nur im gemeinsamen Konsens.

„Dazu kommt noch ..." oder „Das ist genau wie bei ..." eröffneten dabei immer Redeansätze von ihr, bei denen sie eine spontane Energie zeigte, die danach jedoch aufgebraucht zu sein schien, da sie sich danach wieder auf die nickende Zustimmung beschränkte. Sie hatte das kleinste Sachgebiet in dem Team und aus irgendwelchen Gründen, die jeder arbeitende Mensch nicht nachvollziehen können würde (selbst die, die in einer Verwaltung oder beim Finanzamt arbeiten), war sie damit schon fast an der Grenze ihrer Belastungsfähigkeit. Von daher hatte Roland kein Problem damit, ihr manchmal heimlich Rechnungen oder Poststücke zu stibitzen, um etwas gegen seine vorherrschende Langeweile zu unternehmen. Anscheinend fiel das Stephanie nicht auf oder wenn doch, sprach sie ihn deswegen nie an.

Der Tod von zwei Menschen

Ende November 2019 kehrte Ernst Rauch aus seiner kurzen Krankheitspause zurück in sein Team. Es war sein letzter Tag im Amt. Eine Woche vorher hatte man, im Zuge der Betriebsweihnachtsfeier, nach einem nachmittäglichen Besuch im Aurora-Indoor-Sports-Park, wo sich das Team der Wirtschaftsförderung in zwei Gruppen aufteilte und versuchte, einen Escape-Room zu lösen, im ortsansässigen Road Stop ausgiebig diniert. In dem Escape-Room trat die weibliche Belegschaft gegen die männliche in dem Versuch an, aus einer fiktiven Zelle eines Gefängnisses der Deutschen Demokratischen Republik der 1960er-Jahre zu fliehen. Mit einer Motivation, die man ruhig als unterirdisch bezeichnen konnte, versagten die Herren knapp in der Zeit und wurden so in dem Szenario von den Wärtern ertappt, während die Damen nach sage und schreibe achtunddreißig Minuten und sechsundvierzig Sekunden die Rätsel geknackt hatten und ihrer Zelle sowie dem Regime entkommen waren. Maik Schuster war zu dem Zeitpunkt schon seit fast einem halben Jahr erkrankt und arbeitsunfähig geschrieben, sodass er an der Feier nicht teilnahm. Hinter der Hand munkelte man was von längerfristigem Ausfall, Burn-out und Depressionen, aber noch wagte es keiner, dies laut auszusprechen. Wobei der Flurfunk ähnlich wie das Internet unsichtbar und unaufhaltsam ist. Die anderen Etagen wussten bereits über Maiks dauerhafte Abwesenheit Bescheid. Dies war nicht zuletzt der Verdienst von Sina Kothen. Die heimliche Matriarchin des Teams, deren Art, sich unaufgefordert in den Vordergrund zu spielen, nur eine von vielen Charakterschwächen in Rolands Augen war. In der kleinen Dienstbesprechung tuschelte man schon, ob Maik es wohl schaffen würde, seinen Krankheitsstatus bis zu seiner Rente hinauszuziehen. Auch hier schaffte es Sina in der ausbalancierten Eleganz eines schönen Elefanten, sich gleichzeitig über seine Abwesenheit (und die damit verbundene Aufteilung seines Arbeitsgebiets) zu beschweren und im gleichen Satz zu äußern, dass er schön blöd wäre, wenn er dies nicht so machen würde.

„Knappe zwei Jahre hat er noch und glaub mal ja nicht, dass der vorher zurückkommt", tönte sie mit der selbstsicheren Stimme einer Rotzgöre. „Der sitzt dann schön zu Hause und bekommt als Beamter auch noch volles Gehalt, selbst bei Dienstunfähigkeit. Was hier mit dem Sachgebiet ist, ist dem doch scheißegal. Da gibt es erst mal Therapie, vielleicht eine Kur, einen Urlaub, und selbst wenn er vorher zurückkommt, hat er dann noch mal sechs Wochen Eingliederung, wo alles wieder an uns hängen bleibt."

„Und da er noch im Dienst ist, kann die Stelle auch nicht neu ausgeschrieben werden", stimmte Marlies Hungemeyer indirekt zu.

„Wir bekommen doch eh kein neues Personal hier hin", holte Sina ihre Kollegen wieder mit in ihr Boot. „Läuft doch alles. Dass die Arbeit immer mehr wird, das interessiert da oben doch keinen. Wenn ich nur noch so wenig Zeit bis zur Rente hätte, würde ich es, glaube ich auch so machen, weißte, was ich meine."

Die Dualität des Menschen in ihrer ganzen Pracht. Dazu auch noch Pragmatismus auf der höchsten Ebene, da Maiks Sachgebiet von ihr übernommen worden war und ihr somit, aufgrund einer höherwertigen Tätigkeit, zu einer neuen Entgeltgruppe verhalf. Natürlich konnte sie dadurch ihr Sachgebiet unmöglich halten, sodass dieses auf die anderen Kollegen verteilt werden musste, was zwar für Empörung und Protest sorgte, jedoch nicht gegen sie gerichtet. Keiner würde es wagen, gegen Königin Sina das Wort zu erheben.

Die bevorstehende Weihnachtsfeier brachte dann endlich mal ein positives Thema in die Runde und mit einem Teamleiter, der gedanklich auch schon so gut wie in Rente war, einigte man sich auf den Donnerstagnachmittag und -abend, um so den Freitag (der eigentlich für die Feierlichkeit gedacht war) freizubekommen.

Das Essen im Road Stop war gut und reichhaltig und einige, auch Roland, bedienten sich an dem All-you-can-eat-Büffet. Es gab Spareribs und Cheeseburger, Chickenwings und Wraps. Alles, was das American-Food-Herz begehrt. Ernst Rauch orderte neben diversen Getränken ein Jägerschnitzel mit doppelter Soße, was seiner Meinung nach zu seinem Ausfall von fast einer Woche verantwortlich war.

„Ich glaube, irgendwas war mit den Pilzen wohl nicht in Ordnung", sagte er, als er sich am nächsten Tag bei Monika Kowallek, der Sekretärin des Amtsleiters, krankmeldete und da es nicht besser wurde, fiel er auch den Rest der darauffolgenden Woche aus. Genug Zeit, um sich darüber das Maul zu zerreißen. Immerhin durfte man sich diese Gelegenheit nicht entgehen lassen, wenn der Chef schon mal nicht da ist.

„Ich hab' auch Pilze gegessen und ich habe gar nichts", erklärte Cordula Roth.

„Wer weiß, wo er danach noch ein oder zwei Pils zu sich genommen hat", frotzelte Andreas Wolter, während er wieder versuchte intelligent auszusehen, indem er wissentlich lächelte und die Beine übereinanderschlug.

„Hahaha", quakte Sina Kothen dreckig mit einer Stimme, in der nicht der geringste Humor mitschwang, sondern pure Gehässigkeit. „Genau, wer weiß, was er noch nach dem Abend gemacht hat. Jetzt mal ganz ehrlich, er hat da ja auch schon drei Pils zu den Pilzen gehabt."

Ganz schön herablassend für jemanden, der nach einem Corona schon gelallt hat, dachte Roland und versuchte, sich im angrenzenden Büro wieder auf das bisschen Arbeit zu konzentrieren, was er auf dem Schreibtisch liegen hatte.

„Jetzt mal ganz ehrlich, ich finde, man sollte sich im Alter nicht mehr so gehen lassen. Weißte, was ich meine?", fuhr sie mit ihrer breiten Stimme fort, die alle anderen übertönte, während Roland die Zähne aufeinanderbiss.

Weißte, was ich meine? Immer dieses „Weißte, was ich meine?". Bei jeder Gelegenheit, so inflationär, als hätte sie es permanent mit Deppen zu tun.

„Natürlich weiß ich, was du meinst, du dämliche Planschkuh. Ich bin ja nicht dämlich! Darüber hinaus bin ich auch in der Lage, Hochdeutsch zu reden", hätte er ihr gerne ins Gesicht geschrien, doch er blieb stumm in seinem Büro und starrte weiter auf den Monitor, um Zahlungsausgänge zu kontrollieren.

Wie eine Schar hirnloser Drohnen lachten alle (auch Markus „Stotter-Motor" Förster Höh Höh Höh), während sie ihre Idee, wieso der Chef ausgefallen war, weiter ausschmückte. Ihre extrovertierte, polternde Art hatte Sina sich als Schutzpanzer angewöhnt und gelernt, ihr Aussehen bei der männlichen Belegschaft subtil zu nutzen. Viele der Kollegen (vorneweg Markus Förster) versuchten, bei ihr zu landen, und umgaben sie, wie Bienen ihre Königin. Das wusste sie genau, hielt die Leute auch stets in der Nähe, ohne sie jedoch jemals richtig an sich heranzulassen. Ihre breite birnenförmige Hüfte fand aufgrund ihrer großen Brüste nur selten Beachtung. Gerade weil ihr Busen extrem groß war, wirkte ihr stabiler Körperbau nicht so ausladend, wie er es sonst täte. Zwar achtete sie auf ihre Ernährung und trieb Sport, doch ist eine solche große Oberweite dabei eher hinderlich, selbst wenn man noch Mitte zwanzig ist. Schon mit vierzehn hatte sie Rückenschmerzen. Damals hatte sie schon Doppel-D. In den letzten Jahren war es immer schlimmer geworden, weshalb sie akribisch gerade ihren unteren Rücken trainierte. Sie naschte aber auch einfach zu gern.

Die hohen Wangenknochen, die schmalen, aber stets für einen Kuss bereiten Lippen und die großen, grünen Augen mit den langen aufgeklebten Wimpern wurde von einer leicht gebräunten Haut umrahmt, welches ihr ein südländisches Aussehen verlieh sowie den Eindruck eines kleinen Mädchens (mit mordsgroßen Titten), das von einem starken Mann Hilfe bräuchte. Dabei war nichts ferner der Realität. Sie brauchte keine Hilfe. Sie brauchte nie Hilfe und war sehr stolz auf ihre Selbstständigkeit und ihre Stärke. Sie genoss einfach die Aufmerksamkeit, die ihr dadurch zuteilwurde, und hielt sich für eine unwiderstehliche Femme fatale beziehungsweise für die „Endgegner-Bitch" (zumindest wenn man ihrem selbstbedruckten Mousepad Glauben schenken durfte, auf dem diese Betitelung in Comic Sans über ihr und zwei Freundinnen abgebildet stand), während sie mit dem einen oder anderen wie ein gelangweiltes Raubtier ihre kleinen Machtspielchen trieb. Diese Eigenschaft hatte sie sich in ihrer frühen Kindheit angeeignet. Damals hatte man sie erst noch in der Schule gehänselt und aufgezogen, weil bei ihr schon mit acht Jahren die Thelarche, sprich die Ausbildung der Milchdrüsen und das Wachstum des Brustgewebes, eingesetzt hatte. Alle Jungs grabschten nach ihr und packten sie dort an, was sehr wehtat. Die Mädchen bezeichneten sie dafür als Missgeburt oder Hure. Ausgegrenzt und (in ihren Augen) deformiert wollte keiner noch etwas mit ihr zu tun haben. Dann mit zehn, an einem stürmischen Märztag, bei der Rückkehr aus der Pause in das Klassenzimmer, zeichnete sich ein dunkler Fleck in ihrem Schritt. Sina hatte den Tag über schon Magenkrämpfe gehabt und bemerke die Feuchtigkeit sofort, genauso wie den schweren, metallischen Geruch. Sie versuchte, es noch durch eine um die Hüften gebundene Jacke zu verbergen, doch hatten es einige andere Schulkinder auch schon gesehen. „Ihhh!" oder „Bäh!", schrien sie um sie herum auf und zeigten mit dem Finger auf sie. Einige lachten. Ein Lachen, was sie sogar jetzt noch, fast zwanzig Jahre später, in ihren Albträumen manchmal heimsuchte.

Auf dem Mädchenklo erschrak sie dann, als sie feststellte, dass ihr Höschen und ihre Jeans voller Blut waren, was ihr an den Beinen herunterlief. Vor Scham hatte sie angefangen zu weinen und sich auf der Toilette eingeschlossen, bis ihre Mutter kam, um sie abzuholen und nach Hause zu bringen. Auf der Heimfahrt, während dicke Krokodilstränen an Sinas Wangen herunterliefen, hatte ihre Mutter ihr zwar erklärt, dass dies alles ganz natürlich war und dass sie sich für nichts schämen müsste. Doch Kinder können unsagbar grausam sein.

Den Rest des Schuljahres, der ihr wie eine Ewigkeit vorkam, war sie von allen nur mit Schmähreimen und Schimpfwörtern wie „Mutanten-Titte" oder „Sinalein, altes Schwein, macht noch in die Hose rein" bedacht worden. Mit dem Wechsel auf die weiterführende Schule hatte sie sich geschworen, nie wieder schwach und nie wieder Opfer von Gespött zu werden. Seitdem hatte sie gelernt, wie man sich etabliert, in Szene setzt und wie man Gerede über sich selber vermeidet, indem man über andere redet.

Ihre Dominanz reichte von den sabbernden Kollegen, die einfach nur gern ihr Gesicht in ihren Ausschnitt drücken wollten, bis hin zu den Kolleginnen, die sich wünschten, so zu sein wie sie. Sie war die Bienenkönigin der Abteilung und gerissen wie eine Viper.

Neben ihrer ständigen Nachfrage, ob man sie verstehen würde („Dann haben die das so gemacht, dabei ist das doch so zu machen. Weißte, was ich meine? Ich mache das jetzt so und dann passt das schon. Weißte, was ich meine?") gehörte es auch, so gut wie jeden Satz mit „Jetzt mal ganz ehrlich" anzufangen. Schon irgendwie bedenklich, wenn man das extra immer vorwegschicken muss, fand Roland.

Als Ernst Rauch am Donnerstag, den achtundzwanzigsten November, dem Tag seiner Rückkehr aus seinem Krankenstand, seine dritte Zigarettenpause um 09:45 Uhr einlegte, begleitete ihn Violetta mit in den Hof, um gemeinsam zu qualmen. Ähnlich wie das Trinken in der Freizeit, raucht man im Amt ungern allein und wenn schon offiziell Pausenzeit draufgeht (als ob jemand tatsächlich seine Raucherpausen aufschreiben würde), dann doch auch bitte in entspannter, kollegialer Atmosphäre. So wurde es in der ganzen Verwaltung gehandhabt, auch wenn Violetta mit dem Nikotinbedarf von Ernst nicht mithalten konnte.

Als sie mit dem Fahrstuhl in den Keller fuhren, um von dort aus zu dem überdachten Raucherbereich im Innenhof des Gebäudes zu gelangen, fiel ihr noch auf, wie bleich Ernst um die Nase rum wirkte. Im Zuge seines ansonsten auch eher grauen Hauttons dachte sie sich nicht viel dabei und steckte erst sich und dann ihm mit ihrem St.-Pauli-Feuerzeug die Zigarette an.

Nach dem zweiten Zug an seiner Zigarette hustete Ernst Rauch, als wären seine Lungenflügel voller zähflüssigem Schleim. Auch das war nichts Neues bei ihm, wobei der Husten vorher immer eher trocken war. Nach dem fünften Zug packte er sich krampfhaft an die Brust und taumelte ein, zwei Schritte nach hinten. Helles Blut tropfte aus seinem Mund, da er die Zähne vor Schmerzen so fest zusammengebissen hatte, dass er sich ein Stück von seiner Zunge abgetrennt hatte. Aus der vor Schmerzen zusammengekrümmten Haltung richtete er sich noch einmal zu seiner ganzen Größe von einem Meter siebenundachtzig auf, versuchte tief Luft zu holen und riss seine Augen weit auf, als hätte er eine plötzliche Erkenntnis über das Leben gehabt. Dann brach er mit offenstehendem Mund und weit aufgerissenen Augen zusammen.

Um 09:49 Uhr hörte man Violetta panisch nach Hilfe schreien, nachdem sie erst wie angewurzelt dagestanden hatte, unfähig, das gerade Passierte zu begreifen. Es kam ihr in dem Moment wie eine Ewigkeit vor, bis sie wieder Gewalt über ihren eigenen Körper hatte und reagieren konnte. Geschockt und unwissend, was sie genau tun sollte, schrie sie nach Leibeskräften. Dann setzte das logische Denken wie nach einer Starthilfe wieder ein und sie handelte, wie sie es damals beim Erste-Hilfe-Kurs für den Führerschein gelernt hatte. Dabei rief sie weiter nach Hilfe.

Ihr Schreien schallte von den Wänden des U-förmigen Gebäudes wider und hallte wie das Klagen einer Banshee durch die Flure. Der Rettungswagen traf um 10:01 Uhr ein und löste Violetta bei den verzweifelten Wiederbelebungsversuchen ab, während so manch eine Nase an den Fensterscheiben des Gebäudes platt gedrückt wurde. Sie stand noch in der Raucherecke, als der Defibrillator an Ernst Rauch zu Einsatz kam, und sah mit an, wie zwei Sanitäter ihn in den Rettungswagen schoben, während der Notarzt ihn weiter versuchte wiederzubeleben.

Weiß wie die Wand kehrte sie in ihr Büro zurück, während Ernst Rauch mit Blaulicht und Martinshörn ins nahegelegene St.-Josef-Krankenhaus transportiert wurde. Dort angekommen waren schon Stephanie Leidinger und Marlies Hungemeyer vor Ort und empfingen sie fürsorglich. Violetta wirkte apathisch und bewegte sich wie in Trance. Ihre Glieder hingen schlaff an der sonst so lebensfrohen und energischen Frau herunter und ihr Blick war ausdruckslos und leer. Erst als sie sich in ihren Bürostuhl setzte, schlug sie sich die Hände vors Gesicht und fing an zu weinen. Kurz darauf zitterte ihr ganzer Körper. Während Stephanie lediglich den Arm um sie legte und Marlies ihre zitternde, eiskalte Hand hielt, stand Andreas ebenfalls versteinert da. Olga stieg vor Violetta kniend mit in ihr Schluchzen ein. Roland hielt sich genau wie Cordula und Thorsten fern, da genug Kollegen um Violetta herumsaßen und ihr Trost und Mut zusprachen. Für Sina war der Auflauf im Büro kein Grund, sich fernzuhalten.

„Also jetzt mal ganz ehrlich", versuchte sie Violetta Mut zuzusprechen, „du hast alles getan, was du konntest. Konnte ja keiner ahnen, dass er da einfach umkippt. Mal ehrlich, du hast alles richtig gemacht, Süße."

„Beruhig dich erstmal", sprach Marlies behutsam auf Violetta ein und streichelte beruhigend ihre Hand.

„Soll ich noch mal die Eins-Eins-Null wählen?", fragte Andreas, aber Marlies schüttelte den Kopf. In der Zwischenzeit war Olgas Schluchzen verstummt und sie hatte ihre Hand auf eines von Violettas Knien gelegt, was die ganze Szene wie eine Darstellung von Juan Rodríguez Juárez' Bild „Die Beerdigung Christi" wirken ließ.

„Komm erst mal runter, Liebens", sprach Marlies weiter ruhig auf Violetta ein, deren Zittern nachließ. „Und wenn du dich beruhigt hast, packst du deine Sachen und nimmst dir den Rest des Tages frei." Keiner protestierte und keiner beschwerte sich darüber, dass Violetta eine ganze Woche ausfiel.

Die Nachricht vom Tod von Ernst Rauch erhielt das Team schon am nächsten Tag durch eine E-Mail an alle Mitarbeiter durch die Amtsleitung. Es war wohl ein verschleppter Herzinfarkt, der ihn ereilt hatte, und laut Aussage des Notarztes hätte er ihn nicht mal retten können, wenn er direkt neben ihm gestanden hätte. Er war, trotz aller Mühen und Reanimationsversuche, bereits beim Eintreffen des Rettungswagens tot gewesen.

Abends erzählte Roland seiner Frau von den Ereignissen. Es war das erste Mal seit vielen Wochen, dass er ihr etwas von seinem Tag im Büro erzählte.

Der Dezember 2019 war regnerisch und grau. Wie fast jeder Dezember im Ruhrgebiet. Und wie schon seit Jahren gab es unter vierhundert Metern Höhenlage keine Aussicht auf weiße Weihnachten in Nordrheinwestfalen. Wie schon die letzten fünfzehn Jahre. Draußen bewegten sich die Menschen mit eingezogenen Köpfen und hochgezogenen Schultern möglichst schnell, um so bald wie möglich irgendwo anders zu sei, als mitten in diesem Sauwetter. Daheim drehte man die Heizung weiter auf, kuschelte sich aneinander und blickte voller Unbehagen aus dem Fenster, glücklich darüber, im Trockenen zu sitzen. Und doch machten einen die langen Nächte und die grauen Tage melancholisch, schwermütig und depressiv.

So fühlte sich auch Maik Schuster. Und das nicht erst seit Dezember. Als er an dem Morgen des sechsten Dezembers von der Couch im Wohnzimmer aufstand, fasste er einen Entschluss. Er hatte seiner Frau gesagt, dass er heute loswolle, um sich eine Wohnung anzuschauen, damit der Ausnahmezustand im Hause Schuster aufgehoben werden könnte. Körperlich hatten sie sich schon vor Jahren getrennt, seit fast einem Jahr auch emotional. Seit einem Dreivierteljahr hatten sie es sich eingestanden. Das heißt, Helene, seine Frau, hatte es sich eingestanden, Maik hatte versucht zu kämpfen, doch hatte verloren. Eine Beziehung besteht aus zwei Teilen und der eine kann es noch so sehr wollen und versuchen, wenn der andere nicht mehr will, dann ist alles vergebliche Liebesmühe.

Es sollte der Morgen sein, an dem er seiner Frau, die noch friedlich im Schlafzimmer lag und schlief, ein schönes Frühstück zubereitete wie damals, als sie noch jung und verliebt waren. Ein Prinzessinnen-Frühstück, wie sie es damals immer genannt hatte mit Rührei und Speck, einem kleinen Glas Orangensaft und allen Köstlichkeiten, die man im Kühlschrank für ein Frühstück finden konnte. Dann klappte er den breiten Schuhschrank im Flur auf und holte einen ihrer schwarzen Mustang-Boots aus Nappaleder heraus, den er vor die Wohnungstür stellte. Mit dem Geruch von kochendem Kaffee in der Nase packte er einige Pralinen und einen vorbereiteten Pinienzweig in ihren Stiefel hinein.

Er griff erneut in Richtung Schuhschrank und holte aus einer der Schubladen (einer dieser Schubladen, in der man alles finden konnte, vom Feuerzeug über Batterien bis hin zu längst ihres Schlosses beraubten Schlüsseln) ein kleines Etui. Er klappte es auf und betrachtete die beiden Ohrringe aus neunkaratigem Gelbgold. Teilmattiert und teilrhodiniert mit je einem Zirkon in der Mitte schwangen sie sich wie ein glänzender Fluss von knapp vier Zentimeter auf dem dunkeln Samt des Etuis. Wie ein Hoffnungsschimmer am Horizont, ein gütiger Sonnenstrahl nach einer rabenschwarzen, eisigen Nacht. Tränen sammelten sich in seinen Augen. Er wischte sie mit einem Schniefen weg, klappte das Schächtelchen zu und steckte es ebenfalls in den Stiefel. Dann zog er einen Brief aus seiner Hosentasche und legte diesen zu den anderen Nikolausgeschenken. Ohne sich noch einmal umzudrehen, ging er in die Garage und schloss die Tür hinter sich ab. Er legte eine Best-of-CD von den Dire Straits in das Radio seines Autos, schaltete die Lüftung aus und fuhr alle Seitenfensterscheiben herunter. Er drehte den Schlüssel und mit der Zündung erwachte auch das Radio zum Leben. Als der Motor startete, ertönte der Song „Sultans of Swing" aus den Boxen. Maik lehnte sich zurück, lauschte der Musik und atmete tief ein. Als er an der Kohlenmonoxidvergiftung erstickte, hatte Mark Knopfler gerade angefangen, in dem Song „Brothers in Arms" über den Irrsinn des Krieges zu singen, während er unverkennbar auf der Gitarre zupfte. Eine Nachbarin klingelte gegen neun Uhr und wies Helene Schuster darauf hin, dass in der Garage der Wagen lief.

Im Team erfuhr man erst Mitte Dezember von Maiks Selbstmord. Zwei Tage später stellte Thorsten Rathoff einen Antrag auf den Umzug aus seinem in Maiks ehemaliges Büro.

Wechselwirkung

Wenn jemanden das Ableben der beiden Kollegen ernsthaft bewegte, so ließ es sich keiner anmerken, zumal die Verwaltung zwischen den Jahren eh immer einen Betriebsurlaub verordnet und mancher sich vorher oder nachher noch den einen oder anderen Tag der Erholung gönnte. Mit Beginn des neuen Jahres ging alles weiter wie vorher und der Schock und die Trauer (falls es so etwas gegeben haben sollte) blieben im alten Jahr zurück. *Show must go on* ... nicht nur im Showbusiness.

Natürlich traf sich die kleine Dienstbesprechung zum Austausch der Urlaubserlebnisse und zwecks planender Analyse der zukünftigen Arbeitsaufteilung, jetzt wo Andreas Wolters kommissarischer Teamleiter war.

Es war wie immer nur mit schwerwiegendem Potential. Marlies, Sina, Andreas und Markus waren der innere Kreis, wie der feste Kern einer Verstopfung. Stephanie gab ähnlich wie Thorsten hin und wieder auch ihren Senf dazu. Cordula und Violetta nahmen zwar auch regelmäßig an der Besprechung teil, jedoch dämpfte ihre Gutmütigkeit eher die Lästerei. Zu der Zeit fasste Roland den wohlüberlegten Entschluss, sich alsbald von hier zu verabschieden.

Dieser basierte auf der Erkenntnis, dass seine Kollegen es besonders erheiterte, die negativen Eigenschaften derer, die sich gerade nicht im Raum befanden, festzustellen. Ferner hatte er genug von dem Geschick dieses Komitees des Jammerns, Probleme zu eruieren, Leid zu klagen und Beschwerden zu verfassen, ohne diese tatsächlich anzugehen. Lösungsmöglichkeiten waren bei dem ganzen Gejammer so gut wie nie Thema und augenscheinlich auch ein rotes Tuch. Das merkte Roland in der ersten offiziellen Teambesprechung, zu der alle anwesend waren und Andreas Großkotz Wolters sich als neuer Teamleiter präsentieren durfte. Weil Lösungen ja die Gefahr mit sich brachten, dass man sich nicht weiter in seinem Leid suhlen konnte, wollte davon scheinbar niemand wirklich etwas hören. Jeder arbeitete, laut eigener Aussage, bereits an seiner Belastungsgrenze und konnte beim besten Willen nicht noch mehr tragen. Und war jemand überlastet (was sich nach Maiks Tod ja jetzt nur noch auf Olga bezog, die damit tatsächlich zu kämpfen hatte), war die Person selbst schuld. Das sollte sie mal schön selbst ausbaden. Schließlich hatte man ja selbst noch zwei unbearbeitete Poststücke auf dem

Tisch liegen und der Rest des Tages war schon mit Gesprächen zur Feststellung von Missständen im Team verplant. Keine Zeit, anderen unter die Arme zu greifen. Olga hatte noch nicht mal eine reguläre Vertretung im Team und ihre Arbeit blieb daher einfach unerledigt liegen, wenn sie krank war oder Urlaub hatte. Gleiches galt für Roland, der als einziger glücklich darüber war, einen weiteren Buchstabenbereich zu erhalten, um seine tägliche Langeweile etwas einzudämmen. Sehr zum Leidwesen von Thorsten Rathoff, der direkt verkündete, dass er diesen Bereich aber nicht von Roland vertreten würde. Nicht mein Problem, war hier eine grundsätzliche Devise.

Mehrfach wies Roland darauf hin, dass das Programm eine Funktion hat, durch die jeder zahlbargemachte Fall statistisch erfasst wird und durch die sich mit verschiedenen Filtern abfragen lässt, wie viele Fälle von welcher Beihilfeart es gibt. Aber hier wurde seit Jahren die Statistik manuell in einem Extraordner per Hand geführt und das macht man daher auch bitte weiter so. Man wollte von Veränderungen in den Abläufen einfach nichts hören. Funktioniert doch alles gut genug, so wie es war. Zum Teufel mit der Digitalisierung und innovativen Ideen. Alles böse, alles schlecht, mimimimimi.

Das sorgte dafür, dass Roland sich bewusst weiter von seinen Kollegen distanzieren wollte. Nicht nur durch sein Vorgehen in der Sachbearbeitung, sondern auch generell, sodass es jeder mitbekam. Er gestaltete sein Aussehen weniger zurückhaltend, vorzugsweise durch menschenverachtende Bandshits, auf denen der Name der Gruppe in bösartig verzerrten Lettern oder im Stile von „mit Blut geschrieben" abgedruckt war. Es war seine Form des stillen Protestes gegen die Einheitsmasse und sorgte für ein wohltuendes Gefühl der Abgrenzung zu dem Rest des Teams.

Einzig Olga gegenüber verhielt er sich weiter kollegial über das automatisierte „Guten Morgen", „Mahlzeit" und „Schönen Feierabend" hinweg.

„So schön die Aussicht, aus der Tretmühle des Jobcenters rauszukommen auch war", erzählte er Clair abends, „ich bin mir sicher, wenn ich da noch länger bleibe, dann fange ich an, mit

Barhockern um mich zu schmeißen oder Prostituierte umzubringen." Er hatte es im Scherz gesagt, doch drehten sich die Räder des Schicksals für ihn in eine ähnliche Richtung.

Teil 3
Es eskaliert doch eh ... Eskalation olé

Das Gefühl von 1000 Nadeln

„Dieses Team, zumindest die meisten meiner Kollegen, sind nichts weiter als einen Haufen engstirniger, kleinkarierter Arschlöcher", sagte Roland zu Clair am selben Abend und sie hörte einmal mehr deutlich die Frustration ihres Mannes.

Es war diese Erkenntnis, die ihn in den nächsten Tagen aufmerksam werden ließ und die dafür sorgte, dass er die ganzen kleinen Nadelstiche spürte, über die er früher locker weggesehen hätte. Die morgendlichen Begrüßungsrufe durch die offenen Zwischentüren, auf die immer öfters keine Erwiderungen mehr kamen. Das große Nachmittagsspülen, zu dem man erst Olga und nun auch ihn nicht mehr dazu rief. Das Ignorieren innovativer und konstruktiver Ideen bei den nun öfters stattfindenden Teamsitzungen, in denen man über die weitere Entwicklung und Umstrukturierung des Teams beriet. Ein leichter Stich hier, ein kleines Piksen da. Nicht wirklich schmerzhaft, aber wie ein Splitter im Finger unglaublich nervend.

Anfang des Jahrs folgte eine weitere Grundsatzdiskussion hinsichtlich Rolands Arbeitsweise und Kundenumgang. Anlass dafür war eine Beschwerde von einem Bürger, der nicht verstehen konnte, dass er für eine gewährte Beihilfe einen Nachweis über die Verwendung beibringen sollte. Im Detail ging es um die Kosten eines Feriencamps für ein Pflegekind, welches bereits im Sommer des letzten Jahres wahrgenommen worden war. Der entsprechende Antrag für die Beihilfe wurde jedoch erst Ende des letzten Jahres eingereicht. Roland hatte vor der Bearbeitung des Rechtsanspruchs auf Erstattung um einen Nachweis über die tatsächliche Teilnahme an dem Camp gebeten. Es folgten erst empörte E-Mails und schließlich wütende Anrufe, die Roland zwar reichlich nervten, die er aber durchweg professionell beantwortete, obwohl er diesen aufgeblasenen Saftsack am Telefon nur zu gern gefragt hätte, wo sein Scheißproblem lag, so einen Wisch über die Teilnahme von dem Veranstalter einzureichen.

Genau das fragte er dann Andreas, als dieser ihn in sein Büro zitierte und zu verstehen gab, dass man hier bei der wirtschaftlichen Hilfe und nicht bei der wirtschaftlichen Prüfung sei.

„Wir sind über solche Bürger dankbar, welche Aufgaben übernehmen, wie Pflegekinder aufzunehmen, sich als Schöffen melden oder Forstpflege betreiben. Mit solchen Eskapaden laufen wir Gefahr, dass immer weniger Bürger dergleichen machen. Du kannst doch solche Leute nicht mit derlei Kleinigkeiten behelligen."

„Siehst du doch, dass ich das kann. Ich bin immerhin Sachbearbeiter und kein Geldautomat auf zwei Beinen."

„Dafür gibt es aber keine rechtliche Grundlage", konterte Andreas mit höher werdender Stimme. Seine Beine hatte er schon seit dem Beginn des Gesprächs übereinandergeschlagen.

„Das sieht die Beihilfengesetzverordnung aber anders und besonders der Paragraph einundsechzig darin", blieb Roland weiter uneinsichtig. „Der sagt nämlich, dass, wer wirtschaftliche Beihilfe beantragt auf Verlangen auch alle Tatsachen anzugeben hat, die für die Leistung erheblich sind. Und ich würde halt gern wissen, ob das Blag die Ferienfreizeit auch wirklich wahrgenommen hat, bevor ich dafür Steuergelder auszahle."

„Den kannst du aber hier nicht anwenden", beharrte Andreas, lehnte sich in seinem Stuhl zurück und wechselte seinen Beinschlag.

„Und warum das nicht?"

„Weil die BGV hier keine Anwendung findet", quietschte der neue Teamleiter, sodass Roland sich sicher war, dass die Tonlage des nächsten Satzes die Scheiben zum Zerspringen bringen würde. Dennoch beharrte er auf seine Rechtsauffassung.

„Das ist doch Blödsinn", protestierte er.

„Hör zu, wenn wir nicht zahlen, dann wendet der Herr sich an den Amtsleiter", die Stimme hielt, die Fenster und Gläser auch. „Und dann müssen wir sowieso zahlen, weil wir halt so wenige freiwillige Bürger haben, die sich um so was kümmern. Wir haben vor Jahren schon mal extra dafür eine Werbekampagne gefahren, weil wir kaum noch helfende Bürgerinnen und Bürger hatten. Ich hab' ihm jetzt gesagt, dass das Geld ausgezahlt wird, und gut ist. Mal abgesehen davon stand in der Anmeldung ja auch drinnen, dass es keine Erstattung bei Nichtantritt gibt."

Als Roland aus dem Büro ging, hätte er am liebsten etwas Schönes kaputt gemacht. Warum hatte dieser Wichser Andreas seinen letzten Argumentationspunkt nicht als ersten genannt. Warum dieses selbstgefällige Blabla. Seine alten Teamleiter hätten ihn nie so abgespeist. Sie hätten sich vor ihre Mitarbeiten gestellt und ihre Entscheidung respektiert, besonders wenn sie rechtlich fundiert waren. Dieses Ereignis pikste ihn nicht, es lag wie ein Stein in seinem Magen. Schäumende Wut loderte in Roland und sorgte für Sodbrennen.

Einen weiteren, tieferen Stich erhielt er, als er von der Neuverteilung der Diensträume erfuhr. Von dieser geplanten Umverteilung der Büros wurde er erst in Kenntnis gesetzt, als Andreas ihn fragte, ob er es sich vorstellen könnte, mit Olga in einem Büro zu sitzen. Er selber zöge ja jetzt in das Teamleiter-Büro und Sina und Cordula würden dann in das von ihm und Markus ziehen, weil es so groß war und die beiden ja so viele Akten hätten. Was das Sachgebiet von Cordula anging, stimmte das auch, doch Sina hatte ihr Sachgebiet aufgeben müssen, um ganz Maiks Aufgaben zu übernehmen. Es hingen lediglich ihre alten Akten, wie eine faule Ausrede, in ihrem Büro, weil in keinem der anderen Büros dafür Platz war. Als hätte man ihm einen Taschenkrebs in den Nacken gesetzt, zwickte es Roland wieder ganz gewaltig und er entsinnte sich der von Thorsten geäußerten Umzugswünsche noch während Maiks Krankheitszeit.

Olga hatte ein Einzelbüro, in das jetzt Markus ziehen sollte, wenn Sina und Cordula in sein und Andreas' altes Büro einziehen würden. Thorsten war so heiß drauf, noch vor dem Sommer in Maiks altes Büro zu ziehen, da sich der ganze Westflügel, in dem er, Sina, Marlies, Cordula und Roland saßen, im Sommer in eine Dampfsauna verwandelte. Die Temperaturen erreichen dann, trotz morgendlichem Lüften und zugezogenen Jalousie, locker bis zu sechsunddreißig Grad und man erwartete jeden Tag halbnackte Kollegen mit Handtüchern vor der Tür anzutreffen, die auf den nächsten Aufguss warteten. Irgendwie konnte man es ihm also nicht verdenken, aber vielleicht wäre ja auch jemand anders gern in das Büro gezogen. Roland zum Beispiel.

Gemäß den ihm nun offerierten Umstrukturierungsplänen wären Marlies und er die einzigen noch Verbleibenden im Westflügel, in den man Olga nun versuchte abzuschieben. Somit hätte die kleine Dienstbesprechung es dann auch nicht mehr so weit und, mit Ausnahme von Marlies, hätte man die Freaks abseits in einen anderen Flur verbannt. Beziehungsweise hatte man mit Marlies eine gute und ruhige Seele, die auf die beiden Außenseiter aufpassen könnte.

Roland verneinte die Antwort und war sich sicher, dass Olga in ihrem Olga-Versum ebenfalls sehr glücklich war und nach althergebrachter Verwaltungstradition eine Veränderung des Status quo ablehnen würde.

Man umschiffte Olgas Umzugsablehnung jedoch und argumentierte mit den kurzen Wegen der Vertretung zwischen Cordula und Markus und Anfang Februar 2020 wurde der Antrag auf die Neuverteilung der Büros an das Personalamt geschickt. Erstaunlich, dass die nun längeren Wege zwischen Thorsten und Roland nicht erwähnt wurden. Es verblüffte Roland zudem, wie sehr man auf einmal auf eine schnellstmögliche Veränderung drängte, wenn sie den eigenen Zwecken diente, und wieder pikste es in seinem Fleisch. Abends nahm er eine Maaloxan gegen sein Sodbrennen.

Auch wenn berücksichtigt wurde, dass Olga und er nicht in einem gemeinsamen Büro sitzen sollten, hatte sich der Geschmack des sich nun auch örtlich vorherrschenden Zweiklassen-Teamgefüges wie brackiges Brunnenwasser in seinem Mund breitgemacht.

Die Lage spitzt sich zu

Jeden Tag dasselbe. Man kommt an und öffnet mit dem elektronischen Token die schwere Haupttüre aus massiver Eiche. Um kurz nach sechs ist noch keiner hier. Nirgendwo in den Büros des dreistöckigen Gebäudes brennt Licht, lediglich im Treppenhaus, weil es nie ausgeschaltet wird. Warum auch. Die Stadt hat es ja. Das Einzige, das einen begrüßt, ist der muffige Geruch im Foyer. Eine Mischung aus kohlbasierten Flatulenzen und Aktenstaub. Der Strandardsachbearbeiter geht erst mal in sein Büro, macht die Fenster auf, das Radio an und gießt seine Blumen. Dann wird die Kaffeemaschine und erst dann der PC angemacht. Danach eine kurze Pause, bis der Kaffee fertig ist und mehr Energie für die Handgriffe des Morgens liefert. So ähnlich war auch Rolands morgendlicher Arbeitsantritt, nur dass er keine Blumen hatte und sich rein gar nichts aus Kaffee machte. Dafür machte er dreißig Liegestütze, um den Kreislauf in Schwung zu bringen. Es folgte danach der Gang zum Postfach, um sich seine Aufgaben des Tages (wohl eher des Vormittags) abzugreifen. Danach wieder Liegestütze, Sichtung der Post und noch mal Liegestütze. Je nachdem, wie früh er da war, schaffte er fünf Durchgänge à dreißig Wiederholungen. Manchmal auch mit fünfunddreißig. Doch nicht heute Morgen. Heute Morgen hatte er den nichtgetrunkenen Kaffee schon bei der Sichtung der Post auf.

Eine rote Akte lag in seiner Post. Eine Akte, die er vor zwei Tagen für die Kostenerstattung angelegt und in Andreas' Postfach gelegt hatte. Ein Post-it klebte auf dem Aktendeckel. Darauf stand:

Aufenthalt des Bürgers im Ausland.
Kostenerstattung fraglich;
daher ist kein Vorgang anzulegen.

Was für eine Scheiße, dachte sich Roland. *Wir haben Name, Adresse, alles, was man braucht. Warum fordern wir die Leistungen nicht zurück. Was soll das schon wieder? Die Stadt scheint ja, trotz Haushaltssicherungskonzept, genug Kohle zu haben, wenn wir auf so eine Möglichkeit der Rückforderung verzichten.* Er legte die Akte beiseite und beschloss abzuwarten, was die Rückantwort des Einschreibens ergeben würde, mit dem er den Bescheid über die Ankündigung der Rückforderung abgeschickt hatte und dessen Duplikat in die Akte geheftet war. Falls der Bescheid zugestellt worden war, hätte er etwas, was er Andreas unter die Nase reiben konnte. Ganz selbstgefällig mit höher werdender Stimme. Dann blickte er auf die nächsten Poststücke. Es waren seine Stundenzettel. Drei Stück an der Zahl. Trotz einfacher digitaler Möglichkeiten wurden die Arbeitsstunden innerhalb der Verwaltung immer noch analog in eine dafür generierte Excel-Datei eingetragen und mussten zum Abzeichnen am Ende jedes Monats dem Vorgesetzten vorgelegt werden. Im Zuge von Krankheit und Urlaub hatte Roland November und Dezember 2019 sowie Januar 2020 bisher nicht vorgelegt und seine Nachweise zusammen mit der zurückgekehrten roten Akte seinem Teamleiter in sein Fach gelegt. Auch hier klebte ein Post-it drauf:

Am 03.12. warst Du um 17 Uhr bereits nicht mehr da!
Unterschreibe ich nicht.

Inzwischen war auch schon Marlies im Büro angekommen und wünschte durch die Verbindungstür der Büros ein lautstarkes „Guten Morgen". Wut kochte in Roland hoch, doch er versuchte ruhig zu bleiben, antwortete mit einem künstlich fröhlichen „Moin", zog das Keyboard zu sich heran und verfasste eine neutrale E-Mail an Andreas, in der er um ein persönliches Gespräch bat.

Sein Teamleiter ließ ihn weitere zwei Tage warten, bis er endlich die Zeit hatte, sich mit Roland in seinem neuen Büro (der Reste wartete noch auf das Umzugs-Go) zu einem Gespräch zusammenzusetzten. Andreas Wolters erwartete ihn mit übereinandergeschlagenen Beinen und im Schoß gefalteten Händen an dem Tisch, an dem Roland sich vor fast zwei Jahren Ernst Rauch vorgestellt hatte.

Roland setzte sich und schob seine Stundenzettel zu Andreas hinüber.

„Kannst du mir bitte sagen, was das soll?", fragte er und versuchte, seinen Ärger nicht seine Sprache verfärben zu lassen.

„Na ja", erwiderte Andreas großkotzig. „Das steht doch drauf."

„Kannst du bitte etwas konkreter werden und mir vielleicht auch sagen, woher du deine Behauptung nimmst."

„Also", begann sein Teamleiter und blickte auf den Zettel für den Monat Dezember 2019. „Hier notierst du, dass du am dritten Dezember bis Viertel nach fünf Uhr im Amt warst. Das glaube ich dir aber nicht."

Roland stutze aufgrund dieser unqualifizierten Behauptung. „Und warum nicht?"

„Ich bin da an deinem Büro vorbeigekommen und deine Tür war abgeschlossen. Und im Januar 2020 warst du am Freitag, den vierundzwanzigsten, angeblich bis Viertel vor drei im Amt. Auch das glaube ich nicht wirklich."

„Bei allem Respekt", den Roland nicht mal im Ansatz empfand. Hin und hergerissen vor kaltem Unglauben und kochender Wut angesichts dessen, was er da gerade hörte, versuchte er dennoch ruhig und sachlich zu bleiben. „Aber glauben solltest du besser in einer Kirche. Ist es dir schon mal in den Sinn gekommen, dass ich an besagtem Dienstag im Dezember auf Toilette war oder bei einem anderen Kollegen hier im Amt? Ich hätte da doch schon gern eine konkretere Aussage von dir, wenn du schon mein Wort in Zweifel ziehst."

„Für den Freitag im Januar habe ich eine Aussage von jemanden, der dich hier am Nachmittag nicht mehr gesehen haben will. Und ich hege einfach erhebliche Zweifel an deinem Stundenzettel für Dezember, da ich auch kein Radio mehr aus deinem Büro gehört habe."

„Dann danke für nichts und in der Sache ist das letzte Wort noch nicht gesprochen."

Ohne die Reaktion abzuwarten, stand Roland auf und ging in sein Büro. Noch am selben Tag hatte er einen Termin beim Personalrat. Das Gespräch mit einem Herrn Brückner, seines Zeichens freigestelltes Personalratsmitglied, gab ihm etwas Rückendeckung und er entdeckte dabei noch etwas Interessantes in dem Ordner mit seinen Stundenzetteln.

Beim zweiten Gespräch mit Andreas, knapp eine Woche später, konfrontierte Roland diesen mit zwei Nachweisen und einem selbstgerechten Lächeln. Wie er bei der Durchsicht seiner Unterlagen bei dem Gespräch in Herrn Brückners Büro festgestellt hatte, hatte er nicht vergessen, seinen Stundenzettel für Dezember 2020 abzugeben. Mit einem überheblichen Grinsen im Gesicht schob er den Stundenzettel mit Andreas' Unterschrift vom 06.01.2020 diesem herüber.

„Komisch, dass du an dem Tag, als du diesen unterzeichnet hast, noch keine Zweifel an meinem Wort hattest", kommentierte Roland das schmelzende Pokerface seines Teamleiters.

„Und wieso hast du mir dann den Zettel noch mal vorgelegt?", versuchte Andreas von seinem geplatzten Vorwurf abzulenken.

„Hatte ich wohl vergessen", blockte Roland weiter und schob dann einen geschwärzten Kontoauszug herüber. Nur eine Buchung war darauf noch zu erkennen. Der Rest ging dieses Arschloch nichts an.

„Und dann kannst du mir bestimmt auch erklären, wie ich es geschafft habe, an der Tankstelle, keine vierhundert Meter Luftlinie von hier, am vierundzwanzigsten Januar 2020 um exakt 14:52 Uhr zu tanken, wenn ich, deiner Quelle nach, am Nachmittag nicht mehr hier war."

„Das ist doch kein Beweis. Du kannst ja jederzeit hier hin zum Tanken fahren."

„Schwachsinn", polterte Roland. „Ich fahr bestimmt keine zwanzig Kilometer von daheim bis hierhin, nur um hier zu tanken. Aber wenn du willst, dann hole ich einfach zum nächsten Gespräch in dieser Sache die Kollegen vom Personalamt und vom Personalrat dazu. Dann unterhalten wir uns alle mal zusammen über deinen Glauben und deine haltlosen Vorwürfe." Seine Stimme verlor die gespielte Gelassenheit und die Worte sprudelten polternd und zorngeschwängert aus seinem Mund.

Jede Faser von Rolands Körpers vermittelte seinem Teamleiter, dass er nicht bloß bluffte und er zur Konfrontation bereit war.

„Was du in deiner Freizeit machst, kann ich ja nicht sagen", versuchte sich der Teamleiter herauszuwinden. „Außerdem ist eine Unterschrift unter den Anwesenheitsnachweisen ja auch nur sporadisch einzuholen. Du musst die also nicht jeden Monat von mir unterschreiben lassen", fügte er eilig hinzu und versuchte sich dabei weiterhin gesprächsführend und weltmännisch zu geben, indem er in seinem Repertoir aus den irgendwann mal besuchten Lehrgängen über Konfliktmanagement und Gesprächsführung kramte. Andreas presste die Fingerkuppen aneinander, während er seine Hände zu einem Dach formte. Sein Oberkörper war nach hinten gelehnt, er hielt den Blickkontakt, doch kniff er seine Lippen unbewusst zu fest zusammen, sodass sie lediglich zwei weiße Linien in seinem Gesicht waren. Andreas war bewusst, dass der Versuch der Schikane geplatzt war. Roland hatte das M-Wort war zwar noch nicht fallen lassen, aber nun wusste Andreas, dass sein Gegenüber Zähne hatte und sich nicht davor scheute zuzubeißen.

Direkt nach dem Gespräch verfasst Roland eine E-Mail an Herrn Brückner vom Personalrat und schilderte diesem den Gesprächsverlauf.

Abends im Bett riet Clair ihm nach seiner Erzählung dazu, von nun an sich selber eine E-Mail aus dem Büro zu schreiben, kurz bevor er in den Feierabend geht. Somit hätte er immer einen Nachweis, bis wann er im Büro war. Roland küsste seine Frau dankbar auf die Stirn und lobte sie für ihren Einfallsreichtum. Dann drehte er sich um und schlief zum ersten Mal seit langer Zeit tief und die Nacht komplett durch.

Hoffnungsschimmer

Es hatte mehrere Gründe, warum Roland seiner Frau so wenig erzählte. Er wollte sich selber schützen, sich abends nicht noch mal über den Tag aufregen und er konnte sich wunderbar in Rage reden. Vor allem aber wollte er nicht, dass sich Clair Sorgen um ihn machte, hatte sie doch gerade genug mit ihrem eigenen Berufsleben zu kämpfen. Ihr Juniorchef, ein eingebildeter Fatzke, der nur von den Errungenschaften seines alten Herrn profitierte, setzte seit einiger Zeit augenscheinlich alles daran, den derzeitigen Standort der Firma vor die Wand zu fahren, während er gleichzeitig ein neues Werk in Süddeutschland aufbaute. Aufträge wurden vergeben, die niemals eingehalten werden konnten, und Produktionsvorgänge auf unerfüllbare Zeiten verkürzt. Entsprechend hagelte es aktuell Warenrückläufer und Kostenersatzforderungen, weil die gelieferten Gussteile fehlerhaft waren oder nicht rechtzeitig geliefert wurden. Und obwohl dies alles bekannt war, unternahm der Seniorchef nichts. Jetzt gab es auch noch eine „rote Liste" mit Namen von Mitarbeitern, die besonders ins Auge zu fassen waren und von denen man sich gern, möglichst ohne Abfindung, trennen würde. Einen Mitarbeiter hatte es schon erwischt. Zugegeben, dieser Arsch hatte auf die verdammten Tauben in der Montagehalle mit einer modifizierten Druckluftpistole geschossen, aber anstelle einer Abmahnung wurde er direkt gefeuert und es gab eine Anzeige wegen Tierquälerei. Daher wollte sie Roland nicht noch mit den Machtkämpfen in seinem Job belasten. Wenn sie ihn nach seinem Tag fragte, prustete er größtenteils nur und zuckte nichtssagend mit gelangweilter Miene die Schultern.

Innerlich ermahnte er sich, von jetzt an noch vorsichtiger zu sein. Die auftretende Pandemie Anfang 2020 und das daraus resultierende Homeoffice machte es für ihn einfacher. Laut Dienstanweisung war es vorgesehen, dass zur Vermeidung von Ansteckungen pro Tag mindestens fünfzig Prozent des Teams von zu Hause aus arbeiten sollten. Erstaunlich, wie schnell manche Arbeitgeber vorher als unmöglich definierte Arbeitsweisen umsetzen können, wenn die Welt stillsteht. Also war Roland einen Tag im Amt und den darauffolgenden daheim. Am Anfang herrschte noch falsches Pflichtbewusstsein bei ihm, angesichts der mangelnden Arbeit und der Möglichkeit, dafür zu Hause sich anderweitig auszulassen, ohne die Gefahr im Nacken zu wissen, dass irgendeiner ins Büro kam und auf seinen PC blickte. Doch schon nach wenigen Tagen hatte er sich an diese zusätzliche freie Zeit in heimischer Atmosphäre gewöhnt und nutze die Bürozeit, um möglichst auch die Nachmittagspost abzuarbeiten. So musste er im Homeoffice lediglich auf E-Mails und Anrufe reagieren. Dazu kam, dass die kleine Dienstbesprechung entzerrt wurde und es weniger Geplapper und Getratsche gab. Er erwischte sich sogar bei dem Gedanken, wieder richtig gern ins Büro zu gehen (wobei es daheim im Homeoffice noch viel, viel schöner war). So konnte er sich neben der anfallenden Arbeit um Belange des Haushalts und des alltäglichen Lebens kümmern, sodass Clair nur noch in seine Arme fallen brauchte, wenn sie nach Hause kam. Ironischerweise hatte die Produktion bei Clais Arbeitgeber zwar Kurzarbeit, sie hingegen machte teilweise sogar Überstunden und von Homeoffice wollte man in dem Betrieb nicht hören. Dennoch hoffte Roland inständig, dass diese Pandemie nie enden möge.

Seit der Ernennung von Andreas „Arschgesicht" Wolters zum Teamleiter dieses Festivals der Faulheit (quasi als ihr Dirigent) hatte Roland den Entschluss gefasst, seine Position aufzugeben und sich eine neue Stelle zu suchen. Normalerweise bietet eine Verwaltung für Veränderungswünsche einen bunten Strauß an Möglichkeiten in diversen Ämtern, Abteilungen, Teams und Positionen. Gerade die unbeliebten Sektoren wie Ausländerbehörden oder halt das ihm wohlbekannte Jobcenter haben eine unwahrscheinlich große Fluktuation und brauchen immer frische Seelen zum Ausbrennen. Das kam für Roland jedoch nicht infrage. Er wollte eher eine Dreiecksbeziehung mit den Golden Girls eingehen, als sich zurück in eine solche Tretmühle zu bewerben. Leider hatte man bei seiner Einstellung jedoch eine Bewerbungshürde in seinen Arbeitsvertrag integriert. So hatte er vier Jahre auf der Position zu bleiben, bevor er sich auf eine andere Stelle intern bewerben konnte. Für Roland hieß das im Klartext noch weiter mehr als zwei Jahre mit diesen Idioten zusammenzuarbeiten, bevor er sich in der hiesigen Stadtverwaltung anderweitig bewerben konnte. Eigentlich keine große Sache, doch er bezweifelte, dass er diese Zeit ohne eine weitere Eskalation durchstehen würde. Dann eher den erneuten Sprung ins kalte Wasser, schlimmer konnte es einfach nicht mehr werden.

Daher bewarb er sich erneut. Einmal das Ruhrgebiet rauf und runter. Dieses Mal jedoch gezielt, keine Initiativbewerbung wie bei seinem Wechsel nach Herne. Was ihm das gebracht hatte, merkte er ja aktuell jeden Tag. Seit Dezember durchforstete er Websites und die Jobbörsen nach etwas Ansprechendem. Nach dem Goldkörnchen in der Schüppe voll Dreck, nach der besonderen Perle in den Austernbänken. Überraschenderweise gab es jede Menge interessanter Angebote und fast jede Woche ging mindestens eine Bewerbung von ihm raus. Jetzt musste sich nur eine Kommune für ihn interessieren.

Und das taten sie auch. Zumindest so weit, dass es einige Einladungen zu einem Vorstellungsgespräch gab. Das sorgte dafür, dass sich Roland in diverse Themengebiete der Verwaltung einlesen musste und somit im Büro wieder etwas ausgelasteter war (und dazu diese Stille, diese herrliche Stille von nicht vorhandenem unnötigen Getratsche in den angrenzenden Büros). Er recherchierte über Förderungsprojekte der Stadt Dortmund für Kinder und Jugendliche im Rahmen des Achten Buchs des Sozialgesetzbuchs, las sich in die Grundlagen des Ordnungsbehörden- und Verwaltungsvollstreckungsgesetzes ein, verinnerlichte sich die Aufgaben und Abläufe in einem Standesamt, erneuerte sein Wissen im Bereich Beamtenrecht und Tarifvertrag sowie die Abwicklung von Projektentwicklungs- und Controllingplänen. Er lernte den Organisationsaufbau der einzelnen Kommunen, die Namen der Oberbürgermeister und Oberbürgermeisterinnen sowie die Einwohnerzahl und prägte sich lokale oder wirtschaftliche Besonderheiten der jeweiligen Stadt ein.

Am Anfang verkaufte er sich nicht wirklich gut, stotterte viel und fand oft nicht die richtigen Antworten, obwohl er sie wusste. Doch mit jedem Gespräch wurde er sicherer, lernte aus seinen Fehlern und nahm aus jedem Gespräch etwas mit, was er im darauffolgenden nutze und zu seinem Vorteil verwendete.

Am 13.03.2020 erhielt er den Anruf, dass er als der geeignete Bewerber für den Bereich des Ordnungsamtes der Stadt Essen im Bereich der Gewerbeordnungsregulierung ausgewählt worden war. Der Job würde neben dem Bürodienst auch Außendiensteinsatze, teilweise auch zu Abend beziehungsweise nächtlichen Stunden sowie auch gesondert vergütete Wochenendeinsätze mit sich bringen. Genau das, was Roland sich wünschte, um endlich mal aus dem Büro rauszukommen. Ein Job, der Aktion und arbeitnehmerfreundliche, sanfte Büroarbeit kombinierte. Glücklich wie ein Fisch im Wasser wollte er dort lieber heute als morgen anfangen, mahnte sich jedoch zur Geduld und zügelte seine Euphorie, zumindest bis er einen unterschriebenen Arbeitsvertrag vorliegen hätte. Natürlich wurden noch weitere Schriftstücke zusätzlich zu seinen Bewerbungsunterlagen benötigt. Polizeiliches Führungszeugnis, letzte Abrechnung, Beurteilungen, Fortbildungsnachweise und so weiter. Einiges hatte er zu besorgen, einiges würde durch seinen zukünftigen bei seinem jetzigen Arbeitgeber angefordert werden.

An diesem Freitagabend bestellte er Clair zuliebe im Zuge des umfangreichen Lockdowns bei ihrem Lieblings-Sushi-Laden. Eigentlich wäre er lieber mit ihr ein ordentliches Steak essen gegangen, doch jetzt hatte die Regierung den Shutdown verordnet und alle Restaurants waren geschlossen. Er erzählte ihr zwar nicht, was ihm heute Gutes passiert war (erst wenn der Arbeitsvertrag unterzeichnet wäre), jedoch merkte sie, dass ihr Mann so entspannt und gut gelaunt war wie schon lange nicht mehr. Konkludent schlussfolgerte sie, dass sein Tag sehr gut gewesen sein musste. An diesem Abend liebten sie sich leidenschaftlich und jeder von beiden empfand das unausgesprochene Gefühl, dass eine positive Veränderung in der Luft lag.

Ein Rennwagen im roten Bereich

Am darauffolgenden Montag fand Roland den Entwurf der regelmäßig stattfindenden dienstlichen Beurteilung von Andreas Wolter in seinem Postfach sowie einen Termin zur Besprechung dessen, was in dem Entwurf niedergeschrieben war. Diese Aufgabe, die sein Vorgänger gern hatte schleifen lassen, wurde nun pflichtbewusst von dem Herrn des Teams nachgeholt, auch wenn sie in Rolands Fall gut ein halbes Jahr zu früh erstellt wurde. Das unterzeichnete Exemplar würde dann an das Personalamt gesendet werden und in die Personalakte aufgenommen werden. Roland hatte schon beim Lesen der Bezeichnung ein mulmiges Gefühl und fragte sich, welcher schäbige Versuch der Diskreditierung seiner Person jetzt wieder versucht werden würde. Wie sich herausstellte, war der Versuch weniger schäbig als vielmehr eine unterschwellige Notiz, die das Gesamtbild seiner Person jedoch gezielt vergiftete.

Größtenteils war die Beurteilung in Ordnung und mit dem Vermerk „erfüllt" versehen. Aus den Fetzen der vorangegangenen Tratschrunden wusste er, dass es so gut wie nie vorkam, dass jemand mit „übertroffen" oder gar „erheblich übertroffen" bedacht wurde. Gerade Sina hatte sich darüber in seiner Anfangszeit fast eine Woche lang ausgelassen („Jetzt mal ehrlich, da mach' ich schon meinen Job und die Zusatzaufgabe mit den Erstattungsansprüchen an den überregionalen Träger. Und trotzdem bekomme ich nur eine Drei, weißte, was ich meine. Dabei hatte Ernst mir erst versprochen, dass ich besser beurteilt oder sogar höhergruppiert werde. Kannst hier echt nix glauben, wenn du es nicht schriftlich hast, weißte, was ich meine?").

Den ersten Punkt hatte Roland bei den Rasterbeurteilungs- und Bewertungsmerkmalen gar nicht gesehen. Bei dem Feld Kooperation- und Teamfähigkeit wurde ihm lediglich ein „im Wesentlichen erfüllt", sprich die Schulnote Vier vergeben (wobei das Raster als schlechtesten Bewertungspunkt eine Fünf mit „nicht erfüllt" vorsah). Doch es war der zweite Punkt, der sein Gemüt anheizte, so als würde man in die erkaltende Glut eines Lagerfeuers pusten. Als Begründung des Gesamturteils stand da:

„Herr Roland Schneider erfüllt seine Aufgaben den Anforderungen entsprechend, zeigt dabei stets großen Fleiß und Eifer." Soweit nicht so schlimm, doch die darauffolgende Anmerkung ist wie ein „Aber" in einem Satz, was dafür sorgt, dass das vorher Gesagte zu einer Nichtigkeit wird und keinerlei Relevanz mehr hat.

„Auf Hinweise von Vorgesetzten und Kollegen reagiert Herr Schneider mit Unverständnis und befolgt diese nur teilweise." Roland musste mehrere Male tief ein- und ausatmen, um seinen Zorn zu unterdrücken. Am liebsten wäre er sofort aufgesprungen, hätte die Tür von Andreas eingetreten und diesem lautstark ins Gesicht geschrien, was der Scheiß soll. Warum er seine Beurteilung absichtlich torpediert? Er griff nach seinem Keyboard und recherchierte so viel er konnte zu dem Thema Dienstbeurteilung. Dann sammelte er erste Ideen und Gegenargumente für das Gespräch in wenigen Tagen. Den einzigen Halt bot ihm der Gedanke, dass er schon bald auf einer anderen Position in einer anderen Stadt sitzen würde. Weit weg von diesem Scheißladen und den Scheißgesichtern, die in dem Scheißladen arbeiteten. Und das war auch der Grund, warum er Clair nicht von der nächsten Schikane erzählte.

Zum Gespräch trug Roland zur Abwechslung ein weißes Bandshirt. Der schwarze Druck darauf machte es jedoch nicht besser und hielt die Fahne seines stillen Protests gegen die Konformität und die Scheinheiligkeit des Teams aufrecht. Dabei handelte sich um das Cover der Fleischwald-CD der Band Totenmond. In Form einer mittelalterlichen, kupferstichartigen Zeichnung zeigt diese die Hinrichtungen eines mit den Füßen nach oben an Pflöcken festgebundenen Menschen, der vom Schambein an nach unten mit einer langen, beidhändig geführten Säge zerteilt wird. Zwar hatte Roland mit dem Butchered-at-Birth-T-Shirt von Canibal Corps noch etwas Makabreres im Schrank, doch fand er die Kombination aus schwarzer Hose, schwarzen Stiefeln, weißem Shirt und dunklem, aufgeknöpften Hemd wesentlich adretter. So Andreas die menschenverachtende Abbildung auf dem Shirt bemerkt hatte, ließ er es sich nicht anmerken und man begann professionell und höflich mit dem Gespräch.

„Wie du dir vorstellen kannst, gehe ich nicht in allen Punkten mit deiner Bewertung d'accord", kam Roland relativ schnell auf den springenden Punkt. „Was genau ist denn der ausschlaggebende Punkt, dass meine Kooperations- und Teamfähigkeit nur mit ‚im Wesentlichen erfüllt' bewertet wird?"

„Also grundsätzlich habe ich den Eindruck", begann Andreas, „dass du kein guter Teamplayer bist."

„Und das machst du daran aus, dass ich mich nicht an dem täglichen Kaffeeklatsch beteilige oder an dem Geläster über andere Kollegen oder dass ich von den anderen Kollegen nicht mehr zum Spülen gerufen werde? Ja, ich hänge wirklich wenig im Büro von anderen rum, weil ich lieber an meinem Platz sitze und meine Arbeit mache. Und ja, ich schließe auch die Zwischentür, wenn mir das Gequatsche von nebenan zu laut oder nervig wird, damit meine Arbeit nicht unter diesen Einflüssen leidet. Wenn das dann zu so einer Bewertung führt, frage ich mich: Was muss man denn für eine Drei machen? Die Kollegen zum Videoabend oder zum Kaffee zu sich nach Hause einladen? Nichts für ungut, aber ich habe kein Interesse an einem privaten Austausch mit irgendeinem der Kollegen. Ich sage morgens Guten Morgen und nachmittags Schönen Feierabend, wenn ich gehe. Ich helfe, wenn ich gefragt werde, und frage, wenn ich Hilfe brauche. Mehr kann man, glaube ich, nicht erwarten."

„Na gut, dann werde ich den Punkt noch mal überdenken", willigte Andreas mit gleichbleibender Stimmlage ein. Mit einer solchen leidenschaftlichen und kampfbereiten Ausführung hatte er augenscheinlich nicht gerechnet. Jedoch war das auch nicht der Kernpunkt der Beurteilung und er musste noch nicht seine Trümpfe ausspielen.

„Ferner frage ich mich, wieso die Hilfe, die ich Olga zukommen lasse, hier nicht im Geringsten erwähnt werden. Ich meine, ich führe mein Sachgebiet, habe in Markus' Krankheitsphase und Violettas Abwesenheitszeit, nach Ernsts Tod, noch einen Teil von deren Sachgebiet mitgetragen. Die Aufteilung von Sinas Sachgebiet brachte mehr Arbeit, sodass ich in Thorstens Urlaubszeit auf fast drei Sachgebiete kam, die ich allein gemanagt habe. Und dann dazu noch die Hilfe für Olga und meine Arbeitsquantität ist nur ‚erfüllt'? Was muss ich denn für ‚übertroffen' machen? Die Arbeit im Team allein bewältigen?"

„Also die Vertretung für Violetta ging ja nur sechs Wochen lang und so was muss ein Team einfach leisten können. Für Sinas Sachgebiet kommt bald ein neuer Kollege, sodass die Bezirke dann wieder neu verteilt werden, und die Urlaubsvertretung ist ja sowieso grundsätzlich geregelt, sodass sich dafür keine besondere Berücksichtigung in der Beurteilung findet."

„Das ist doch Schwachsinn. Zum Ersten haben wir seit drei Monaten die zusätzliche Arbeit von Sina zuzüglich zu dem eh aktuell steigenden Arbeitsaufkommen, weil wir mehr Fälle haben. Ist ja aus den monatlichen Statistiken ersichtlich, die wir handschriftlich fertigen. Und soweit ich weiß, bekommen wir den neuen Kollegen erst im Juli. Oder weißt du da was anderes zu?"

„Ja, das ist richtig. Aber auch das muss ein Team stemmen können. Darunter fällt unter anderem auch die Vertretung, ob wegen Urlaub oder Krankheit oder sonst was ist in diesem Falle gleich."

„Und was ist mit der Mehrarbeit für Olga, die ich mache?" Diese Diskussion machte Roland zusehends wütender. Seine Argumente ließen seinen inneren Drehzahlmesser nach oben schnellen und das Abtun dieser – als sei er ein dummes Kind – sorgte dafür, dass die Drehzahl auch oben blieb.

„Das ist ja dein persönliches Engagement und kann nicht berücksichtigt werden. Du hast ja keine offizielle Anweisung dafür erhalten." Andreas' Gesicht blieb regungslos, doch seine Augen blinkten vor boshaftem Amüsement.

„Das heißt, ich helfe freiwillig jemandem aus meinem Team und es wird in keinster Weise erwähnt. Im Gegenteil sogar. Mir wird auch noch mangelnde Teamfähigkeit dafür angekreidet?"

Das Lächeln erstarb, auch wenn das Gesicht des Teamleiters weiterhin eine unbewegliche Masse blieb.

„Ich sagte ja, ich werde den Punkt noch mal überdenken", rettete Andreas sich.

„Gut", gab Roland sichtlich zufrieden gestellt zurück. „Dann wäre da noch die Sache mit der Begründung. Kannst du mir bitte sagen, was das soll."

„Was genau meinst du?", spielte Andreas den Unwissenden.

„Na den Punkt, dass ich Hinweise von Vorgesetzten und Kollegen nicht befolge und mit Unverständnis reagiere."

„Damit hast du dir doch deine Frage gerade selber beantwortet."

„Das ist keine Argumentation. Wo habe ich denn Hinweise nicht befolgt, beziehungsweise nur teilweise befolgt?" Andreas lehnte sich nach vorne und faltete die Hände, als würde er sich schon mal darauf vorbereiten, sich diese gleich im Zuge eines Erfolges zu reiben.

„Also da wären die Hinweise auf die Aktenführung der Heranziehungsprüfung. Ich habe dir schon am Anfang, als du hier angefangen hast, die Dienstanweisung zukommen lassen, wie das umzusetzen ist und seitdem hast du diese vehement ignoriert. Deine Verfügungen erhalten weder eine Nummerierung noch dein Kürzel oder das Datum, wann der Bescheid rausgegangen ist. Und kannst du dich noch an den Fall mit dem Widerspruch erinnern, in dem Thorsten dir geraten hat, da nachzugeben, aber du auf deine Vorgehensweise bestanden hast? Das war, kurz bevor dann der Anruf bezüglich deiner Mitwirkungsaufforderung hier einging. Das sind alles Punkte, in denen du die Hinweise von deinen Kollegen ignoriert hast."

Roland klappte die Kinnlade herunter. Das war alles. Diese Handvoll lächerlicher Gründe war der Grund für diese bescheuerte Begründung.

„Du hast mir mal irgendwann eine Dienstanweisung ins Fach gelegt. Das war kein Hinweis, sondern lediglich eine Info und wenn ich die Akten seit der ganzen Zeit hier falsch angelegt habe, respektive drei kleine Vermerke nicht gesetzt habe, die für den Inhalt so überflüssig sind, wie die Eier für einen Eunuchen, wieso bist du dann nicht mal persönlich auf mich zugegangen, sondern haust mir das jetzt hier um die Ohren?" Er konnte sich gerade noch den Zusatz „du Arsch" verkneifen.

„Augenscheinlich lag ja dann bei mir keine böswillige Absicht, sondern schiere Unwissenheit vor. Mir das jetzt als Ignoranz auszulegen, ist ja wohl mehr als dreist." Obwohl Roland sich schon gedacht hatte, dass es diesmal nicht so einfach wird wie bei der Unterhaltung wegen der Anwesenheitsnachweise konnte er der in sich aufgestauten Wut nur schwer Herr werden. „Und was diesen Widerspruch angeht, so habe ich dem ja auch abgeholfen."

„Aber erst, als die Leute dir die Verwendungsnachweise eingereicht haben."

„Und? Ich habe dir schon mal gesagt, dass ich kein Geldautomat auf zwei Beinen bin. Laut dem Gesetz darf ich einen Nachweis anfordern, gerade im Abhilfeverfahren eines Widerspruches. Ich meine, wir spielen hier nicht mit Monopoly-Geld, sondern mit Steuergeldern."

„Du bist hier aber nicht mehr im Jobcenter."

„Und deswegen soll ich einfach immer zahlen?! Kein Wunder, dass wir hier im Haushaltssicherungskonzept sind. Ich weiß, dass hier die althergebrachten Verfahrensweisen hochgehalten werden, weil ihr das ja immer so gemacht habt. Ich aber nicht und ob es dir und dem Team schmeckt oder nicht, ich hinterfrage diese Verfahrensweisen und wenn ich sie für antiquiert, schwachsinnig oder unnötig halte, dann pfeife ich darauf."

„Und genau deswegen der Vermerk."

„Wir wissen doch beide genau, warum der drinnen ist. Komisch nur, dass ich mein Sachgebiet glatt habe und als Einziger die Kapazität habe, anderen Kolleginnen zu helfen. Doch eines kannst du mal glauben. Wenn die Beurteilung so stehen bleibt, werde ich meine Konsequenzen daraus ziehen und diesen Wisch bestimmt nicht unterzeichnen."

Endlich hatte Andreas ihn da, wo er ihn haben wollte, aufgebracht, um sich schlagend. Roland war so in Rage, dass er sich um Kopf und Kragen redete.

„Oh, unterschreiben musst du. Wenn es dir nicht passt, was darin steht, dann kannst du gern eine Gegendarstellung schreiben." Ein zufriedenes Lächeln breitete sich auf Andreas' Gesicht aus.

Leider sollte er damit auch recht behalten. Zwar wurde Rolands Beurteilung im Punk: Kooperation- und Teamfähigkeit um eine Note angepasst, doch weder die Arbeitsquantität noch die Begründung erhielt eine Novellierung. Am 25.03.2021 unterzeichnete Roland widerwillig. Am 01.04.2021 legte er seine Gegendarstellung an das Personalamt in das Ausgangspostfach.

Er wies darin vor allem auf die Vergiftung seiner Beurteilung durch die Begründung hin, welche durch verknöcherte Verfahrensweisen und überzogen dargestellte Anschuldigungen im Bereich Aktenführung und Kundenservice resultierten. Er wies formell darauf hin, dass diese Begründung vor der Bewertung der einzelnen Unterpunkte absolut widersprüchlich und dadurch noch mehr diskreditierend sei, da seine Leistungen ja durch die Bank weg mit „erfüllt" beurteilt worden sind. Seine Laune im Büro war ihm am Gesicht abzulesen, doch zu Hause versuchte er sich nichts anmerken zu lassen.

Clair merkte es dennoch, sprach ihn aber nicht an. Ihr Mann würde sich ihr schon öffnen, wenn er dafür bereit war und oftmals war sie von ihrem Job einfach zu müde, wenn sie nach Hause kam, um explizit nachzubohren. Die Situation in ihrer Firma hatte sich verschlimmert, die ersten Kündigungen waren ausgesprochen und als Reaktion darauf auch schon die entsprechenden Klagen auf Wiedereinstellung eingegangen. Teilweise begründet mit mangelnder sozialer Begründung und/ oder absichtlichen schlechten Beurteilungen der Belegschaft. Es herrschte eine grundlegende Unzufriedenheit in der Firma, die nur von der Angst in Schach gehalten wurde, dass wenn man das Maul aufmacht, der Nächste auf der roten Liste ist. Und Clair war diejenige, die als Personalsachbearbeiterin alles abbekam. Ob vorne- oder hintenherum. Zwar stemmte sie nicht das Himmelsgewölbe, doch aktuell wusste sie, wie sich der Titan Atlas aus der griechischen Mythologie gefühlt haben musste mit so einer schweren Last auf den Schultern. Sie schleppte sich größtenteils nur noch auf die Couch, aß, kuschelte sich stumm in Rolands Arme und spätestens um 21:00 Uhr machte sie sich bettfertig. Genau wie Roland hatte Sie ihren eigenen Kampf mit sich auszutragen.

Obwohl das Thema „Beurteilung" in aller Munde war, sprach Roland mit keiner der Kollegen darüber. Eigentlich sprach er überhaupt so gut wie mit keinem mehr im Büro. Seit der Pandemie war es herrlich still in den langen Gängen mit den typischen hohen Decken eines Altbaugebäudes des Amtes für Wirtschaftliche Förderung der Stadt Herne geworden. Nur mit Olga Serwatzki wechselte er hin und wieder ein paar Worte, wenn er sich im Zuge seiner Hilfestellung in ihrem Büro Akten abgriff.

Sie hatte ebenfalls eine miserable Beurteilung bekommen, wohl sogar noch schlechter als Rolands. Gerade das Feld „Fach- und Methodenkompetenz" war ihr in den Punkten Qualität, Quantität und Organisation zum Verhängnis geworden. Ganze vier Stunden hatte ihr Gespräch mit Andreas gedauert und danach war sie schnurstracks in ihr Büro gegangen und hatte dicke Tränen aus ihren großen Augen geweint. So etwas war ihr unter Ernst Rauch noch nie passiert.

„Die wird sich noch umgucken bei ihrem Beurteilungsgespräch, weißte, was ich meine", hatte Sina die Einschätzung von Olgas Leistungen vorhergesagt. „Jetzt wird sie nicht mehr wie beim Ernst mit Samthandschuhen angefasst. Jetzt heißt es Butter bei die Fische oder in ihrem Fall: Wodka bei die Piroggen." was Markus Förster mit seinem stotternden Traktorlachen honorierte („höh, höh, höh").

Trotz der wirklich verbesserungswürdigen Arbeitsleistung tat Roland seine Kollegin leid. Eine Gruppe ist halt immer nur so stark wie ihr schwächstes Glied und sie war nicht nur schwach, sondern praktisch nicht belastbar. Doch warum wurde so jemand dann noch systematisch runtergeputzt und wie er diskreditiert? Erneut musste er an die Verhältnisse auf einem Schulhof denken, auf dem man auf die Schwachen einhackt, anstelle ihnen die Hand zu reichen und ihnen dabei hilft, stärker zu werden. Bis die Schwachen irgendwann ausrasten und sich an den Starken rächen.

Rot vor Schwarz

Der Lockdown in der ersten Welle der Corona-Pandemie und das damit einhergehende Homeoffice war für Roland wahrlich ein Segen. Es ermöglichte ihm nicht nur ein entspanntes

Arbeiten mit einem ausgedünnten (und dadurch für ihn weniger nervigen) Kollegenkreis, sondern reduzierte sein Unwohlsein in dem Team immens. Die Tage daheim, an denen er sich um andere Belange kümmern konnte, da er seine Arbeit bereits am Tag zuvor im Büro erledigt hatte, trugen zu seiner innerlichen Entspannung bei. Gut, hin und wieder gab es telefonische Rückfragen oder Anfragen per E-Mail, doch mit einem guten Notebook war man überall in der Lage, so etwas schnell zu erledigen, und der Frühling 2020 war herrlich für Gartenarbeiten jeglicher Art. Fast schon könnte man vergessen, dass er in einem Team arbeitete, bei dem es sich eher um einen Club handelte, in dem er kein Mitglied war (und auch gar nicht sein wollte). Doch jeden zweiten Tag wurde er daran erinnert, wenn auch nur in sehr abgeschwächter Form. Oftmals langte in dieser Zeit die Stimme oder das Angesicht eines der Club-Mitglieder, allen vorweg Sina und natürlich Andreas, um sein Harmoniegefühl negativ zu beeinträchtigen. Gelegentlich ertappte er sich sogar dabei, seine Schritte zu beschleunigen oder im Büro zu bleiben, wenn er einen der Kollegen auf dem Flur hörte, bloß um ihnen nicht zu begegnen.

In der Regel tendieren Menschen dazu, dass wenn sie sich unsicher und in einer Situation, Lage oder Ort nicht wohlfühlen, entweder die Auslöser zu meiden oder eine Aversion dagegen zu entwickeln, die einen fortschreitenden Prozess durchläuft. Dieser unausweichliche, wiederkehrende Stressfaktor sorgte in seiner ersten Phase für so etwas wie Beklemmung, im schlimmsten Fall sogar Angst oder Furcht. Und hier setzte dann eine Verkettung ein, welche von Meister Yoda bereits schon in Star Wars: Episode 1 an Anakin Skywalker offenbart wurde. Furcht führt zu Wut, Wut führt zu Hass und Hass führt zu unsäglichem Leid.

Das Stadium der Wut war bei Roland spätestens an dem Punkt erreicht, als Olga ihm anvertraute, er solle sich im Team in Acht nehmen. Gut, der Rat kam etwas spät, doch was darauf folgte, ließ seinen Drehzahlmesser wieder in den roten Bereich schießen und seine tektonischen Platten seines Schutzmantels unter der Erschütterung seines kochenden Kerns weitere Risse bekommen.

„Es ist noch gar nicht lange her", sagte sie ihm kurz nach dem Beurteilungsvorfall. „Ich hab' durch Zufall mitbekommen, wie sich Sina und auch Thorsten darüber beschwert haben, dass du ja immer so viel Freizeitausgleich nehmen kannst, weil du so viele Plusstunden auf deinem Stundenkonto hast. Andreas war auch dabei und Sina meinte noch, dass das ja nicht mit rechten Dingen zugehen könnte und Andreas mal deine Stundenzettel genauer ins Auge fassen sollte."

Roland musste einen großen Klumpen Magensäure herunterschlucken, der einen bitteren Geschmack in seinem Mund hinterließ.

„Du weißt ja, dass hier viel getratscht wird, aber sei bloß vorsichtig. Wenn ich es nicht besser wüsste, würde ich vermuten, dass sie versuchen, dich hier irgendwie in Misskredit zu bringen." Gutmütige, naive Olga. Nur jemand, der in ihrer kleinen Blase lebte, konnte so blauäugig sein, gerade angesichts der eigenen Erfahrungen, dass man bei so etwas im Konjunktiv spricht. Diese Wichser waren schon lange über den „Versuch" hinaus. Roland setzte für Olga ein beruhigendes Lächeln auf, auch wenn ihm gerade gar nicht danach war, und hielt sich seinen baldigen Abschied vor Augen.

„Alles klar, Olga. Danke dir und mach dir keine Sorgen. Ich werde schon vorsichtig sein", versprach er ihr. Es war das letzte Mal, dass er mit ihr sprach.

Zwei Tage später, am 15.05.2021 erhielt Roland einen Anruf aus Essen, der sein inneres Stimmungsbarometer auf „Wut" schnellen ließ. Es war gerade kurz nach halb zwölf und das Wochenende war bereits in greifbarer Nähe. Dann kam der Anruf und seine Welt zerbarst in Tausend Teile.

Die Dame am Telefon war von der Stadt Essen. Sie teilte ihm mit, dass die Unterlagen jetzt alle vorliegen würde, man aber aufgrund der Beurteilung von einer Einstellung absehen würde.

Roland war geschockt, verwirrt und sprachlos. Er brauchte einen Moment, bis er sich gesammelt hatte, und selbst dann brachte er nur ein „Entschuldigung bitte, aber ich verstehe nicht" hervor.

„Es verhält sich so, dass die Ausführungen in Ihrer Beurteilung dazu geführt haben, dass sich die Fachstelle gegen eine Einstellung Ihrer Person ausgesprochen hat. Diese Entscheidung wurde auch vom hiesigen Personalrat unterstützt." Roland war verzweifelt, sein Herz trommelte einen wilden Rhythmus, während sein Kopf sich hohl anfühlte. Gedanken jagten hin und her, verloren sich jedoch im Vakuum, wo gerade noch sein Hirn war.

„Einen Moment, bitte", sprach er in der Hoffnung, noch irgendwas ändern zu können. „Mir ist ja bekannt, dass meine Beurteilung einen vergifteten Inhalt aufweist, aber genau deswegen habe ich doch eine Gegendarstellung verfasst. Zählt diese denn überhaupt nicht?" Ein kurzer Moment der Stille herrschte am anderen Ende der Leitung, der Roland schrecklich lange vorkam. So lange, dass wieder Hoffnung in ihm aufblitzte. Doch es war der Blitz einer explodierenden Atombombe.

„Mir liegt keine Gegendarstellung in den Unterlagen Ihrer Personalakte vor. Würde es dazu eine geben, dann wäre diese natürlich berücksichtigt worden und sicher in unsere Entscheidung mit eingeflossen." Er verlor jeglichen Boden unter den Füßen. Der Rest des Gespräches verlief schematisch und emotionslos. Um genau zu sein, wusste er hinterher nicht mehr, was er wirklich gesagt hatte, so schockiert war er von den nicht mal fünf Minuten des Gesprächs, die sein Leben gerade zerstört hatten. Eine rotglühende Nadel bohrte sich in sein Hirn und wurde von einem letzten Bollwerk der Hoffnung in Schach gehalten. Vielleicht wurde die Gegendarstellung nicht mitgeschickt, warum auch immer. Sie war ja da. Mit zitternden Händen suchte er die Nummer seiner Personalsachbearbeiterin raus und blickte auf die Uhr. 11:39 Uhr. *Hoffentlich geht sie noch ans Telefon.* Freitag, so kurz vor Feierabend, aber er musste es versuchen. Er musste nach jedem Strohhalm greifen. Er durfte nicht aufgeben. Das Telefon läutete. Sekunden wurden zu einer undefinierbaren Zeitspane. Es läutete weiter, doch niemand hob ab. 11:42 Uhr. Roland brauchte irgendjemand anderes im Personalbüro. In seiner Panik reduzierte er die Durchwahl, die er gewählt hatte, um eins und schaute nicht in das Telefonverzeichnis, um den tatsächlichen

Vertreter zu ermitteln. Das Telefondisplay wandelte die Nummer in einen Namen um: Frau Shishkina. Während das Telefon läutete, blickte er wieder auf die Uhr. 11:43 Uhr. Wo die Zeit sich eben noch wie eine sich schier endlos ziehende Masse angefühlt hatte, rauschte sie jetzt mit Überschallgeschwindigkeit an ihm vorbei. Dann wurde der Hörer abgemeldet und Frau Shishkina meldete sich mit den Worten „Personaldienststelle, Shishkina."

„Hallo Frau Shishkina, Schneider hier aus der Wirtschaftlichen. Ich müsste bitte dringend Herrn Kutsojanis sprechen, da ich eine Frage zu einem Eintrag in meiner Personalakte habe."

„Herr Kutsojanis ist heute nicht im Amt", sprach die Dame mit einem vollmundigen, aber nicht näher definierbaren Akzent. Rolands Herz wurde erneut auf eine harte Probe gestellt und war kurz davor, ihm wie ein Frosch auf Amphetamin aus der Brust zu springen. „Kann ich Ihnen vielleicht weite helfen, wenn es so dingend ist?"

„Das wäre ganz reizend von Ihnen. Am 01.04.2020 habe ich eine Gegendarstellung zu der Beurteilung durch meinen Teamleiter vom 25.03.2020 verfasst und ich wollte fragen, wieso die im Zuge eines Bewerbungsverfahren nicht mit an die Stadtverwaltung Essen geschickt wurde?" Rolands Hände waren klamm und kalt, seine Nerven bis zum Zerreißen gespannt und sein Herz schlug ihm pochend bis zum Hals.

„Ich brauche bitte Ihre Personalnummer", kam darauf die Erwiderung, wobei sich das „Ich" eher wie ein „Isch" anhörte.

Roland gab ihr die Nummer und klammerte sich weiter an einen letzten, verzweifelten Funken Hoffnung.

Und wieder dehnte sich die Zeit für Roland, während er hörte, wie Frau Shishkina auf ihrer Tastatur tippte. Thorstens Kopf erschien in der Tür und wünschte ein schönes Wochenende. Dann verließ er das Büro und rettete sich damit das Leben.

„Hören Sie bitte. I(s)ch kann hier keine Gegendarstellung von Ihnen finden. Wenn Sie eine geschrieben haben, ist sie hier wohl noch nicht angekommen." Ein kalter Schauer lief durch Roland, gefolgt von einer sengenden Hitze. Alles um ihn herum wurde dumpf und es schien ihm, als sei sein Herz stehen geblieben.

„Ja, danke", sagte er monoton und legte auf. Etwas in ihm zerbrach lautlos und etwas anderes legte sich heiß und rotglühend über seine Sicht.

Hass führt zu Leid

Langsam stand Roland auf und versuchte ruhig zu atmen. Die Nachwehen von Thorstens Aftershave hingen noch wie Überstunden in der Luft. Er ging in das Büro von Sina Kothen nebenan. Cordula war heute im Homeoffice. Seine üppig gebaute Kollegin saß am PC und starrte angestrengt auf eine Auswahl von Schuhen von Zalando. Sie hatte ein enges Top an, aus dem ihre Brüste beinah rausquollen, und die dunkelbraunen Haare waren heute zu zwei Zöpfen an der Seite ihres mittelgescheitelten Kopfs geflochten. Die großen hellblauen Augen wurden von grünlichem Liedschatten umrahmt, sodass sie wie eine verruchte Version von Disneys Pocahontas aussah.

Die Wut, die ihn innerlich zum Kochen und sein Blut an den Rand des Siedepunktes brachte, ließ alles um ihn herum irgendwie langsamer erscheinen. Das Blut in seinen Ohren rauschte zum hämmernden Takt seines rasenden Herzens und der schrille Ton eines stressbedingten Tinnitus gesellte sich dazu. Der arrogante Blick von Sinas hellblauen Augen, welche ihn gleichermaßen fragend und herablassend musterten, schickte einen neuen Schwall Adrenalin durch seinen Körper.

„Sina, ich brauch' mal deine Hilfe. Kannst du mal in die Zahlung von dem Aktenzeichen 0024601 reingehen", sprach er mechanisch und bewegte sich links neben sie, um ihr über die Schulter zu schauen.

Pflichtbewusst und ohne Ahnung ob der drohenden Gefahr tippte Sina das Aktenzeichen in das Zahlungsprogramm und öffnete den Vorgang. Roland stand genau neben ihr, als sie fragte: „Was genau brauchst du denn?" Er blickte selber angestrengt auf den Bildschirm und animierte sie so unbewusst, dasselbe zu tun.

Der Zeigefinger seiner linken Hand bewegte sich zielbewusst auf eine beliebige der vielen Auszahlungen in dem Fall.

„Da", sagte er nur.

„Was ist damit?", fragte sie und verengte unbewusst ihre Augen zur Fokussierung und zur Ausblendung des pulsierenden Flackerns des Monitors.

„Guck doch mal genau hin", sprach Roland weiter und deutete erneut auf die willkürlich ausgewählte Zahlung. Sina beugte sich noch etwas vor.

„Ich kann nicht erkennen, was du …", weiter kam sie nicht, denn Rolands rechte Hand hatte sie am Hinterkopf gepackt und mit voller Wucht auf ihre Tastatur geschmettert.

Wie einer dieser Trinkvögel aus dem Physikunterricht schnellte ihr Kopf nach dem scheppernden Geräusch des Aufpralls zurück, doch bevor sie einen Ton von sich geben konnte, hämmerte Roland ihren Kopf erneut auf die Tastatur. Diesmal kam zu dem Scheppern noch ein Knacken, als ihr Nasenbein brach und ihre Duck-Face-Lippen aufplatzten. Erneut schnellte sie hoch und Roland versuchte sie ein drittes Mal nach unten zu schmettern, doch geistesgegenwärtig stemmte sich Sina mit ihren Händen dagegen. Blut strömte über ihr Gesicht und sie versuchte zu schreien, doch es war nur ein gurgelndes Geräusch.

Rolands Linke griff nach dem Leitz-Locher und schlug ihn seinem Opfer vor die Brust direkt auf ihr Sternum. Er legte gehörige Kraft in den Schlag aus Furcht, dass die enorme Oberweite von Sina den Schlag wie ein Airbag abfedern könnte. Der Treffer saß – nicht wirklich ausschlaggebend schmerzhaft, doch er erfüllte seinen Zweck. Die Geistesgegenwart von Sina erstarb und reflexartig schlug sie ihre Hände vor die Brust und beraubte sich somit ihres Widerstands gegen die fest zupackende Hand in ihren Haaren. Erneut schmetterte Roland sie nach unten und direkt darauf ein weiteres Mal. Ihr Nasenbein war ebenso wie ihre Lippen nur noch ein blutiger Matsch. Das linke Jochbein war gebrochen und beide Augen begannen bereits wie bei einem Preisboxer zuzuschwellen. Ihr Widerstand erstarb und zwei ausgeschlagene Zähne nahmen den Platz der Buchstaben R und U ein, welche jetzt an ihrer feuchten Stirn klebten. Roland holte noch einmal mit dem Leitz-Locher aus und brach Sina mit einem weit ausgeholten Schwinger den Kiefer. Luftblasen bildeten sich um den verunstalteten Bereich, der mal ihr Mund war, und Blut rann in schleimigen Fäden an ihrem Kinn herunter und tropfte in ihren tiefen Ausschnitt. Mit Wucht zog er ihren Kopf weit nach hinten, stauchte ihren Nacken und wenn ihre Augen noch offen gewesen wären, hätte sie die fleckige Decke ihres Büros gesehen. Sein letzter Schlag mit dem Locher erfolgte auf ihren überstreckten Hals. Die kleine Beule, wo ihr Kehlkopf saß, verschwand, wurde von dem Hieb mit dem stumpfen Gegenstand nach innen gedrückt. Halb bewusstlos griff sich Sina an den Hals und schnappte dabei mit deformiertem Kiefer nach Luft, wie ein Fisch an Land.

Etwas klirrte an der Zwischentür zum nächsten Büro und Roland sah Marlies Hungemeyer kreidebleich in der Tür stehen. Die Kaffeetasse war ihr vor Schock aus der Hand gefallen, doch stand sie immer noch, wie Ruth, die zur Salzsäule erstarrt war, an Ort und Stelle. Der Krach hatte sie aufmerksam werden lassen und sie war in Sinas Büro gekommen, um nach dem Rechten zu sehen. Schlechte Wahl.

Roland löste seine Hand von Sinas Hinterkopf und ging ruhig auf sie zu. Wäre er noch bei Sinnen gewesen, hätte er sie vielleicht verschont, doch dann hätte er Sina Kothen auch nicht totgeschlagen. Er blickte Marlies in die weit aufgerissenen Augen und die Angst, die er darin sah, prickelte in seinem Blut wie der Rausch nach einer Dosis Heroin. Etwas, was er vorher nie gekannt hatte, nahm ihn nun voll und ganz in Besitz. Wie ein Schleier, der sich über seine Wahrnehmung gelegt hatte. Dieser war jedoch nicht rot, wie man es aus der Redewendung kennt. Zumindest nicht durch und durch. Es war wie das Nordlicht, nur schimmerte dieser geistige Filter in einem rötlichen Glanz vor einem tiefschwarzen Hintergrund, der ähnlich der Polarnächte mehr und mehr von dem Glanz verschluckte.

Er drehte sich und wandte sich ihr zu, dann machte er einen Schritt in ihre Richtung. Der Locher ruhte wieder neben Sinas blutiger verschmierter und zerbrochener Tastatur. Marlies Körper zitterte und sie wusste, dass sie besser fliehen sollte, doch der Anblick dessen, was Sina widerfahren war, hielt sie weiter in Starre, wie ein Reh, das bei Nacht von einem Scheinwerfer erfasst wird. Ihr Blick hetzte ungläubig zwischen Sinas zermatschtem und deformiertem Antlitz, ihr zuckender, verschmierter Mund, der vergeblich versucht, nach Luft zu schnappen und dem sich langsam näherkommenden Roland hin und her.

Langsam und bedächtig kam ihr Kollege ihr näher, während ihr Verstand immer noch eine logische Erklärung für das suchte, was sie gerade wahrnahm. Dabei hatte sich der urinstiktive Teil ihres Bewusstseins schön längst ein Bild von dem gemacht, was hier passiert war. Es war der Teil von ihr, der wusste, dass es für sie kein Entkommen und keine Hoffnung mehr gab. Stumm blickte sie zu ihm auf, als er vor ihr stand. Seine Gestalt überragte die ihre um fast einen ganzen Kopf. Sie hatte in der ganzen Zeit nicht einmal geblinzelt. Jetzt rannen ihr Tränen an der ungewöhnlich glatten Haut für eine Frau ihres Alters herunter, doch blieb sie immer noch regungslos stehen und zuckte mit keinem Muskel. Ihr schönes Gesicht mit den zarten, sanften Zügen umrahmt von ihren platinblonden Haaren, die ihr voller Volumen auf die Schultern fielen, ließen sie wie ein trauriger Engel wirken, welcher ihn mit den weitaufgerissenen Augen stumm anflehte. Ein Blick, der jedem das Herz brechen würde, so da noch ein Herz war. Rolands Herz war jedoch im schwarz-roten Feuer seiner ohnmächtigen Wut und seines aus Erniedrigung und niederträchtigem Ränkespiel geborenen Hasses zu einem versteinerten Klumpen Kohle verbrannt.

Sie blickte ihn immer noch flehend und starr an, als Roland seine Hände nach ihr ausstreckte.

Auch wenn der menschliche Körper eine unglaublich zähe Maschine ist, so braucht es lediglich eine Kraftausübung von circa fünf Kilogramm, um ein Genick zu brechen. Erst gibt es einen Ruck, gefolgt von einem lauten Knacken und dann wird es schwarz. Marlies Hungemeyer sank mit gebrochenem Genick wie vom Schlag getroffen zu Boden, als ihr Leben ruckartig erlosch.

Zu ihrer Beerdigung erschien ihr Gatte mit einer fremden Frau an der Seite, die er jedoch schon wesentlich länger kannte. Keine sechs Monate später würde er sie heiraten. Ihre beiden Söhne zerstritten sich um das Erbe ihrer Mutter und wechselten nie wieder ein Wort miteinander.

Roland betrachtete neugierig ihren Leichnam wie ein seltenes Insekt, als könnte er die Ereignisse späterer Tragödien von dem ihrigen ableiten. Der Schleier aus Hass und Zorn, der seinen Verstand in den Wahn getrieben hatte, lichtete sich etwas, dann endete endlich Sinas Todeskampf und sie rutschte leblos wie ein Sack Fischabfall vom Stuhl. Mit einem klatschenden Geräusch landete ihr Körper auf den billigen PVC-Platten des staubgrauen Bodens. Es dauerte nicht lange, bis sich eine dunkle Lache aus Blut um ihren Kopf sammelte und ihre nun zerzauste Frisur verklebte. Der Klang ihres Aufpralls erinnerte Roland an das Geräusch, wenn man ein Stück Fleisch auf die Küchenplatte fallen lässt. Seine Augen verengten sich und der rot-schwarze Schleier des Zorns wurde wieder dichter.

„Ja, nur ein Stück Fleisch." Er merkt nicht einmal, dass er die Worte leise aussprach und die Zähne dabei fletschte. „Sie haben verdient, dass ich sie nur wie ein Stück Fleisch behandle."

Roland ging zurück in sein Büro, fuhr den PC runter und packte seine Tasche. Als er das Büro für immer verließ, schloss er hinter sich ab und ging kurz in die Teeküche. Dort nahm er aus der Schublade, in der eine wilde Sammlung diverser Besteckutensilien ruhte, ein kurzes Küchenmesser heraus. Die Schärfe ließ zu wünschen übrig, aber es war spitz und das langte Roland jetzt gerade. Der ergonomische Griff aus schwarzem Kunststoff fühlte sich perfekt in der natürlichen Form seiner Hand an. Die Worte „Zwilling J.A. Henkels" waren in die fünfzehn Zentimeter lange Klinge geätzt.

Mit dem Kochmesser in der hohlen Hand ging Roland beschwingt zu dem Büro seines Teamleiters und lächelte, da das Wochenende vor der Tür stand.

Er klopfte nicht an, sondern betrat direkt das Büro. Andreas saß hinter seinem Schreibtisch, den Blick auf beide Monitore gerichtet und prüfte Zahlungseingänge von Rückforderungen, welche in den nächsten Sekunden exponentiell an Wichtigkeit für ihn verlieren sollten – bis hin zur absoluten Nichtigkeit.

„Kann ich dir helfen, Roland?", fragte Andreas, während er seinen Blick nur kurz auf den eingetretenen Mitarbeiter warf. Dieser schloss die Tür hinter sich. Während er zufrieden und genügsam auf seinen Teamleiter blickte, brachte er die Küchenklinge mit einer lockeren Handgelenksdrehung zum Vorschein. Andreas erkannte eine Bewegung aus dem Augenwinkel, blickte desinteressiert erneut kurz hoch, nur um seinen Blick gleich wieder auf seine Monitore zu richten. Dann meldete ihm sein Verstand, was er da gerade gesehen hatte. Irritiert von dem flüchtig eingefangenem Bild blickte er erneut zu Roland, der mit einem zufriedenen Lächeln und kalten Augen in dem Türrahmen stand. Andreas schnellte hoch, wie ein Hamster, den man mit Dynamit erschreckt hatte. Sein Stuhl prallte von der schwungvollen Dynamik seiner Körperbewegung angetrieben gegen die Wand hinter ihm.

„Was ist denn mit dir los? Bis du wahnsinnig geworden?", fragte er, ohne zu wissen, wie nah er mit dieser Behauptung an der Wahrheit war. Obwohl seine Stimme fest und fast schon normal klang, wich er unwillkürlich weiter zurück. Ein natürlicher Reflex, wenn jemand lächelnd mit einem Messer in der Hand vor einem steht. Er bemerkte dabei nicht, dass er sich selber in die Ecke manövriert hatte, aus der es für ihn keinen direkten Fluchtweg gab, keine einfache Möglichkeit des Entkommens. Er blickte in zusammengekniffene Augen, aus denen Hass und Wut sprühte wie Lava aus einem aktiven Vulkan. Das Lächeln eines Haifischs prangerte kalt und humorlos auf Roland, Lippen, als er langsam auf seine Nemesis zuging.

Andreas griff nach dem zurückgeschnellten Bürostuhl, schob diesen zwischen sich und seinen Mitarbeiter, der bedrohlich mit dem Messer in der Rechten auf ihn zukam. Obwohl die Panik in ihm wie ein Taifun der Kategorie vier wirbelte, funktionierte sein Gehirn noch ansatzweise rational. Er erkannte, dass er in einer denkbar schlechten Position war. Zu seiner Linken die Wand und zu seiner Rechten sein Schreibtisch. Hinter sich sogar beides. Beschwichtigend hob Andreas die Hände und versuchte sich an eine der endlosen Deeskalationsstrategien aus zahlreichen Seminaren zu erinnern.

Roland wusste, dass es dieses Mal nicht so einfach wie bei Sina und Marlies werden würde. Doch irgendwie erregte ihn dieser Gedanke und sein Grinsen wurde breiter.

„Hör zu, Roland", sprach Andreas Wolters in dem Versuch, seine Stimme ruhig und einfühlsam klingen zu lassen. Doch wer konnte dies schon angesichts einer solchen Situation leisten? Er sicherlich nicht. „Lass uns in Ruhe drüber reden", wobei er nicht mal wusste, worüber genau.

Jedes dieser Wörter schürte weiteren Hass in Roland. Er musste diese Stimme verstummen lassen, diese großkotzige, überhebliche Stimme dieses großkotzigen, selbstgefälligen Arschlochs, das ihn heute zum letzten Mal schikaniert hatte.

Adrenalin, das Erbe der menschlichen Vorfahren, um die Leistungsfähigkeit des Körpers für Flucht oder Kampf zu erhöhen, sprudelte aus den Nebennieren der beiden Männer und flutete ihren Körper. Und während der rote-schwarze Schleier vor Rolands Augen heller und heller aufleuchtete, pulsierten die Adern an Andreas' Schläfen im wilden Tackt seines pochenden Herzens.

„Was auch immer du vorhast", sprach er jetzt zitternd weiter, während Roland immer näherkam, „du musst das nicht tun. HILFE!!! Hilf mir jemand!" Andreas brüllte aus Leibeskräften. Doch selbst wenn er schon bei Rolands Eintreten eingesehen hätte, in welcher Gefahr er schwebte, es hätte ihm nichts gebracht. An einem Freitag in einem städtischen Büro um 12:30 Uhr müsste ihm selbst außerhalb des Lockdowns schon Kommissar Zufall zu Hilfe eilen, um überhaupt gehört zu werden. Doch an diesem Tag war selbst der Kommissar schon im Feierabend.

Roland trat kraftvoll gegen den Bürostuhl zwischen sich und seinem nächstem Opfer, sodass dieser schwungvoll gegen Andreas prallte und dessen Geschrei kurz unterbrach. Aufgelöst und überfordert von der Situation griff Andreas nach einem der

Monitore und wollte diesen nach Roland schmeißen, doch die festgeschraubten DVI-Stecker zwischen PC-Tower und Monitor ließen letzteren nur ungeschickt auf den Schreibtisch plumpsen, so als hätte ein Kind sich im Kugelstoßen versucht. Roland schnellte vor und stach zu. Er erwischte Andreas kurz am Unterarm. Der Stich war nicht tief, doch das energische Zurückzucken von Andreas' Arm hätte Roland beinahe seine Waffe aus der Hand gerissen. Er packte den Griff fester, während Andreas wieder anfing zu schreien und den rechten Unterarm mit der Linken an seine Brust drückte. Der Schmerz und das erste Blut waren ein deutliches Zeichen, dass es hier keine Möglichkeit der Deeskalation mehr gab.

Roland wurde es langsam zu blöd. Er hatte das Spielen satt, zumindest solange, bis er eindeutig die Oberhand gewonnen hatte. Er stach mit gerade geführten Stößen blindlings zu und peinigte sein Gegenüber mit oberflächlichen Stichwunden, als wollte er ihn aus möglichst vielen Läsionen ausbluten lassen. In Ermangelung einer Verteidigungsstrategie gegen diese Attacken hob Andreas abwehrend beide Hände vor sich, nur um einen tiefen Stich in die linke Handfläche zu bekommen. Er versuchte sich hinter den Stuhl zu ducken, doch ein erneuter, fester Tritt von Roland gegen das Büromöbel ließ Andreas wieder hochschnellen. Dort peinigte Roland ihn weiter, stach in Arm, Schulter und Torso. Dunkle Flecke bildeten sich auf dem blaugestreiften Leinenhemd, welches heute Morgen in einer heilen Welt aus Andreas' Wäscheschrank genommen worden war. Jetzt lag diese Welt in Trümmern.

Die Schmerzen ließen Andreas nun endgültig in wilde Panik verfallen. Sein Verstand hatte nun die undenkbare, geradezu absurde Realität begriffen, dass es hier um nichts Geringeres als sein Leben ging. Um Hilfe schreiend versuchte er aus der Sackgasse hinter seinem Schreibtisch über die Tischplatte zu fliehen, verfing sich jedoch in den Kabeln des abgestürzten Monitors. Ein weiterer tiefer Stich traf ihn in die Wade, worauf Andreas strampelnd und windend versuchte weiter zu entkommen. Sein Angreifer war jedoch bereits um den Tisch gelaufen und stach erneut fest zu. Die Klinge drang mühelos in Andreas' Oberarm ein, zertrennte Kleidung, Muskeln und Haut. Noch nie gefühlte Schmerzen breiteten sich rasch in Andreas' Arm aus und machten diesen so gut wie unbrauchbar. Dann wurde das Messer wieder herausgezogen und schnell über die rechte Wange des Teamleiters gezogen. Für eine Sekunde wirkte es so, als hätte man Andreas mit einem Filzstift einen roten Strich durch das Gesicht gezogen, dann floss der Lebenssaft aus der Wunde und tropfte ihm in seinen Hemdkragen. Offensichtlich war die Klinge doch schärfer, als Roland angenommen hatte. Wimmernd krümmte sich Andreas auf seinem Schreibtisch und verteilte seinen Lebenssaft großzügig auf Poststapel, Akten und Tastatur. Das Telefon sowie die Fotos seiner Familie waren längst zu Boden gefallen und ein Monitor baumelte wie ein halb abgetrennter Kopf vom Tischrand. Der Vater von drei Kindern blutete aus mehreren Wunden. Seine Wade brannte vor Schmerzen, als hätte man dort ein Stück herausgerissen, und sein rechter Arm fühlte sich heiß-kalt an, während er immer tauber wurde. Dann krachte die Rückenlehne eines Stuhls auf seinen Torso und presste ihm die Luft aus der Lunge. Der zweite Schlag ließ ihn sich vor Schmerzen krümmen und hart vom Tisch fallen. Er hätte zu gern das Bewusstsein verloren, doch ein scharfer Schmerz holte ihn zurück ins leiderfüllte Hier und Jetzt. Das Messer steckte bis zum Griff in seinem Bauch. Rolands Worte drangen an sein Ohr. Überschlagend, fast hysterisch waren sie jedoch nur noch eine entmenschte Parodie seiner ansonsten so ruhigen Stimme.

„Zeit für deine Beurteilung, du Scheißkerl." Grausame Heiterkeit triefte aus ihr, so wie das Blut aus Andreas' Körper.

Viel zu spät versuchte sich der Teamleiter der Wirtschaftlichen Förderung gegen seinen Peiniger zu wehren. Mit dem Mut der Verzweiflung trat er aus und zwang Roland von sich weg. Er drehte sich um, versuchte auf alle Viere zu kommen, doch der rechte Arm verweigerte ihm den Dienst und ließ ihn erneut nach unten sinken.

Rolands Fuß traf ihn am Hinterkopf, dann wurde er wieder auf den Rücken gedreht. Mit einem schmatzenden Geräusch wurde das Messer aus seinem Bauch gezogen und mit Wucht in seine linke Schulter gerammt. So laut Andreas' Hilferufe auch waren, sein Schmerzensschrei war lauter. Zu dem Pochen und Brennen seiner zahlreichen Schnitt- und Stichwunden gesellte sich nun doch der dumpfe, übelkeitserregende Schmerz, als Rolands Knie seine Lenden quetschte, während dieser sich über ihn beugte. Andreas' Bewusstsein geriet erneut ins Trudeln.

Roland schloss seine Hand um den Hals seines verhassten Kollegen und blickte ihm ins Angesicht, während er ihn mit seinem Körpergewicht auf dem Boden festnagelte. Jetzt hatte er wieder Zeit für Spiele.

„Du bist ein ekelerregendes Stück Scheiße, Andreas", zischte er fröhlich zwischen zusammengebissenen Zähnen hervor, während er erneut die Klinge in Andreas' Bauch versenkte. Schlagartig riss der Teamleiter die Augen auf, um mit dem vor Wut brennenden Blick Rolands konfrontiert zu werden.

„Ich hasse dich", fuhr Roland fort, drückte den Hals fester zu und zog die Klinge nach oben. Er spuckte seinem Gegenüber ins Gesicht, während dieser mit den Beinen strampelte wie ein verrückt gewordener Stepptänzer.

„Ich hasse dich von ganzem Herzen. Doch heute wird abgerechnet. Heute bekommst du, was du verdient hast, du mieser Wichser." Ächzend biss Andreas schmerzgepeinigt die Zähne zusammen, bis diese splitterten. In einer geleichmäßigen Schneidebewegung fuhr der Stahl immer wieder aus seinem Köper heraus und wieder hinein, während sich die Klinge dabei weiter nach oben bewegte. Nach fünf Zentimetern röchelte er und zappelte wie ein Koalabär, den man unter Strom gesetzt hatte. Roland musste sein ganzes Körpergewicht und seine ganze Kraft aufwenden, um nicht von seinem Opfer heruntergestoßen zu werden. Nach weiteren fünf Zentimetern spuckte Andreas Blut und seine Bewegungen verloren an Kraft. Nach weiteren zehn rührte er sich gar nicht mehr.

Erschöpft und zufrieden, wie nach einem guten Work-out, stand Roland auf, wischte die Klinge an Andreas' leblosem Körper ab und steckte sie in seine Tasche. Er hob die dienstlich gelieferte Flasche mit Desinfektionsmittel vom Boden auf, machte seine Hände sauber und verteilte den Rest großzügig über die blutverschmierten Stellen, als wolle er den Raum von der infektiösen Präsenz seines ehemaligen Besitzers reinigen. Dann ging er.

Auf dem Heimweg freute er sich die ganze Zeit darauf, seiner Frau zu berichten, wie sein Tag war. Heute hatte er ihr immerhin wirklich was zu erzählen.

VORWORT

Ich gehe leidenschaftlich gerne joggen. Vorzugsweise eine gleichbleibende Strecke von circa acht Kilometern in der Nähe meiner Wohnung, welche ich mal besser, mal schlechter absolviere. Dabei ist ein Geheimnis des Laufens, sich gedanklich so zu beschäftigen, damit einem die Distanz, die noch vor einem liegt, nicht wirklich bewusst wird. Die besten Läufe sind die, bei denen man wieder zu Hause ankommt und sich nicht so recht daran erinnern kann, wo man eigentlich genau lang gelaufen ist. Ich persönlich nutze das Jogging, um mir Gedanken zu allen möglichen Dingen zu machen. Es tut einfach gut, seine Gedanken etwas schweifen zu lassen, während man vor sich hin trabt. Und dabei kommt man auf die unterschiedlichsten und tollsten Gedanken. Vorzugweise überlege ich mir Sachen zu meiner Leidenschaft Nummer eins, dem Live-Rollenspiel (LARP), was ich schon seit über zwanzig Jahren als Hobby betreibe und am liebsten noch doppelt so lange weiter betreiben möchte. Hin und wieder denke ich auch über Geschichten nach, an welchen ich gerade arbeite und wie es in der Story weitergehen soll, gerade wenn ich mich verfranzt habe oder in einer Sackgasse stecke. Doch nicht so bei der nächsten Story. In den circa 50 Minuten, die ich an diesem Tag im Jahr 2020 gelaufen bin, hatte ich die Geschichte, die mir, bis auf das Ende, ähnlich passiert ist, fertig im Kopf zusammengestellt und am nächsten Tag innerhalb von drei Stunden zu Papier gebracht. Vielleicht ist sie deswegen auch so kurz geraten. Aber wie jeder Zwerg weiß, kommt wahre Größe von innen heraus und Lügen haben spitze Ohren.

DER GUTE UMGANGSTON

Für Dai Si Pak
Thomas Müller

Beschwingten Fußes verließ Jens das Büro und ging in Richtung seines Autos. Obwohl er bereits seit über acht Jahren für die Austria Life Österreichische Rentenanstalt arbeitete, hatte er immer noch keinen der heiß begehrten Parkplätze direkt an dem Bürokomplex ergattern können, sodass er ein Stück weiter die Straße hinunter, auf Höhe des Stadtgartens, parken musste. Direkt neben dem elitären Golf- und Tennisclub mit dem wenig elitären Namen *Steinheimer Sportclub 1920 e.V.* – einer der ältesten Sportclubs in der kleinen Stadt inmitten des Bergischen Lands. Dort gab es, keine sechs Minuten Fußweg von seinem Büro entfernt, einen kleinen Schotterparkplatz, der von einer großen Kastanie überschattet wurde. Entlang der nördlichen Straßenseite der Lilienthal-Allee, welche den Stadtgarten wie eine natürliche Grenze in zwei Hälften teilte, gab es etliche Parkgelegenheiten. Sehr zum Leidwesen der arbeitenden Bevölkerung waren jedoch nur die wenigsten dieser Parkplätze unter der Woche nicht zeitlich begrenzt. Gerade bei denen auf Höhe der Wohnhäuser Nummer sechzehn bis zweiundzwanzig war es auch absolut nachvollziehbar, dass man dort nur zwischen acht und achtzehn Uhr parken durfte. Es sei denn, man hatte einen Anwohnerparkausweis. Die zwölf weiteren Plätze etwas abseits der Wohnhäuser unter der Eisenbahnbrücke stellten ein weiteres kostenfreies Kontingent zur Verfügung, wenn man seinen Wagen, mit Rücksicht auf andere Suchende, vernünftig abstellte, was leider nur selten vorkam. Bei den anderen Abstellplätzen, welche entlang der Parkfläche an den Straßenseiten existierten, lag die maximale Parkdauer zwischen acht und achtzehn Uhr bei gerade mal drei Stunden. Zwar genug Zeit für einen Abstecher in die nahegelegene Innenstadt, aber absolut ungenügend für einen durchschnittlichen Arbeitstag von achteinhalb Stunden inklusive Mittagspause. Weiter Richtung Innenstadt, jenseits der Kreuzung Lilienthal-

Allee/Van-Lange-Straße, standen Schilder, die auf die kostenpflichtigen Parkautomaten hinwiesen und somit keine sinnvolle Alternative für die vollzeitarbeitenden Seelen um das Gebiet des Stadtgartens darstellte.

Gerade, seitdem vor zwei Jahren die Ausländerbehörde der Stadt Steinheim in das alte Finanzamtgebäude, ein Stückchen die Straße hoch, eingezogen war, hat sich die Parksituation erheblich verschlimmert und glich der Jagd auf ein seltenes, schmackhaftes Tier. Von daher war dieser kleine Parkplatz zwischen dem Sportclub und der Gaststätte „Villa Stadtgarten" sehr begehrt und ein frühzeitiges Erscheinen war ein sicherer Garant für das kostenfreie Abstellen des eigenen Kraftfahrzeugs ohne zeitlichen oder finanziellen Druck. Für Jens persönlich stellte das jedoch kaum ein Problem dar, da er schon sein ganzes Arbeitsleben lang immer vor der offiziellen Bürozeit zugegen war. Pünktlichkeit war für ihn eine Tugend, die er stets großschrieb, und verschlafen hatte er noch nie in seinem Leben. Sein Schlafverhalten hatte er unbewusst derartig koordiniert, dass er immer fünf Minuten vor seinem Wecker wach wurde, und die letzte Nacht im Urlaub oder bei längerer Krankheitsphase, bevor es für ihn zurück ins Büro ging, plagte ihn Schlaflosigkeit und innere Unruhe. Wenn er dann doch mal in Morpheus' Armen versank, dann sorgten Albträume, in denen er verschlief oder zu spät zur Arbeit kam, für weitere Unruhe und ein Gefühl der Erschlagenheit am nächsten Morgen.

Im Zuge des aktuellen Nachhaltigkeitsbewusstseins und der Reduzierung von Feinstaubemissionen durch Dieselfahrverbote und ähnlichen Maßnahmen hatte er kurz über Alternativen zu seinem Personenkraftfahrzeug nachgedacht, diese aber recht schnell wieder verworfen. Zwar arbeitete er schon seit über fünfzehn Jahren in der Stadt Steinheim – seinen Wohnsitz begründete er mit seiner Frau und seinen zwei Kindern –, jedoch im zwanzig Kilometer weit entfernten Solingen. Eine Distanz, die für das Fahrrad sowie einen Mann in Jens' Alter und Gewichtsklasse definitiv zu weit wäre. Von der Anbindung an den öffentlichen Personennahverkehr brauchte man erst gar nicht zu reden.

Zu lange, zu umständlich und ab einem gewissen Alter und Gesellschaftsstand, so fand er jedenfalls, hatte man sich auch einen gewissen Luxus verdient. Auch wenn dieser nur darin bestand, die Entfernung zwischen Wohnung und Büro in seinem eigenen klimatisierten Auto in knapp zwanzig Minuten zu überbrücken, anstelle von fast fünfzig Minuten mit anderen Leuten zusammengepfercht in Bus und Bahn. Außerdem fuhr das Auto wann immer er wollte und nicht nach einem Fahrplan, der seinen sensiblen Tagesablauf beeinträchtigen könnte. Wie zum Beispiel heute.

Heute verließ er das Büro etwas früher als gewöhnlich, weil er noch einige Zutaten für das geplante Abendessen in dem Supermarkt auf halber Strecke des Heimwegs einkaufen wollte.

Seit einiger Zeit versuchte er sich an einer Diät. Dabei handelte es sich nicht um einen guten Vorsatz zum Start eines neuen Jahres, sondern einfach um den Wunsch, attraktiver zu wirken, um seine Frau dazu zu bewegen, vielleicht doch mehr als nur einmal im Monat mit ihm zu schlafen. Und beim Treppensteigen nicht mehr zu schnaufen wie Thomas, die kleine Lokomotive. Sein Plan zur Gewichtsreduktion bestand aus viel Rohkost anstelle von Butterbroten, Diät-Drinks statt Kantinenessen und sportlicher Körperertüchtigung, weshalb er jetzt jeden Morgen noch ein bisschen früher im Büro war und dort heimlich Leibesübungen vollführte. Das Ergebnis trug bereits die ersten Früchte. Zwar musste er sich noch keine neue Garderobe zulegen, aber den schwarzen Ledergürtel an seiner hellen Baumwollhose konnte er schon problemlos zwei Löcher enger schließen. Das mit der Garderobe war also nur noch eine Frage der Zeit, was bedeutete: das mit dem Sex auch. Wenn das mal keine Motivation ist.

Aber heute Abend sollte mal wieder geschlemmt werden. Fast jede Beratungsstelle und Life-Style-Zeitung berichtet in den wöchentlichen Abnehmtipps davon, dass man sich hin und wieder was gönnen sollte, um weiterhin motiviert zu bleiben und nicht im Zuge von Fressverlangen und Heißhunger das Ganze wieder rubbeldiekatz an den Nagel zu hängen.

Für Jens bedeutete das heute mit Käse gefüllte Hackbällchen in einer Basilikum-Tomatensoße und das Ganze mit Crème fraîche und Mozzarella überbacken. Um die Kohlenhydrate nicht zu kurz kommen zu lassen, würde das Ganze auf Tagliatelle-Nudeln serviert werden. Genug Kilokalorien in einem Gericht, um damit eine afrikanische Kleinstadt zu sättigen.

Zufrieden mit seinem heutigen Arbeitspensum ging er beschwingten Weges zu jenem kleinen Platz etwas abseits der Allee, wo er allmorgendlich parke. Dabei wurde er zusätzlich stimuliert durch die ersten warmen Strahlen der Märzsonne nach ihrer Abstinenz in den vergangenen Wochen und Monaten. Noch rührten sich nur vereinzelte Triebe an den großen, knorrigen Ahornbäumen links und rechts des Straßenverlaufs, jedoch konnte man schon die Kraft der Sonne spüren, welche langsam die nasskalten Monate ablöste und sich, Stück für Stück, beim Leben auf der nördlichen Hemisphäre zurückmeldete. Wärme staute sich unter seiner Kleidung auf wie unter einer Trockenhaube, sodass er erst den Reißverschluss seiner wollenen Übergangsjacke öffnete und sich dann den obersten Knopf seines Leinenhemdes aufknöpfte. Nicht mehr lange und die Leute würden sich wieder in Biergärten und Eisdielen tummeln, bis sie anfangen, über das schöne Wetter zu jammern, weil es zu heiß ist. Genauso wie sie erst den Frühling begrüßen, die Gartenmöbel rausholen und den Rasen trimmen nur um sich dann über den Blütenstaub beschweren, weil dieser ihre Autos mit einer zarten Puderschicht bedeckt.

Er bog von dem Asphalt des Gehweges auf den Schotterboden des Parkplatzes ab und seine Hand fuhr in die Hosentasche, um seinen Autoschlüssel zu suchen. Ohne Erfolg. Er klopfte mit seinen Händen die Hosentaschen ab, wobei er leicht vor sich hin fluchte.

„Shit, verdammter Mist!" Flüchtig erhaschte sein Blick einen anderen Mann mittleren Alters, der augenscheinlich gerade seinen Wagen abgestellt hatte, dann konzentrierte er sich wieder auf seinen verschwundenen Autoschlüssel. Den irritierten Blicken des anderen Mannes nicht gewahr blickte Jens noch einmal auf und hob den Kopf in nickender Manier und grüßte aus purer Freundlichkeit den Fremden mit einem in Nordrheinwestfalen untypischen „Servus". Dann eskalierte die Situation.

„Was?", fragte der andere Mann und kam energisch auf Jens zu. „Was hast du gesagt?" Sein Ton war aggressiv und wutgeschwängert. Offensichtlich hatte er nicht so einen guten Tag wie Jens.

„Ich …ähh …", stotterte er und bevor sich weiter Worte in seinem Hirn formen konnten, schubste ihn der Mann energisch mit beiden Händen vor die Brust. Dann machte Jens genau das Falsche. Anstelle deeskalierend zu wirken, die Situation zu erklären und eine sichere Distanz zu der offensichtlich potentiell gefährlichen Person aufzubauen, kamen die kleinhirngesteuerten Worte „Wo verdammt ist dein Problem verdammt?!" aus seinem Mund. Im Nachhinein betrachtet eine dumme Idee. Doch die Menschen sind impulsive Tiere, die nicht immer der Vernunft unterliegen, auch wenn sie dazu grundsätzlich in der Lage währen. Aber wer lässt sich schon gerne rumschubsen?

Der erste Schlag kam schnell und ungenau, doch für einen vierundvierzigjährigen Angestellten mit latentem Übergewicht, der sich in seinem ganzen Leben noch nie geprügelt hatte (nicht mal, wenn sich einer bei Burger King an der Schlange vorgedrängelt hat), war er ausreichend. Er traf Jens rechts unten am Kiefer und drückte die flexible Haut seiner Lippe gegen seine Zahnreihe, sodass er sich einen tiefen Riss an der Unterlippe im Mundraum zuzog. Sofort hatte er den Geschmack seines eigenen Blutes im Mund. Noch ehe er die verletzte Stelle mit der Zunge betasten konnte, bekam er einen harten Tritt in den Unterleib, der ihm die Luft raubte. Jens taumelte eingesackt und desorientiert nach hinten. Er rang nach Luft und der Kraft, sich auf den Beinen zu halten, während er seine Arme unbewusst um den Unterleib schlang. Dem schmerzhaften Gefühl der Atemlosigkeit folgte eine Explosion in seinem Gesicht, das sofort mit heißen Schmerzen erfüllt war. Tränen schossen wie auf Kommando aus seinen Augen und er stürzte benommen zu Boden. Reflexartig bremste er seinen Sturz ab und landete unbeholfen auf allen vieren. Kleine Schottersteinchen bohrten sich in seine Haut und ein hohles Empfinden, wie ein dumpfes Brennen, ging von den Schürfwunden in seinen Handflächen aus. Wie ein Treppenbach floss Blut aus seiner gebrochenen Nase über den kleinen Schnurrbart, die wulstigen Lippen und den geschwollenen Kiefer auf sein hellblaues Leinenhemd unter der schwarzen Übergangsjacke. Seine Hose war durch den Sturz an den Knien aufgeschürft und dunkle Blutflecke zeichneten sich wie kleine Sommersprossen bereits auf dem hellen Stoff ab.

Noch hielt sein Schockzustand die größten Schmerzen seines Körpers zurück, doch dies sollte bald nachlassen und ihn in ein bisher unbekanntes Tal führen. Er blickte zu dem Mann hoch, der schnell atmend mit geballten Fäusten über ihm stand.

„Verdammte Scheiße, ich habe doch nur ‚Servus‘ gesagt", schrie Jens hysterisch und fing leise an zu weinen.

„Oh …", sagte der Mann und entspannte sich sichtlich. „Ich habe ‚Is' was?' verstanden."

Ohne ein weiteres Wort zu sagen, drehte sich der Mann weg und ließ sein Opfer blutend und geschunden auf dem Schotterboden des Parkplatzes zurück. Jens betastete vorsichtig den blutigen Springbrunnen in seinem Gesicht, der mal seine Nase war, und sah sich dann seine aufgerissenen Hände an. Ein dumpfes Pochen ging von ihnen aus, während sich ein schärfer werdender Schmerz in seinen Knien ausbreitete. Die Sommersprossen auf seiner Hose waren jetzt so groß wie Pubertätspickel. Einige Schottersteine hatten sich tief unter seine Haut geschoben und würden professionell mit einer Pinzette operativ entfernt werden müssen.

Der Gedanke an Hackbällchen mit Käsefüllung und opulenter Soße war mit dem fremden Mann gegangen.

VORWORT

Als Mensch hat man es nicht leicht. Schon gar nicht mit anderen Menschen. Also wollte ich mal etwas schreiben, das diese Sichtweise etwas aufbricht. Überhaupt spukte mir die Idee zu der Story auch schon bereits einige Jahre im Kopf herum, doch Sie kennen das. Man hat zwar eine Idee, aber irgendwie kommt dann doch immer was dazwischen, das einen abhält.

Im Zuge der Pandemie und des damit verbundenen Homeoffice nahm ich mir dann einfach ein Herz und fing an, die Geschichte niederzuschreiben. Dabei kam mir das Lesen der *Horus-Heresy*-Reihe von Black Library zugute, in dem es auch immer um Krieg und Zerstörung der Superlative geht. Überhaupt kann man an den meisten meiner Stücke durchaus ableiten, was ich gerade gelesen habe, als ich die Geschichte oder das Kapitel schrieb. Gerade bei meinem ersten wirklichen Fantasyroman *Der Pfad der Abenteuer* ist es ziemlich deutlich, wann ich Stephen King und wann Terry Pratchett, wann ich Christopher Moore und wann Dan Abnett gelesen habe.

Was hat das alles nun mit der Geschichte zu tun? Na ja, nimmt man nun die Superlativkriegsführung von *Warhammer 40.000* sowie das technische Know-how von *Enterprise – The Next Generation* (welche meine Frau im Sommer und Winter 2020 auf Netflix wieder angefangen hat zu schauen) und lässt dann jemanden mit einem Hang zur Misanthropie ein- bis zweimal die Woche joggen, dann kann Folgendes passieren. Derjenige kehrt mit einer Idee zu einer SciFi-Story im Kopf zurück, welche gleichzeitig der Welt einen Spiegel in Bezug auf manche Dinge und Verhaltensweisen vorhalten soll. Fasst dieser sich dann endlich ein Herz und setzt sich an den PC, entsteht ein kleiner Außenposten mit großen Problemen irgendwo in den Weiten einer fernen Galaxie.

AUSSENPOSTEN 14-09

Für Gregor Wittmann

Seine Hände klammern sich fester um die Strahlenwaffe vor seiner massigen Brust. Das Trans-Radio-Modul, oder kurz TRM, bestätigt die Landung der Truppen. Es hatte begonnen, sie waren jetzt hier.

Bald würde es auch hier auf diesem kleinen Planetoiden zu Kampfhandlungen, Toten und Geschrei kommen, welches in den Weiten des Alls ungehört verstummen würde. Das TRM, auf dem aktuelle, kodierte Befehle unter Einhaltung der Transmitterdisziplin an einzelne Verbände und Gruppen der Verteidiger übermittelt werden, wird dann überflutet werden von hektischen Befehlen, statisch-bedingten Interferenzen und letzten Endes zusammenbrechen.

Sowie die ganze Verteidigungslinie sowie die ganze Zivilisation hier. Angst flutet seinen Körper und lässt seine Glieder zittern.

Er drückt sich fester gegen die Schutzwand der Stellungen von Außenposten 14-09, weit abseits der nächsten bevölkerten Siedlung *Tallon Eins*.

Sein Atem hallt in dem versiegelten Lyso-Polymeranzug nach, aber wenigstens kann er atmen. Die Luft in seinem Raumanzug schmeckt metallisch und abgestanden. Ein Geschmack, der für ihn jetzt unwiederbringlich mit der Angst verbunden sein würde, die er gerade verspürt.

Wie es wohl für die Familien in Tallon Eins sein würde, geht es ihm durch den Sinn und unweigerlich schweift sein Blick in die Ferne zum Glimmen der Metropole am Firmament. Einzelne Positionslichter blinken pulsierend an den Minaretten, welche sich wie einzelne Nadeln aus dem Gebäudekonvolut der Siedlung in die Schwärze des Himmels des Trabanten *Tea-Pan 23 erheben*. Seine Gedanken überwinden die Distanz zwischen Frontlinie und Siedlung und zeichnen ein Bild der Hoffnungslosigkeit. Dieses ohnmächtige Gefühl der Bewohner, darauf zu warten, was passiert. Die niederschmetternde Gewissheit, dass der Tod gekommen ist. Wer dort würde sich nicht wünschen, dass er zuerst geholt wird, vor seinen Liebsten? Der egoistische Gedanke, zuerst zu sterben, bevor man zusehen musste, wie die nächsten Angehörigen, die eigenen Nachkommen im Feuer des Krieges vergehen. Wer dort würde nicht lieber noch weiterleben? Doch es war für sie alle sicher, dass keine Rettung mehr kommen würde. Es gab keinen Ausweg. Für keinen der knapp eine Million Einwohner. Ihr Schicksal war besiegelt, genauso wie seines. Jegliche Flucht von dem Planetoiden würde durch die feindliche Flotte im Orbit jetzt unmöglich sein. Kämpfen oder Resignieren, das waren die einzigen Optionen für die Einwohner. Sterben würden sie letztendlich alle. Die Frage war nur, wie und ob man nicht noch den einen oder anderen Feind mitnehmen konnte.

Er atmete schwer aus und versuchte, seine Gedanken zu fokussieren, weg von der Gewissheit des Bevorstehenden. Angestrengt versuchte er, sich das bevorstehende Massaker nicht mehr weiter vorzustellen. Vergeblich.

Die Strahlenwaffe in seiner Hand gab ihm ein leichtes Gefühl von Sicherheit und Stärke, wie es nur eine Waffe geben konnte, doch hatte er Angst vor dem, was da kommen würde. Angst davor, hier durch ihre Hand verletzt zu werden und zu sterben. Angst vor der Tatsache, dass er bald nicht mehr existent sein würde.

Hoffentlich geht es schnell und schmerzlos, wünschte er sich und nicht zum ersten Mal ertappte er sich bei dem Gedanken, selber für sein Ende zu sorgen.

In der praktisch nicht vorhandenen Atmosphäre des Planetoiden *Tea-Pan 23* konnte er die Einschläge des vorangehenden Bombardements der näherkommenden Streitmacht nicht hören, doch die Erschütterung der Detonationen der Tremorgeschosse im Boden legte nur einen Schluss nahe. Es konnte nicht mehr lange dauern, bis sie da waren. Natürlich hätten diese seismischen Aktivitäten auch an der Ausgasung des Trabanten im Zuge der Temperaturerhöhung liegen können, da die Umlaufbahn des Planetoiden sich wieder rapide der hiesigen Sonne näherte, aber er wusste es besser. Meldungen von ihrer Ankunft hier im Sternensystem $Xg\pm\text{-}n\delta C\lambda$ mit einem großen Flottenverband hatten ihn und den Rest seines Regiments schon vor mehreren Zeitklicks erreicht. Kurz darauf waren mehrere Schlachtkreuzer und einige Großkampfschiffe im Orbit von *Tea-Pan 23* vor Anker gegangen. Bald würden ihre Trägerschiffe und Erntefregatten folgen. Er hatte davon gehört, dass sie es lieber wärmer haben, sodass der Beginn der Invasion in den vergangenen Zeitklicks taktisch klug gewählt war. Doch jetzt wurde es zunehmend wärmer auf dem Planetoiden.

Vor weniger als einem terrestrischen Standardjahr hatte es Gerüchte über eine Spezies von Invasoren gegeben, welche in einer gigantischen Armada das All durchkreuzen. Wenig später waren diese Gerüchte wahr geworden und sie waren über dieses Sonnensystem hergefallen. Es hieß, es handle sich dabei um fremde Lebewesen aus einer anderen Galaxie, der seinen jedoch gar nicht so unähnlich. Kohlenstoffbasiert mit Händen, Füßen und Gliedmaßen, die auch zu komplexem logischem Denken und sogar zur Kommunikation fähig waren. In Ermangelung eines besseren Namens und eines bis dato noch ausbleibenden Erstkontaktes hatte man sie schlicht weg *Existenz V 4.1* genannt. Eine intelligente Rasse. Doch diese Angaben waren eher spekulativ als fundiert bestätigt und die Fakten sprachen eine ganz andere Sprache. Wenn *Existenz V 4.1* tatsächlich kommunizieren konnten, taten sie dies anscheinend nur untereinander, denn jegliche Bestrebung mit ihnen in Kontakt zu treten, war gescheitert oder wurde schlichtweg ignoriert. Ihre Angriffe erfolgten ohne jegliche Vorwarnung und das einzige erkennbare Muster war, dass alles niedergemacht wurde, was auf ihrer Flugbahn lag.

Jegliche Bemühungen um Frieden und Koexistenz vonseiten der Diplomaten und auch der militärischen Ebene erreichten nichts weiter, außer den weiteren Ausübungen von rücksichtslosen Gewalttaten. Selbst der letzte verzweifelte Versuch, sich vor den Schrecken eines bewaffneten Konfliktes freizukaufen durch technologische und astrologische Informationen, Ressourcen und sogar freiwillig angebotene Geiseln, wurde ignoriert. Nur weitere Brutalität und rigorose Plünderungen durch *Existenz V 4.1* waren die Antwort. Spätestens da war klar, diese Spezies konnte oder wollte nicht verhandeln. Sie wollten keinen Frieden. Was sie wollten, war die totale Vernichtung und somit wahrscheinlich die uneingeschränkte Herrschaft über das System, seine Planeten, seine Ressourcen.

Die Einschläge kamen näher. Er blickte über das graue, trostlose Geröllfeld von *Tea-Pan 23*, in dessen Hintergrund sich in nur noch ungefähr einhundertzwanzig Millionen Kilometern Entfernung der rote Riese des hiesigen Sonnensystems weiterhin mit der Fusion von Wasserstoff zu Helium beschäftigte, als würde nichts anderes von Bedeutung sein.

Meldungen im TRM gingen ein und aus, die Akkumulatoren der vereinzelten Geschützbatterien wurden aufgeladen und Stasis-Abwehr-Zäune erwachten auf Befehl zum Leben. Lucotio-Sensoren der Aufklärungsstationen tasteten die Umgebung ab. Die Daten waren jedoch äußerst ungenau und durchzogen von Interferenzen durch die austretenden Gase, welche sich, aufgrund der sich steigernden Außentemperatur, leichter durch die Detonationen des näherkommenden Granatenteppichs der feindlichen Artillerie aus dem Inneren des Gesteins lösten. Vereinzeltes Abwehrfeuer schlug den feindlichen Geschossen entgegen, jedoch war Außenposten 14-09 nicht für eine derartige Konfliktsituation gewappnet. Das Sperrfeuer gegen die Kriegsmaschinerie des Feindes war lächerlich und fast nicht erwähnenswert. Das breit gefächerte Sperrfeuer der Invasoren prasselte wie detonierender Niederschlag auf die Oberfläche von *Tea-Pan 23* nieder und verunstaltete sein unwirtliches Antlitz mit weiteren Narben und tiefen Kratern. Überall stießen kleinere und größere Geysire weißliche Gasfontänen aus dem gefrorenen Innenleben des kleinen Himmelskörpers und fluteten die dünne Atmosphäre mit einer Vielzahl unterschiedlichster gasförmiger Moleküle, hauptsächlich chlor- und argonhaltige Aerosole.

Genau diese natürlichen Gasvorkommen hatten seine Vorfahren vor langer Zeit nach *Tea-Pan 23* gebracht. Sie bildeten eine damals wichtige Grundlage für die Energiegewinnung seiner ursprünglichen Heimatwelt, welche größtenteils auf dem Abbau und der Ausbeutung von Trabanten basierte. Doch dann passierte das Bahnbrechende, was seine Welt, seine ganze Zivilisation, in ihrem Denken und Handeln grundlegend verändert hatte. Durch reinen Zufall entdeckte man vor fast einhundert Zeitklicks auf einem der anderen Außenposten die firomagdelare Resonanz der reaktiven Partikelstrahlung eines Gasriesen sowie die Nutzung der konzentrisch auftretenden Heisenfrem-Stürme zur Gewinnung von Energie bis hin zu den kleinsten Nano-Sonneneruptionen. Es sorgte außerdem für die renondaten Melacordpartitur und ermöglichte damit den Weg zu einer neuen beta-spektroskopischen Synthetisierung im interdisziplinären Bereich. Dadurch wurde eine Replikation elementarer Molekülketten, bilateraler Filliromben und komplexer Aminobausteine ermöglicht. Diese Aneinanderreihung von Entdeckungen und Ausweitungen der onderianischen Theorie führte zu einem grundlegenden Neuverständnis von Wissenschaft und Technik für sein Volk.

Es war der erste Schritt in ein neues Zeitalter gewesen und leitete eine völlig neue Ära des Verständnisses des Universums ein. Ein Quantensprung in der Entwicklung und ein Triumph der nonkonformistisch-dynamischen Forschung. Es ermöglichte medizinische Fortschritte von ungeahnten Ausmaßen, die bis dato lediglich theoretisch als Möglichkeit in Betracht gezogen werden konnten. Das Reisen auf interstellarer Ebene konnte ausgeweitet und die damit verbundene Erschließung neuer Sternensysteme zur Ausdehnung der Forschung auf dem Gebiet der alternativen Energiegewinnung vorangetrieben werden. Ein grundlegendes Umdenken ging wie ein Ruck durch das Bewusstsein seines Volkes und manifestierte sich in Hinsicht auf die Zielsetzung seiner Zivilisation und der Verantwortung gegenüber den nachkommenden Generationen sowie den Umgang mit anderen Rassen. Durch ein revolutionäres, iso-kalverviales Interface entstanden Replikatoren, welche mit FTL-Nanoprozessoren so gut wie alles replizieren und synthetisieren konnten. Durch diesen umfassenden Zugang zu grundlegenden Versorgungsgütern verebbte das Streben nach Besitz, da die damit verbundene Sicherung der wiederkehrenden Bedürfnisse bewerkstelligt und grundlegend gefestigt wurde. Sie sorgte für eine feste Basis und für gleiche Lebensbedingungen für Angehörige jeder Kaste und jeder Stellung. Es lenkte den Blick weg von den egogesteuerten Bedürfnissen hin zu gesellschaftsorientierten Gemeinschaftsverwirklichungen. Was folgte, waren Dekaden der Sicherheit und des Wohlstands, welche eine Umstrukturierung der alten Denkweisen mit sich brachten und der Beschreitung neuer Wege im Zuge der Selbstverwirklichung durch Forschung und Fortschritt für alle ermöglichte. Und jetzt drohte *Existenz V 4.1* dies alles zunichtezumachen. Aus dem Universum hinaus zu tilgen und der Vernichtung zu übergeben.

Die austretenden Gase sorgten langsam für eine verdichtete Atmosphäre und ermöglichten die Verbreitung von Schallwellen. Er merkte es, als etwas leise zischend über ihn hinwegflog und einen silbernen Kondensstreifen hinter sich herzog, bevor es in einer kleinen Sonne verging. Die Druckwelle zerrte an seinem Anzug und presse ihn in seine Stellung. Instinktiv zog er sich zusammen, um sich so klein wie möglich zu machen und weniger Angriffsfläche zu bieten. Feiner Staub prasselte auf ihn nieder und sein Atem beschleunigte sich hastig durch den erhöhten Stresslevel seines Körpers.

Der Raum in seinem Anzug erschien ihm immer weniger zu werden, als seine Angst immer mehr Platz darin einnahm. Er packte seine Waffe fester, um das Zittern seiner Glieder zu verbergen.

Die Messanzeige des hololytischen Displays in seinem Helm zeigte eine rapide Erhöhung der Strahlenbelastung an. Er hatte von der rücksichtslosen Art von *Existenz V 4.1* gehört, doch, wenn sie an dem Trabanten interessiert waren, warum verstrahlten sie ihn dann mit ihren Waffen? Er würde dadurch nutzlos werden, für mehrere Generationen unbewohnbar. Dann ging es ihm auf. Sie wollten gar nicht hierbleiben.

Weitere Fakten und Informationen zu *Existenz V 4.1* blitzten in seinem Verstand auf wie der jetzt niedergehende Hagel aus feindlichen Geschossen. Grundlegende Kenntnisse und taktische Einschätzungen aus den Archiven und den jüngsten Analysen der Verteidigungskommandoebene.

Von dort berichtete man, sie hatten einst ihren eigenen Planeten zugrunde gerichtet. Ein Schicksal, welches auch seinem Volk hätte widerfahren können. Als letzten Ausweg hatte es sie dann zu den Sternen gezogen, weg von ihrer sterbenden Welt. Ähnlich den Schwärmen von Wandersichelschrecken waren sie von Planeten zu Planeten gezogen, um ihre Fehler immer und immer wieder aufs Neue zu wiederholen. Nur die Bewahrung ihrer eigenen Spezies als Ziel verfolgend durchstreiften sie das All. Wie Weltraumgeziefer mit einem unstillbaren Hunger dienten ihnen andere Welten nur dazu, aufgebraucht und verzehrt zu werden, um das Überleben ihrer eigenen Gattung zu sichern. Man sagte über diese Wesen, dass alles, was sich auf ihrem Beutezug in ihren Weg stellte, rigoros aus dem selbigen geräumt wurde, und angesichts der Größe der Armada, in der sie reisten, war ihnen wohl keine Streitmacht im Universum gewachsen.

Dieses Wissen über seinen Gegner, diese Einschätzung ihres Handelns kam ihm jedoch so trivial vor, so unvorstellbar rückständig und primitiv, als ob es sich doch eher um niedere Lebewesen ohne jedweden Bezug zu logischem Denken handeln würde. Wie konnte man nur eine ganze Zivilisation auf dem gradlinigen und destruktiven Kurs der Ausbeutung und Vernichtung halten? Wie konnte man nur so blind leben, so rücksichtslos? Fehlte ihnen ein moralischer Kompass oder jegliche Möglichkeit zur Empathie? War *Existenz V 4.1* wirklich eine höherentwickelte Rasse oder nur eine Allaufzucht, die durch Zufall den Raumtransit entdeckt hatte?

Laut der gesammelten Informationen des Oberen Militärkaders waren sie, so rückständig und beschränkt ihre Denkweise auch sein mochte, eine Rasse von Cyber-Nomaden mit einer unglaublichen Kreativität, was interdisziplinäre Kriegsführung und die Ernte verwertbarer, planetarer Ressourcen anging. Sie verfügten nachsagbar über ein schreckliches Arsenal an konventionellen und energetischen Waffen sowie über diverse andere Kampfstoffe. Sie stammten aus ihren eigens dafür existierenden Entwicklungs- und Magazinschiffen, die als gigantische Industrieanlagen in der Hauptflotte des Feindes mit durchs All trieben und ihre Streitkräfte mit neuen Tötungsmöglichkeiten versahen. Um diese riesigen Monster zu füttern, gab es kleinere Monster aus den eigenen Werften, Silos und Docks dieser Anlagen. Mobile Fabrikbatterien mit autonomen Orbitalplattformen, die gigantische Bohrkräne, städtegroße Grabungsmaschinen, mehrgliedrige Ernteanlagen und stellare Pumpvorrichtungen beherbergten. Bohrtitanen, Mastodon-Schleppzüge und Behemoth-Kettenraupen mit Hub-, Schaufel- oder Grabvorrichtungen für jede Art von tektonischer Begebenheit wurden auf die Oberflächen der erntefähigen Planeten abgesetzt, um ihre schäbige Arbeit zu beginnen. Mobile Bergungsinseln des Terray-Musters schnitten mit Plasmafräsen durch jegliche feste Substanz und hoben ganze Landstriche aus, um diese dann als Stasisatoll zu den Wertstoffmagazinen der einzelnen Aufbereitungsfregatten zu transportieren. Schwere Bomber warfen Termit-Durchbruchsbohrer ab, welche den Abwurf aus der Stratosphäre nutzen, um tiefe Krater in die Oberfläche zu schlagen, die Erdkruste aufzubrechen, Kontinente zu spalten oder den Kern anzuzapfen. Mit diesen mechanischen Ungetümen war *Existenz V 4.1* in der Lage, massive Gebirge und kontinentale Urwälder in wenigen Klicks abzutragen, sowie blühende Metropolen einzuebnen. Gigantische Tankvorrichtungen speisten entsprechende Raffineriekreuzer, indem sie jegliche liquide Masse abpumpen und ganze Meere leer tranken. Hätte diese Rasse ihre Energien, ihr Streben und ihr Talent nur in eine nachhaltige Richtung gelenkt, vielleicht hätten sie dann einen der geplünderten Planeten kolonisieren und eine neue Heimat finden können, anstatt alles in Reichweite bis auf den Kern ausbluten zu lassen. Vielleicht hätten sie sogar ihren Heimatplaneten retten können.

Dann wären Milliarden und Abermilliarden von Leben erhalten geblieben und nicht zur Erhaltung von einer Spezies geopfert worden, kroch der Gedanke traurig durch seinen Geist. Ihm folgte Wut, welche sich warm in seinem Körper ausbreitete. Wut, Unverständnis und noch vieles mehr. Er würde wegen ihnen hier bei Außenposten 14-09 sterben. Nur wegen ihrer Verfehlungen. Seine Wut wurde zu glühendem Hass und er lud seine Waffe durch.

Langsam und gebückt folgte er dem erhaltenen Befehl und bewegte sich zur grabenartigen Verteidigungslinie, wo er die Energiezelle seiner Waffe prüfte, wie man es ihm in der Ausbildung gezeigt hatte. Die ersten Verteidigungstürme fingen an zu feuern und spien blaue Energieblitze dem noch unsichtbaren Feind entgegen. *Hätte das wissenschaftliche Komitee nicht durch Zufall die Positronen-synthetisierte Quantenreplikation entdeckt, wäre es seiner Spezies vielleicht genauso gegangen*, überlegte er und entsicherte seine Waffe. Doch welchen verdorbenen Kern musste man in sich tragen, um so verroht zu sein wie diese angreifenden Kreaturen? Oder waren sie am Ende doch gar nicht vernunftbegabt? Waren es doch nur Techno-Barbaren, degenerierte Geschöpfe, die töteten und vernichteten, aus grausamer Freude? Der Anblick eines einzelnen Exemplars von *Existenz V 4.1* war zwar nicht schauderhaft, doch selten kamen sie allein. Wie ein Schwarm agierten sie in großer Zahl und fegten wie solare Stürme über alles und jeden hinweg. Sie kleideten ihre Körper in diverse Erze und Legierungen sowie in eine Art Gespinst, teilweise aus technopolymeren Makromolekülen, teilweise aus organischen Fasern. Hybriden und Symbiosen dieser Stoffe fanden sich ebenfalls an – beziehungsweise in – ihnen. Alles nur, um ihre weiche, verletzliche Epidermis zu schützen, die rudimentär mit borstigen Auswüchsen bedeckt sein soll, und ihr Endoskelett zu stützen.

Der Geruch von ihnen hingegen sollte abstoßend und widerlich sein, sodass es einem die Innereien verdreht. Ihre Vielzahl von liquiden Körpersekreten enthielt allerlei Verunreinigungen und Fremdstoffe, die bei Kontakt zu Infektionen und Vergiftungen führen würden. Das militärische Oberkommando hat sie daher als autonom agierender biologischer Kampfstoff eingestuft. Der Gedanke, solchen Wesen gegenüberzustehen, schüttelte ihn mehr als die nächste Druckwelle der stummen Detonationen. Bilder der Satellitenübertragung von den ersten überrannten Außenposten flammten so hell in seinem Geist auf, dass er fürchtete, die anderen Kammeraden in dem Schützengraben könnten sie ebenfalls sehen. Die Außenposten 05 bis 12 waren schlichtweg dem Erdboden gleichgemacht und etliche Protein- und Mineral-Welten wie reife Früchte aufgebrochen und von jeglichem Leben entvölkert worden. Tektonische Platten zerriss man im Zuge von orbitalen Bohrungen oder Bombardements und schmolz Sandmeere sowie Städte gleichermaßen zu Glas. Was von einem Himmelskörper als „brauchbar" eingestuft war, wurde von Containerfähren abtransportiert und zu den Aufbereitungsfregatten und Raffineriekreuzern geschafft. Gefrorene Meere aus Ammoniumhydrogensulfid und Gebirge aus Ethaneis waren einfach verdampft und die Bevölkerung entweder abgeschlachtet oder in der enthomostasierten Ruine der Atmosphäre zum Sterben zurückgelassen worden. Was konnte man einem solchen Feind nur entgegensetzen, der eine Spur von Massakern hinter sich herzieht und dessen Name „Völkermord" zu sein scheint? Eine Granate schlug unweit von ihm ein und schleuderte Termafelsen und Kameraden durch die dünne Atmosphäre, während das TRM die Schreie der ersten Verwundeten übertrug. Entsetzen und Panik ergriff ihn erneut und er ließ sich zusammengekauert an der Grabenwand heruntersinken, welche in das harte Plastgestein von *Tea-Pan 23* geschnitten worden war.

Eine weitere Sonne blühte hell auf und die Anzeigen seines Helms wurden überlastet. Dann fing der Boden in einem rhythmischen Beben zu vibrieren an und ein seichtes Dröhnen schwang durch die dünne Luft. Ein Abwehrturm wurde durch etwas getroffen, was ihn umgehend pulverisierte. Schwere, dunkle Klötze aus legiertem Erz krochen auf rotierenden Platten langsam auf seine Stellung zu, zermalmten Barrikaden sowie Gesteinsbrocken und spuckten tödliche Blitze und Geschosse auf die Besatzung von Außenposten 14-09. Unzählige feindliche Soldaten von *Existenz V 4.1* drangen aus den Innereien anderer, größerer Klötze, während dunkle Wolken aus ihren abseitigen Öffnungen in die Atmosphäre geblasen wurden und die nachrückenden Truppen in einen dichten Abgasnebel einhüllten. Strahlungs- und Schadstoffanzeigen seines Helmdisplays stiegen zusehends, je näher der Feind auf seine Position zurückte. Einschläge säumten den Rand seines Grabens und sprengten kleine Fragmente von Plastgestein aus dem Planetoiden. Gebündelte Lichtstrahlen, die statischen Entladungen gleich durch die Luft zuckten, schmolzen Verteidigungsanlagen und Verteidiger gleichermaßen zu einem Haufen Schlacke. Explosionen ließen den Boden erzittern und weitere Gasgeysire fauchend ausbrechen, als würde der Planetoid vor Schmerzen aufschreien. Der TRM war überlagert von widersprüchlichen, gehetzten Befehlen. Mit zunehmender Atmosphäre zogen immer mehr Schallwellen über *Tea-Pan 23* und brachten den Kampfeslärm und die Schreie bis nach *Tallon Eins*. Verzweifelte Transit-Shuttles stiegen auf und verglühten im Abwehrfeuer der Kriegsschiffe im Orbit. Ratternde Laute von Projektilen hallten von überall her und zogen kleinere und größere Furchen in den Permafels des Trabanten. Versprengte Körperteile seiner Kammeraden flogen wie Ascheflocken durch die Luft und landeten verdreht und entstellt um ihn herum verteilt. Die erste Welle der Invasoren hatte die Gräben erreicht und säten Tod, bevor sie die Reste des Lebens auf *Tea-Pan 23* ernten würden, nur um dann weiter zu ziehen und das Gleiche auf den restlichen Planeten dieses Sternensystems zu machen. Ein Projektil durchschlug seinen Carapax, explodierte beim Austritt und zerriss sein Exoskelett. Alles wurde auf einmal leiser und er schmeckte die Ansammlung von Protoplasma, welches an seinen Mandibeln heruntertropfte. Er versuchte noch, das Strahlengewehr anzulegen, doch seine vielgelenkigen, nach hinten abgewinkelten Glieder versagten ihm den Dienst. Eine gewaltige Erschütterung verlief durch den Boden, viel stärker als die Detonationen der Granaten und Haubitzengeschosse der feindlichen Artillerie. Das Beben hatte die Stärke eines Orbitalschlags und ließ mehrere der Gebäude in der Siedlung *Tallon Eins* einstürzen. Zwanzig Kilometer hinter der Kampflinie war der erste *Launchhammer Titanen-Schaufelradbagger* der Firma Thyssen Krupp auf der Oberfläche aufgeschlagen und hatte mit seiner Arbeit begonnen. Die Menschheit war nach *Tea-Pan 23* gekommen.

VORWORT

Was stimmt eigentlich mit den Menschen nicht? Wie konnte es nur so weit kommen? Das sind Fragen, die wir uns in dem ersten Jahr der Corona-Pandemie 2020/2021 immer öfter gestellt haben. Tja, wo soll man da anfangen. Mir persönlich zeigte sich nicht erst in der Pandemie die Dualität des Menschen, wobei man sich ja immer mehr an das Negative als an die positiven Erlebnisse und Erfahrungen erinnert. Daher habe ich den Facebook-Post eines Bekannten genutzt, um die Abhandlung *Fick dich* zu verfassen. Nur, tja, was soll ich sagen. Ich hatte hinterher so viel Material zusammen, welches ich jedoch nicht in die mir vorschwebende, stilistische Form dieser Abrechnung packen konnte. Also habe ich das getan, was Hollywood schon seit Jahren macht. Nämlich einen zweiten Teil. Und ganz im Stile der Traumfabrik wird der zweite Teil zwar an den ersten angeknüpft, qualitativ jedoch eher minderwertiger im Vergleich zu dem ersten sein. Hätte es mir nicht so gutgetan, diese meine Gedanken und Ansichten mir von der Seele zu schreiben, hätte ich sie vermutlich von meinem PC gelöscht und emotional tief in meinen Seelenmülleimer geworfen.

Auch wenn Sie vielleicht nicht mit allen Ansichten in den beiden Essays d'accord gehen können oder wollen, so kann ich ihnen doch sagen, wie erleichtert ich mich nach dem Schreiben der beiden Essays gefühlt habe. Auch wenn ich durch meine Aussagen nun gesellschaftlich in Ungnade falle, so war das Schreiben dieser Texte und das anschließende Gefühl es mir wert. Es hat wirklich gutgetan, sich etwas von der Seele zu schreiben, das dort schon länger, wie ein dunkler, schmutziger Ölfleck, geklebt hat.

FICK DICH II
(Jetzt wird weiter gerechnet)

*Für alle,
die genau so denken*

Fick dich, du polarisierendes, egoistisches, machtgeiles, gewalttätiges, kriegstreiberisches Staatsoberhaupt. Früher war es mal ein Privileg, an der Spitze einer Nation zu stehen. Dazu wurden die kompetentesten und weisesten Menschen des Landes bestimmt. Menschen, die herausragende Fähigkeiten besaßen, doch du engstirnige, narzistische Pfeife lässt das Amt zu einer Lachnummer verkommen, die keiner witzig findet. Du verdrehst die Wahrheit, vertuschst, lügst und gehst über Leichen. Nicht für dein Land, sondern nur für dich und den Vorteil der deinen. Eine Opposition ist dir ein Dorn im Fleisch und daher wird sie, im besten Fall, nur mundtot gemacht. Du möchtest am liebsten bis über den Tod hinaus deine Macht behalten und sorgst dafür mit allen Mitteln. Dabei ist der Grund, warum du nicht ab- oder zurücktrittst, der, dass man dir dann den Prozess machen und dich aus deinem Land jagen würde. Oder Schlimmeres, was für die restliche Welt gar nicht mal so schlecht wäre ...

Fick dich, der du vergessen hast, dass Fußball, nur ein Spiel ist. Nur weil mein Verein nicht dein Verein ist, heißt das nicht, dass du mir dafür die Karre, meinen Laden oder meine Visage demolieren musst. Kannst du Konflikte nur gewaltsam lösen, versuchst du deine Einsamkeit zu kompensieren oder deiner verkümmerten, kleinen Seele einen Kick zu geben, damit du überhaupt noch was fühlst? Findest du sonst keine Nische in der Gesellschaft, in der du existieren kannst? Dann empfehle ich dir eine andere Sportart: Aussterben zum Beispiel.

Fick dich, der du Menschen wegen ihrer Andersartigkeit grundsätzlich ablehnst, ohne sie näher kennenzulernen. Immerhin hast du alle Leute in deinem Umfeld schon immer gekannt, und dein Potential an Leuten-die-ich-kenne ist somit schon, genau wie dein Land, wegen Überfüllung geschlossen. Die einzige Möglichkeit für freie Kapazitäten ist, dass irgendwann irgendjemand da rausfällt, zum Beispiel weil er nicht mehr deinem Idealbild entspricht. Bis dahin ist daran aber leider nichts zu machen. Du führst auch bestimmt eine Strichliste, wie vielen Leuten du die Uhrzeit geben hast und verkaufst es als deine gute Tat des Tages. Du bist so selbstsüchtig, dass du anderen nicht mal ein Ohr leihen oder Schatten spenden würdest.

Fick dich, der du dein Kind am liebsten bis in den Klassenraum fahren und mit einem Ortungschip versehen würdest, damit ihm bloß nichts passiert. So passiert ihm ja gar nichts mehr. Überhaupt nichts. Klar ist die Welt nicht mehr die, in der du und ich vielleicht groß geworden sind, aber wie soll dein Kind jemals Selbstständigkeit erlangen, wenn du es in eine Plastikblase einhüllst? So wird es lediglich zu einem sozialgesellschaftlichen Emotionskrüppel, der zu blöd ist, einen Pfandautomaten zu bedienen und der ohne unsere menschenfreundliche Gesellschaft mit ihren sozialen Auffangnetzen, die es am Leben erhalten, längst verendet wäre.

Fick dich, der du deinen Abfall und deinen Müll gedankenlos in die Gegend wirfst. Hast du noch eine Erde in der Tasche für die Menschen oder bist du einfach nur zu dämlich, den Mülleimer zu nutzen. Ist der Weg zu dem nächsten Container dir etwa zu weit, möchtest du dir die Mühe sparen, deine Fastfood-Verpackung zu Hause aus dem Auto zu räumen und pfefferst deswegen deinen Scheiß in die Walachei? Gefallen dir die kleinen wilden Mülldeponien, die verranzten Rinnsteine und die vermüllten öffentlichen Flächen? Arbeitest du da mit vielen anderen Vollpfosten an *Abstrakter Konzeptkunst* oder bist du einfach nur ein Scheißegoist, dem diejenigen, die nach dir kommen, am Arsch vorbeigehen?

Fick dich, Religion, die mir das Leben nach dem Tode bunt malt, während sie gleichzeitig das Dasein grau hält. Euer verlogener Konzern scheffelt weiterhin Milliarden und gibt nur einen so minimalen Bruchteil davon zurück, dass Nehmen wohl doch seliger denn Geben sein muss. Ihr verfügt über Macht, Einfluss und ein Vermögen, das wahrlich nicht von dieser Welt ist, und solltet ein moralischer Kompass sein, doch ihr lasst die Menschheit lieber weiter verdummen und an euren verstaubten Ansichten festhalten, weil sie so weiter schön nach eurer Pfeife tanzt. Ihr verstümmelt Menschen, verdammt sie, verblendet sie und schickt sie in den Tod, obwohl ihr das Leben angeblich preist. Wir waren schon längst im Paradies, doch mit eurer Hilfe wurde die Hölle daraus gemacht. Amen.

Fick dich, der du bei jedem Unfall gaffen musst, in der Hoffnung, mal live Blut und Gedärme zu sehen. Werde ehrenamtlicher Helfer in Sierra Leone, geh zu Black Water oder werde Rettungssanitäter, wenn du so was brauchst, aber versuch mal etwas Anstand aufzubringen. Oder konntest du dir diesen mit deinem Handyvertrag, inklusive Smartphone mit zwölftausend Megapixel – Frontkamera – und unbeschränktem Datenvolumen, noch nicht runterladen?

Fick dich, der du angeblich vor Mord und Folter fliehst und in deinem Gastland, was dich aufgenommen hat, Straftaten begehst. So kann man natürlich auch in einem Land verweilen, in dem man sich dort einlochen lässt. Kein Wunder, dass alle krumm wie eine Katze beim Werfen sind, wenn es um Asylpolitik geht, da man sich dadurch auch solche Ratten wie dich ins Land holt. Du pfeifst und furzt auf die Kultur deines Gastlandes, aber wehe dem, der deine mitgebrachte Kultur beschränkt. Kein Wunder, dass Umfragewerte von Populisten explosionsartig dazugewinnen, wenn du ihnen solchen Zündstoff gibst. Aber du arme Sau bist ja so traumatisiert, dass du gar nicht mehr weißt, was Recht und Unrecht ist, und Frauen haben in deinem Land ja eh einen geringen Wert im Gegensatz zu deiner Ehre, oder?

Fick dich, der du nichts in deinem Leben geschafft hast, außer fünf Kinder in die Welt zu scheißen, und dabei fröhlich die sozialen Leistungen abgrast, während du Kind Nr. 6 von Vater Nr. 7 im Ofen hast. Das allein ist ja lediglich nur deiner Kinderfreundlichkeit geschuldet und nicht dem potenziell steigenden Kindergeldsätzen oder der Tatsache, dass du dich ansonsten mit den Arbeitsmaßnahmen und Stellenangeboten tatsächlich auseinandersetzen müsstest. Leider hat es mit deiner Erziehung bei deinen ersten fünf Balgen ja auch nicht so geklappt, wie du es dir vorgestellt hast, obwohl du ihnen ganz tolle hippe Namen gegeben hast wie Daryl Hunter Ramsis Schmitz oder Khloe Denairis Shiva Koslowski. Und da sie dir das Jugendamt abgenommen hat, musstest du es eben noch mal versuchen. Und noch mal und noch mal und noch mal ...

Fick dich einfach, du dummer Mensch, der du scheinheilig das eine sagst und dann doch das andere tust. Nach außen hin möchtest du ja so sehr alles besser machen, aber „DIE" (wer auch immer das ist) lassen dich ja nicht. Es sind immer die anderen und niemals ist es deine Schuld. Du bist ganz allein und kannst ja eh nichts bewirken. Von daher tust du alles, um bloß auf der Stelle stehen zu bleiben, weil ein Schritt woanders hin würde dein Leben unbequemer machen, deine Weltansicht verzerren und dir selber deine Unfähigkeiten aufzeigen. Darum ist es einfacher, Lippenbekenntnisse zu machen, über die Gesamtsituation zu jammern und mit dem Finger auf andere zu zeigen, weil die ja noch viel schlimmer sind als du und dich dabei auch noch klein halten. Du gehst den Weg des geringsten Widerstandes, weil er so schön einfach ist und dich so wenig kostet. Ich schäme mich dafür, zu der gleichen Spezies zu gehören wie du. Dank solcher tiefenbegabten Nullapostel wie dir habe ich kaum noch Vertrauen in meine Gattung, dafür aber Verständnis für jeden Film-Bösewicht und Comic-Superschurken, der die Welt einfach zum Teufel jagen möchte. Damit wären wir wenigstens auch solchen Abschaum wie dich los. Das wäre mir den Preis meines eigenen Lebens sogar wert.

Und bis es so weit ist: fick dich einfach!

VORWORT

Ich kann gar nicht mehr sagen, wann ich mir die Geschichte ausgedacht habe. Ich weiß aber noch, wo mir die ersten Zeilen eingefallen sind. Ich stand vor der Tür unserer Gästetoilette (auch als *Katzenklo* bekannt) und aus einem Grund, den ich jetzt nicht mehr weiß, gingen mir die ersten paar Zeilen durch den Kopf. Das Gefühl, wenn man sich in einen Rausch tanzt und gar nicht mehr richtig spürt, wer einen wo berührt. Wie eine Flasche Schnaps, die abends am Feuer in einer Gruppe herumgeht. Und schon war die Idee geboren. Zu der Zeit hatte ich noch ein oder zwei andere Geschichten, an denen ich am Arbeiten war und die ich gerne vorher fertig stellen wollte, weil ich es hasse, Sachen anzufangen, ohne sie zu Ende zu bringen. Ich kann auch nicht verstehen, wie Menschen mehrere Bücher gleichzeitig lesen können. Aber das gab *Veitztanz* die Möglichkeit, noch etwas zu reifen und sich in meinem Kopf zu entwickeln. Ich glaube, das hat der Geschichte auch gutgetan, denn einige wichtige Elemente, um nicht zu sagen *dramatis personae* (oder besser gesagt *dramatis sonus*), haben sich erst während dieses Reifeprozess ergeben. Wichtig war mir hier auch der Aspekt, mal wieder etwas *Fantastisches* zu verfassen. Gerade da eines der Werke, an denen ich vorher gearbeitet hatte, *Wie war dein Tag?* war, welches in der staubigen und beklemmenden Wüste der Realität spielt. Na ja ... zumindest fast.

Die Idee mit der Musik kam dann während der Heimfahrt im Sommer 2021 aus dem zerstörten Sinzig dazu, wo meine Frau und ich als freiwillige Helfer nach der Hochwasserkatastrophe für ein paar Tage mitangepackt haben. Wir hörten *Letzte Instanz* (keine Ahnung, welches Album) und zack, schon hatte ich eine Idee zu der Darstellung der Wesen der Anderswelt.

Auch war ich mir lange Zeit noch nicht über das Ende im Klaren. Ein Ereignis, welches ich lange nicht mehr hatte, da ich oft eher das Ende im Kopf habe und mir die Vorgeschichte dazu ausdenken muss. Aber genau das ist ja das Schöne bei Kurzgeschichten. Der fixe Bestandteil des offenen Endes, welches dem Lesenden die Möglichkeit gibt, die Geschichte etwas nachwirken zu lassen und für sich selber zu überlegen, wie wohl das absolute Ende aussehen mag.

VEITZTANZ

Für Mel Fuchs,
die mir meine Augen für
das Unsichtbare geöffnet hat

Alles drehte sich um sie, weil sie sich drehte. Hände griffen nach ihr, packten sie, drehten sie wild im Kreis, hoben sie hoch in die Luft und reichten sie an das nächste Paar Hände weiter. Feenlichter tanzten kaleidoskopisch um sie herum und verwirrten ihren Geist wie in einem Fiebertraum. Ihre Glieder waren ein feuriges Echo der Musik. Ihre Gedanken jagten mit Windeseile durch ihren Geist und waren doch so flüchtig wie die Töne, die sie wie das warme Wasser eines heißen Bades umgaben. Vergessen waren die Häscher, die sie durch die Nacht gejagt hatten. Vergessen war die Angst, die sie gefühlt hatte, und der schneidende Wind der winterlichen Oktobernacht, der noch vor kurzer Zeit an ihren Kleidern zerrte. Sie hatte ihre Bundhaube verloren, doch sie konnte sich nicht mehr entsinnen, wo. Ihre Gedanken kreisten im Rausch der Musik sowie ihr tanzender Körper im Irrlichtermeer auf der Lichtung, weit entfernt von daheim. Sie war ihr wohl auf der Flucht in den Wald vom Kopf gefallen. Unziemlich fielen ihr jetzt ihre lockigen braunen Haare auf die Schultern, stoben im Kreise davon, genau wie ihre Röcke. Schweißnasse Strähnen fielen ihr wirr ins Gesicht in der rhythmischen Bewegung ihres tanzenden Körpers. Starke Arme hielten sie, führten sie, reichten sie weiter. Nein, sie flog, wie auf leichten, ganz feinen Wellen. Wellen aus sonderbarer Musik und farbenfrohem Licht hier im Zankteufel-Wald.

Fast jedes Kind kannte die Geschichten über diesen Wald. Pferdefüßige Teufel und hundsköpfige Dämonen trieben hier ihr Unwesen, jaulten und heulten des Nachts und trieben die Menschen zu allerlei Untaten. Doch das stimmte so nicht. Diese Geschichten kamen mit der Verbreitung des Christentums, welches sich wie ein Lauffeuer ausbreitete und alte Bräuche und Wege verzehrte. Zurück blieben nur verkohlte Überreste vergangener Legenden und neu geschürtes Misstrauen sowie Aberglaube. Doch was sich wirklich in dem Wald verbarg, war viel älter als das Kreuz der Christen und existierte schon, bevor der erste Legionär aus der zivilisierten Welt des römischen Imperiums einen Fuß auf dieses vermeintlich barbarische Land setzte. Die alten Stämme der Kelten, Teutonen und Goten, welche durch diesen Landstrich reisten, Jahrhunderte bevor er ein Teil des Germania Magna wurde, hatten diesen Wald schon verehrt und seine Bewohner geschätzt und respektiert. Sie wussten aber auch, dass man jenen Wesen mit Vorsicht begegnen musste, da sie sich oft einen Spaß mit den Sterblichen erlaubten und nicht immer nur Gutes im Sinn hatten.

Doch mit der brennenden Erleuchtung des einen Gottes verschwanden die alten Riten und während die Zeit für den Wald keine Bedeutung hatte, verfiel der Respekt vor der Magie der Anderswelt und wurden durch Furcht und Ketzerei abgelöst. Neue Namen wurden für den Wald gefunden, dabei war er schon so alt wie die Berge. Damals hieß er einfach nur der alte Wald, dann wurde er zum verzauberten Wald. Die Jahreszeiten rannten und die Jahrzehnte verflogen und aus dem verzauberten Wald wurde der verfluchte Wald. Im Zuge der Kartographierung des Reichs von Karl dem Großen erhielt er Anfang des neunten Jahrhunderts seinen jetzigen Namen, den er seitdem innehat. Der Zankteufel-Wald.

Es hieß, wer immer ihn bei Nacht betrat, kehrte nie wieder zurück. Gehörnte Dämonen hausten zwischen seinen Bäumen und zur Sonnenwende trafen sich dort bucklige Hexen mit Teufeln, um sich ihnen hinzugeben und satanische Messen zu zelebrieren.

Davon sah die Frau aus dem Dorf jedoch nichts, als sie aus Furcht in den Wald geflohen war.

Unter dem hellen Vollmond hatte sie ihren Heimweg angetreten, als eine Horde Banditen über sie hergefallen war. Wie aus dem Nichts kamen diese Strolche vermummt, mit tiefsitzenden Kapuzen und Hüten wie Unholde aus der Dunkelheit, packten sie und hielten sie fest. Windend flog ihr die Haube vom Kopf und erst das reißende Geräusch ihrer Kleider ließ sie erschrocken innehalten. Ihr Mieder war vorne gewaltsam aufgerissen und nur noch die Fetzen ihrer darunterliegenden Bluse verbargen ihren bleichen üppigen Busen. Ihr warmer Umhang wurde nach hinten gezogen und die Schließe drückte ihr die Luft ab. Reflexartig griffen ihre Finger nach ihrem Hals. Dann löste sich der Griff an ihrem Umhang und packte stattdessen ihre Gelenke. Raue, nach Erde riechende Hände hielten die ihrigen fest und zwangen sie nach unten. Das stoppelige Gesicht einer schattenhaften Gestallt kratzte an der Haut ihres Halses an ihren Schultern entlang und presste seine lüsternen Lippen auf ihre zarte Haut, während der fauliger Atem des Mannes, der sie von hinten festhielt, ihr Obszönitäten ins Ohr flüsterte. Weitere Stimmen lachten in der Dunkelheit und feuerten ihre Kammeraden an. Sie tobte, schrie und trat aus wie ein Maulesel. Wie eine Furie setzte sie sich zur Wehr, schlug und kratzte um sich. Irgendetwas knackte laut, als sie es mit dem Ellenbogen traf, und jemand schrie lauthals auf, doch sie hörte nicht genau, was die gedämpfte Stimme des Wüstlings von sich gab. Sie hatte es geschafft sich loszureißen und das war alles, was zählte. Als wäre der Leibhaftige persönlich hinter ihr her, stürmte sie davon. Sie hörte hinter sich Gefluche und Gelächter, dann das Wiehern von Pferden. Voller Panik rannte sie um ihr Leben, rannte so schnell wie noch nie zuvor und scherte sich nicht um die zerrissenen Kleider und ihre freiliegende, nackte Haut, die bleich und kühl im Mondschein schimmerte wie frisch gefallender Schnee. Voller Panik und von nichts anderem beseelt als dem Wunsch, zu entkommen, lief sie ohne zu zögern den Pfad entlang in den dunklen Wald. Wäre sie noch bei klarem Verstand gewesen, hätte sie gewiss gezögert, aber so, getrieben von blanker Angst, die wie der kalte Nachtwind durch ihre Seele schnitt, verschwendete sie nicht einen Gedanken daran, dass sie den Zankteufel-Wald betrat.

Die Dunkelheit der Nacht verschlang jegliches Licht und der Pfad, den sie eben noch im Mondlicht vor sich gesehen hatte, wurde schnell zu schattenhaften Schemen, welche sich in der Lichtlosigkeit der Nacht verloren. Hinter sich hörte sie die Pferde laut wiehern und die Männer undeutlich streiten. Unbeirrt lief sie weiter, das schreckliche Schicksal vor Augen, das ihr widerfahren würde, würden diese Wüstlinge sie einholen und ergreifen.

Einige der Männer machten an der Waldgrenze Halt und schickten sich an, diesen zu umrunden, während die anderen die Verfolgung durch den Wald aufnahmen. Mit einer Furcht im Herzen, die sie so noch nicht gekannt hatte, lief sie weiter, tiefer und immer tiefer in den Zankteufel-Wald hinein. Die Äste peitschten ihr ins Gesicht und zerrten mit widerspenstigen Fingern an ihren Kleidern. Ranken und Wurzeln umwickelten ihre Knöchel und versuchten, sie zu Fall zu bringen, während Brombeersträucher da weitermachten, wo ihre lüsternen Verfolger aufgehört hatten. Zerkratzt und gepeinigt trieb es sie immer weiter und die Bäume schlossen sich wie ein Reigen aus schattenhaften Giganten um sie herum. Hatte sie auch während ihrer Hatz oftmals über ihre Schulter zurückgeblickt, wusste sie jetzt nicht einmal mehr, woher sie gekommen war. Alles wirkte gleich und unwirklich. Nebelschwaden stiegen lautlos auf und legten sich wie eine geisterhafte Decke über den weichen Waldboden. Sonderbar still lag der Wald nun vor ihr. Nichts, weder das Knarzen der Bäume im Wind noch das Geräusch der Tiere der Nacht, war zu hören. Still wie auf einem Friedhof vernahm sie nicht einmal mehr das Getrappel der Pferde ihrer Verfolger. Sie lauschte angestrengt und glaubte, ein Wiehern zu vernehmen, doch konnte sie nicht sagen, aus welcher Richtung.

Obwohl der Mond hoch und voll stand, reichte sein Licht nicht aus, um die vorherrschende Finsternis des Waldes aufzubrechen. Da. War das gerade eben ein Ruf, den sie dumpf und weit entfernt gehört hatte oder war das nur die vorherrschende Stille, welche sie anschrie? Verzweifelt und verirrt blickt sie sich um und merkte, wie ihr heiße Tränen über die Wangen liefen, während die Kälte der Nacht mit klammem Griff mehr und mehr ihren halb nackten Körper umklammerte. Mit eisigen Fingern versuchte sie die Fetzen ihrer Kleidung zu richten und wickelte sich so gut es ging in ihren Wollumhang ein. Sie umfasste fest ihren frierenden Leib und hielt die Fetzen ihrer Kleider so an Ort und Stelle. Doch unbarmherzig zog die Kälte durch ihre Glieder in ihre Knochen und ließ sie zittern, wie die Pappeln vor dem Haus ihrer Eltern im Herbstwind. Sie wusste nicht, wohin sie sich wenden sollte, und ähnlich wie die Kälte griff die Angst nach ihr. Erst jetzt wurde ihr gewahr, wohin sie geflüchtet war und Entsetzen ließ ihr pochendes Herz stocken. Als es nach einer gefühlten Ewigkeit wieder weiterschlug, jagte es mit jedem Schlag Panik durch ihren Leib, die ihr rot in die Wangen stieg. Wild sich bekreuzigend begann sie ein Lied aus der Sonntagskirche anzustimmen.

„Der Tag ist nun vergangen, die güld'nen Sternlein prangen am blauen Himmelssaal; also werd' ich auch stehen", sang sie mit zarter, verängstigter Stimme und schritt mit zögernden Schritten weiter durch das dunkel Dickicht.

„Wann mich wird heißen gehen mein Gott aus diesem Jammertal."

Ohne Echo und ohne Hall schwebte ihre Stimme dünn und zerbrechlich durch die unheimliche Stille des Waldes. Ein greller, markerschütternder Schrei hallte durch den Wald und ließ sie erschrocken innehalten. Wie angewurzelt blieb sie stehen, während ihr Herz ihr bis in den Hals klopfte. Sie konnte nicht sagen, was für eine Kreatur dort so jämmerlich aufgeschrien hatte, doch jetzt war wieder alles ruhig und still. Der Wind blies kalt und der Nebel biss feucht in ihre Glieder. Leise summte sie die Melodie des Liedes, bevor sie weitersang. Die Musik gab ihr etwas Halt und schüttelte mit jeder Note und mit jedem Ton etwas mehr die Furcht von ihr.

„*Nun ruhen alle Wälder*", sang sie die erste Strophe nach der Mut bringenden dritten, mit welcher sie unbewusst begonnen hatte.

„*Vieh, Menschen, Städt' und Felder,*
es schläft die ganze Welt;
ihr aber, meine Sinnen, auf, auf,
ihr sollt beginnen,
was eurem Schöpfer wohlgefällt." Neue Kraft strömte durch sie hindurch und obwohl der Wald weiter so dunkel und geheimnisvoll vor ihr lag, war es ihr, als hörte sie das leise Spielen einer Flöhte zu ihrem Gesang.

„*Wo bist du, Sonne, blieben?*
Die Nacht hat dich vertrieben", sang sie nun lebhafter und selbstbewusster.

„Die Nacht, des Tages Feind.
Fahr hin, ein andre Sonne,
mein Jesus, meine Wonne,
gar hell in meinem Herzen scheint."
Kaum waren die letzten Worte aus ihrem Mund in die Kühle der Nacht entfleucht, sah sie zwischen den Bäumen ein zartes Lichtlein. Gedämpft vom Nebel und umringt von der Schwärze der Nacht flackerte es verstohlen zwischen den im Zwielicht unwirklich erscheinendenStämmen der alten Fichten und Kiefern.

„Ist da wer?", rief sie verwundert und machte einen Schritt in die Richtung. Schemenhaft schien das Licht weiter durch die Nacht zu schweben, während graue Nebelschwaden es gespenstisch umgaben. Eine Antwort auf ihr Rufen bekam sie jedoch nicht.

„Ihr da mit dem Licht,", rief sie erneut. „bitte wartet, ich glaube, ich habe mich verirrt." Sie rannte weiter auf das Licht zu. Doch jedes Mal, wenn sie sich umblickte, schien es verschwunden, nur um dann an einer anderen Stelle neben oder hinter ihr wieder aufzutauchen. Sie rief erneut und lief schneller auf das Lichtlein zu, stolperte durch die Nacht, über verborgenes Astwerk und umgefallene Stämme, nur um sich mit jedem Schritt mehr und mehr zu verirren, so dies überhaupt noch möglich war. Vielmehr glaubte sie, dass sie sich mit jedem Tritt an das Licht heran weiter von ihm entfernte. Doch wie konnte das sein?

Erneut machten sich Angst und Hoffnungslosigkeit in ihr breit. Leises hämisches Gelächter erhob sich wie der Nebel aus dem Boden. Bildete sie sich das ein, waren die Dämonen gekommen, um sie zu holen? Sie wusste nicht, wohin, und ihre Arme pressten sich so stark an ihren Körper, als wollte sie das Leben aus sich herausdrücken. Ihr Blick schweifte wild umher und sah doch nur Dunkelheit. Erneut erhob sich ihre Stimme und entließ die Musik in ihrem Inneren in die Nacht hinaus.

„Breit aus die Flügel beide,
o Jesu, meine Freude,
und nimm dein Küchlein ein!
Will Satan mich verschlingen,
so lass die Englein singen:

‚Dies Kind soll unverletzet sein.'" Das Lachen wurde leiser, sank langsam zurück in die feuchte, kalte Erde des Waldbodens und versickerte wie der Regen auf dem Felde. Mit einer Stimme, der keine Angst innewohnte, sang sie weiter.
„Auch euch, ihr meine Lieben, soll heute nicht betrüben kein Unfall noch Gefahr. Gott lass euch selig schlafen, stell euch die güld'nen Waffen ums Bett und seiner Engel Schar."
Da erklang von den Bäumen aus ein Raunen. Sie konnte nicht sagen, woher, doch es war ein Klang, der sich warm in ihren Seelenschacht grub. Wie Musiker, die ihre Instrumente stimmten, bevor sie aufspielten. Dann ertönte wahrhaftig Musik und das Licht erschien ihr wieder. Heller als noch vorhin schien es sich im Takt der Noten zu wiegen. Fremdartige Klänge waren es, die an ihr Ohr drangen, und doch berührten sie sie und ließen ihr verkühltes, verängstigtes Herz nun frohlocken. Erst zögernd, dann begierig, mehr zu erfahren, schritt sich sachte weiter auf das Licht zu. Ein warmer Wind wehte ihr entgegen und vertrieb die Kälte der klammen Nacht und sonderbare Stimmen, die scheinbar in die Musik verwoben waren, nannten ihren Namen. Sie lockten und riefen sie und auch wenn sie ihr Verstand anschrie, den sonderbaren Klängen nicht zu folgen, da sie ansonsten verloren wäre, sie konnte dem kaum widerstehen. In einem letzten Akt der Verzweiflung beschwor ihr Unterbewusstsein die Bilder von Vater und Mutter herauf, die zu Hause mit sorgevollem Gesicht auf ihre Rückkehr warteten, doch es war so hinreißend, sich dem Klang der Musik hinzugeben. Mit jedem Schritt, egal, wie zögerlich sie ihn auch setzte, verlor sie den Halt auf dem Boden.

„Wenn ich weitergehe, kehre ich niemals mehr zurück", flüsterte sie unter Aufbringung ihrer letzten Willenskraft. „So lasst mich gehen, ihr guten Geister und will fortan immer brav und artig sein." Ein Ton ergriff sie, ganz sanft und zart. Es war nicht nur ein Ton, es war ein Ton, der nur für sie gemacht war, der nur für sie gespielt wurde. Der einzig und allein für sie existierte. Er umspielte sie wie ein leichter Wind und blies die letzte Kälte aus ihren Gliedern. Vor ihr schwebend schwoll er an, lud sie ein aufzusitzen und mit ihr durch die Nacht zu reisen. Ein letztes Mal sträubte sich ihr Verstand, dann fiel ihre Gegenwehr zusammen, wie ein Reisigdach, welches dem Sturm nicht standhielt. Tanzenden Schrittes eilte sie dem Ruf entgegen und schwang sich mit dem Ton davon. Vergessen war das Angesicht von Vater und Mutter, dafür trug sie ihr Ton durch den dunklen Wald hinauf in das dunkle Himmelszelt. Sie streiften durch Firmament und Sternengewölbe, die glitzernden Trabanten scheinbar so nah, dass sie sie ergreifen konnte. Andere Töne erhoben sich aus dem Dunkel des Waldes und stiegen wie akustische Glühwürmchen empor. In wilder Kakophonie gesellten sich die anderen Töne zu ihr, vereinzelte Laute, Rufe und Schreie. Hier und da auch ein erregtes Stöhnen.

Sie tollten frei umher, sprangen neben- und übereinander und auch sie sprang nun von Ton zu Ton, wirbelte mit ihnen umher und ließ sich ein Stück weit von ihnen tragen. Je schneller sie sich bewegte, so schien es ihr, umso mehr Töne banden sich an sie wie ein akustischer Blumenstrauß. Nein, wie ein musikalisches Gespann der edelsten Rösser vor einer glamourösen Kutsche. Nein, auch nicht. Wie ein Meer aus Geräuschen, eine Welle der Klangharmonien, die über sie einbricht, sie umspült und einfach mit fortreißt. Ein Meer von Klängen, Akkorden, Kadenzen, eine Symphonie der Unendlichkeit. Mal fröhlich wie der gesellige Abend im Wirtshaus, mal von Trauer durchzogen wie bei einer Beerdigung, mal aufwühlend wie der Herbstwind, der die Blätter aufwirbelt, mal besinnlich wie die Sonntagsandacht. Der Macht der Musik verfallen ließ sie sich führen, gab sich hin, ergriff die Initiative und bestimmte nun selber den Takt. Wohltuende Wärme und bunte Lichter gesellten sich zu ihren akustischen Gefährten, leuchteten ihr ein schillerndes Bild und gliederten sich ein in das Ensemble der Dirigentin, die sie nun war. Eine Symbiose, eine Vereinigung von Licht und Schall.

Und über allem schwebte ihr Ton, der zusehend, wie ein heimlicher Beschützer, abseits des Geschehens stand und doch mittendrin.

Der Nachtwind schien von irgendwoher die Blätter im Takt dieser Musik schwingen und rauschen zu lassen. Der Nebel bildete obskure Gebilde und Gestalten, welche sich ebenfalls im Rhythmus der Kadenzen bewegten, wanden, drehten. Sie reichte ihnen die Hände als Aufforderung und fühlte das Fleisch der Haut ihrer Mittänzer. Mal fest, mal wollig-weich, mal von heißer, lustvoller Temperatur, mal kalt und feucht, wie der Nebel selber. Ein Reigen war auf der Lichtung im Zankteufel-Wald entstanden und zu betörender Musik und bunten Irrlichtern tanzten Feen, Kobolde und Faune ausgelassen und friedlich in euphorisierender Ekstase. Doch zum ersten Mal seit endlos langer Zeit war ein Mensch unter ihnen und wiegte sich rhythmisch im betörenden Klang der zauberhaften Töne, die allerhand fremdartigen Instrumenten entsprang. In einer schier endlosen Abfolge der Dynamik jagte Forte das Crescendo, wurde zum Mezzoforte, um dann, wie ein dickes Knie, zu einem Mezzopiano abzuschwellen. Wie in einer Schlacht fochten die Instrumente gegeneinander und waren doch verbunden in Harmonie. Während einige mit einem Forzando zum Angriff spielten, zog sich manches Instrument im Diminuendo zurück. Hier und da trat Verstärkung auf das akustische Schlachtfeld und mancher Akkord kehrte als Forzando zurück, da ihm das Rinforzando eines anderen den Weg ebnete.

Das Menschenkind wirbelte und drehte sich zu der auf- und abwogenden Dynamik der Musik. Wie im Rausch tanzte es durch die Reihen der Wesen wie ein Derwisch. Ihre hemmungslosen, hingebungsvollen Bewegungen heizten den Tönen ein und forderten sie still zu neuen Harmonien heraus, welche diese verheißungsvoll annahmen. Gegenseitig stachelten sie sich an und trieben sich immer weiter zu neuen Höchstleistungen an. Akrobatische Verrenkungen wurden mit wilden Melodien beantwortet, sanfte Harmonien erhielten sinnlich vollführte Gebärden zum Dank. Wie ihre Kleider so waren auch die Gedanken an ihr Heim vergessen, verloren im Rausch der Bewegung und versunken in dem Meer der freien Töne, die wild umhersprangen wie eine Herde aus Wildbret.

Schweißgebadet brach sie alsdann zusammen, erschöpft von der Tanzwut, welche sie ergriffen hate, nahm sie nur schemenhaft die Bewegungen der übrigen Teilnehmer an diesem Fest wahr. Ihr Blick glitt starr geradeaus zu ihrem Ton, den sie nun wieder wahrnahm. Er bog und wand sich, so wie sie bis vor wenigen Augenblicken. Er war wie die geisterhafte Bewegung eines Raubtiers, bäumte sich auf und streckte sich kraftvoll.

Sie spürte, wie sein Anblick ihren schlaffen Körper belebte, wie neue Vitalität sich in ihren müden Gliedern breitmachte. Sie erhob sich und wollte erneut auf die Musik aufsteigen, doch da war nur ihr Ton, welcher die anderen von ihr fernhielt, während er sie magisch zu sich hinzog. Ihr kam es vor, als schwebte sie über den weichen moosbewachsenen Waldboden. Vorbei an allen anderen Tönen, Lichtern und Wesenheiten um sich herum, bis sie ihrem Ton ganz nah war und ihre Arme um ihn legte. Voller Erregung spürte sie sein Timbre, seine Berührung auf ihrer Haut, auf der ein leichter Schweißfilm glänzte. Eng umschlungen tanzten sie zu einem Rhythmus, der ihnen beiden entsprang. Wie Partitur und Antipartitur scheinen sie zwei Dinge desselben Ganzen zu sein.

Zögerlich kommen die anderen Töne wieder, erheben sich erneut als Crescendo aus dem Hintergrund, während ihr Ton sich in ihren Armen verändert. War er eben noch ein Geräusch, was durch ihren Verstand gezogen war, hatte sie jetzt eine Gestalt im Arm. Hochgewachsen, schneeweiß und schön wie der Vollmond war ihr Antlitz. Die weiche, makellose Haut stark und warm. Die Augen ihres Tons waren schwarz wie der Nachthimmel und alt wie die Erde. Wäre sie nicht schon dem Spiel der Feen verfallen, hätte sie sich bei einem Blick in diese Augen verloren. Und doch hielt sie seinem Blick stand, während sich die Töne um sie scharrten und die Musik nur noch für sie beide zu spielen schien. Im seichten Schwung ihrer sich rhythmisch bewegenden, nackten Körper kamen seine bleichen Lippen den ihren immer näher.

„Ein Kuss meiner Lippen kostet dich wohl ein Jahr, Menschenfrau", spricht ihr Ton und sein Klang fährt ihr warm durch den Körper. „Doch dafür zeige ich dir Zauber und Träume, von nie geahnter Schönheit." Sie kann seinen Atem schmecken. Er ist klar und kalt, wie die Morgenluft. Sie dreht sich weg, übernimmt unter Aufbietung aller Kraft ihrer Seele die Führung im

Tanz, lässt seine Hand jedoch nicht los. Sie stößt sich weg, zieht ihn heran und lässt sich von ihm im Kreis drehen. Ihre Beine bewegen sich unabhängig erfüllt von Klängen und Leidenschaft, als hätten sie ein Eigenleben, währen ihre Hände sich nicht von seinem Körper lösen können. Kindliche Freude entflammt in ihr, wie damals, als Vater ihr zum Geburtstag eine neue Holzpuppe geschenkt hatte. Sie spürt die Erregung ihres Tons und sein Verlangen. Er will sie. Und sie will ihn, will sich in seinen Armen verlieren und ihn in ihrem Schoß willkommen heißen. Es wird ihr Verderben sein, doch sie kann und will dem nicht widerstehen. Die Kämpferin in ihr, die den Banditen auf der Straße entkommen war, neckt ihn, gabt sich abweisend, unnahbar und wollte erobert werden. Voller Verzücken lässt er sich auf ihr Spiel ein, lässt sich von der Sterblichen führen, deren eigene Musik ihn so verzaubert hat, bis er sie fest im Arm hält. Erregt heben und senken sich ihre festen Brüste, während sie nach Atem ringen. Er hält sie sicher in seinen Armen, aus denen sie nicht mehr entkommen kann. Ihre Finger streichen über seine Haut und nehmen sein schönes Gesicht zwischen ihre Hände.

„Wenn mich dein Kuss ein Lebensjahr kosten soll, o du mein Ton, so sorge dafür, dass ich es nicht bereue", raunt sie. Ihr Ton lächelt sie warm und voller Liebe an.

Als sich seine Lippen auf die ihren legen, ist sie ihrer Welt schon weit entrückt und das erste Licht fällt auf das Laub von den Höhen. In den Strahlen werden die Töne zu grauem Rauch und die bunten Feenlicht zu kalten Nebelschwaden. Beide Wesen, der Ton und die Frau, schmelzen zu einem Zauber fern von Raum und Zeit, während die Welt sich wieder in ihrer geordneten Bahn bewegt.

Hell steht der Tagesstern nun über dem Wald. Surrende Fliegen schwirren durch die Luft und ein metallischer Geruch hängt schwer über dem nordwestlichen Eingang des Pfades durch den Zankteufel-Wald.

Reisende Händler, die zu dem Dorf auf der anderen Seite des Pfades wollen, erblicken voller Furcht die Überreste von zwei Reitern. Am Waldesrand liegen sie leblos wie Dreck, den man vor die Tür gekehrt hat. Ihre Pferde waren sattellos an den Bäumen neben ihren Leichnamen angebunden. Ohne Kleidung oder andere Habseligkeiten wusste niemand, um wen es sich bei den beiden handelte. Einer hatte ein gebrochenes Nasenbein. Ansonsten machten ihre verdrehten Glieder und das grässlich entstellte Antlitz eine Wiedererkennung nahezu unmöglich. Sie mussten sich nachts in den verfluchten Wald verirrt haben und die Dämonen hatten diesen armen Seelen die Haut vom Leib gezogen. Die Zunge und die Genitalien waren ihnen abgerissen worden. Ihre Augen waren weit aufgerissen und blickten voll starrem Entsetzen ins Nichts. Der Ausdruck von entsetzlicher Furcht und unbeschreiblichem Grauen war noch deutlich in ihnen zu erkennen, als hätten sich ihre letzten, qualvollen Augenblicke dort für immer eingebrannt und der Zankteufel-Wald war wieder um eine Legende reicher.

VORWORT

Haben Sie sich Gedanken um ihre Zukunft gemacht? Ich meine nicht solche essentiellen Fragen wie: Was wird aus mir? Was bringt uns die Zukunft? Wie viel kann die Welt noch ertragen? Haben Sie schon mal gezählt, wie viele Tage Sie noch arbeiten können, dürfen, wollen, müssen? Was dann? Was machen Sie in Ihrem Ruhestand? Haben Sie schon mal davon geträumt oder sich sogar einen Plan gemacht?

Jeder von uns hatte sich doch damals felsenfest vorgenommen, was er mit seinem ersten (Ausbildung-)Gehalt anfangen wollte. Letzten Endes hat man es dann doch meistens anders verwertet.

Wie schaut es mit Ihrem ersten Tag in Ihrem Ruhestand aus? Was werden Sie an diesem Tage tun oder nicht tun, an dem ein neues Leben, jenseits des geregelten Arbeitsalltags für Sie anbricht?

DER ERSTE TAG
Eine utopische Idee für den Ruhestand

Für mein zukünftiges Ich

Ich stehe auf, kratze mich und gehe aufs Klo. Es ist acht Uhr morgens und meine Frau ist schon zur Arbeit. Ich bin sehr glücklich, dass ich erst jetzt wach geworden bin und nicht durch ihren blöden Wecker, den sie dann auch noch mindestens dreimal (der Rekord liegt bei fünfmal) weiter auf Schlummern stellt, um den grausamen Moment des Aufstehens noch hinauszuzögern. Ich habe bis heute nicht verstanden, warum sie den Wecker nicht einfach eine Viertelstunde später stellt und direkt aufsteht, aber ich glaube, es ist eine Art masochistische Veranlagung, den Wecker lieber mindestens dreimal zu hören, damit man auch bloß mehr vom Aufstehen hat.

Trotz dem, dass ich die Nacht dreimal wach geworden bin, um Pinkeln zu gehen, fühlt sich meine Blase voll und geschwollen an. Es ist ein schneidender Schmerz, der mir den Eindruck vermittelt, dass sie jeden Moment platzen könnte. Das Einhalten ist über den Zustand des Unangenehmen längst hinaus und mein Unterleib verkrampft sich, aber es ist ein hervorragendes Beckenbodentraining.

Im Badezimmer angekommen ist das Wasserlassen ein wahrer Segen. Der Moment, wenn der Krampf sich löst und der Schmerz nachlässt. Es heißt ja scherzhaft, der Auswurf ist die Auster des kleinen Mannes. Ich erweitere diese Weisheit um die Behauptung, das morgendliche Wasserlassen ist der Orgasmus der Übersechzigjährigen. Das ist für uns alte Knacker mittlerweile besser als Sex.

Es plätschert lautstark in der Kloschüssel und ich verdrehe dabei die Augen, während ich ein leichtes Stöhnen der Erleichterung von mir gebe. Wie heißes Soda spült der Urin mit einem leichten Brennen durch meinen Harnkanal und reinigt ihn dabei gleichzeitig.

Ich betätige die Wasserspülung, kratze mich noch mal und putze mir dann die Zähne. Gestern noch hätte ich vorher eine

Hand voll Tabletten gegen alle möglichen Zipperlein des Alters eingeschmissen (Blutdrucksenker, Vitamine, Omega-3-Kapseln für das Herz und so weiter), aber heute habe ich eine bessere Idee zur Feier des Tages.

Es ist mein erster Tag als Rentner und an so einem Tag nimmt man seine Pillen nicht mit einem Schluck Wasser. Man nimmt sie mit einem guten Schluck Whisky-Cola. Scheiß auf eventuelle Nebenwirkungen. Nach meiner Erfahrung nimmt man bei so was Nervendem wie eventuellen Nebenwirkungen einfach nur einen Schluck Whisky, ohne Cola. Und das Ganze macht man dann so lange, bis die Beschwerden weg sind.

Offiziell bin ich auch noch gar nicht Rentner. Diese hochdekorierte Bezeichnung bekomme ich erst in gut einem Monat. Die korrekte Bezeichnung ist „beurlaubt". Ich glaube, keiner geht einen Tag vor seinem Austritt aus dem Arbeitsleben noch zu der Maloche, wo man die letzten Jahre geackert und geschuftet hat, außer er war wie ich im öffentlichen Dienst. Wobei man fairerweise sagen muss, dass es auch dort Abteilungen gibt, in denen man tatsächlich arbeitet. Hart arbeitet sogar.

Ich für meinen Teil tue das schon seit etlichen Jahren nicht mehr. Ehrlich gesagt machen manche Leute Urlaub so, wie ich arbeite. Ich bin nicht stolz darauf, aber was soll man machen, wenn der Job einfach nicht mehr Arbeit abwirft. Im Großen und Ganzen spiegelt das sogar den Geist der Zeit wider. Als Zeitzeuge der technischen Revolution entstand eine neue Lebensweise: Generationen von ambitionslosen Krüppeln, die erst mal eine Woche Ferien nach dem Urlaub benötigen und deren allgegenwärtige Langeweile sie nahezu an den Rand des Burn-outs gebracht hat. Früher war ein Bandscheibenvorfall die Volkskrankheit der produktiven Länder dieser Erde, heute sind es Depressionen über die Sinnlosigkeit des Seins und die spirituelle Leere eines jeden, die man ausgiebig mit *Amazon-Ex*, *Google Transworld* und *Virgin/ Appel-Soft Inc.* versucht zu kompensieren.

Jetzt nehme ich also meine verbleibenden Urlaubstage und Überstunden (vielen Dank Kernarbeitszeit), um mich schon mal auf das Ende meines Berufslebens vorzubereiten.

Ich schmeiße mir den Bademantel über und schlurfe in die Küche. Ich liebe es, in Kühlschränke zu gucken, selbst wenn ich nichts essen will. Der Anblick eines vollen Kühlschranks und der sich daraus bietenden Möglichkeiten, eine schmackhafte Mahlzeit zu kreieren, war für mich schon immer ein Aufheller, ganz egal ob Synthi-Nahrung oder frische. Ich hasse leere Kühlschränke. Sie kommen auf meiner Hassliste direkt auf Nummer zwei. Unangefochten auf Platz eins bleiben Staus auf den Super-Highways und rote Ampeln. Danach folgen so Banalitäten wie Schimmel in der Wohnung, Hundekacke auf meinem Rasen und Faschisten, was ja irgendwie alles dasselbe ist. Aber ein voller Kühlschrank ist toll, wie homöopathische Antidepressiva der einfachen Art. Ähnlich wie der Kontostand kurz nach dem Gehaltszufluss.

Apropos Antidepressiva, ich muss meine Tabletten nehmen, aber der Zahnpastageschmack würde dafür sorgen, dass der erste Schluck Whisky-Cola verdorben wird. Also warte ich noch etwas.

Ich stelle mir ein kleines Frühstück aus Gen-Pfefferonen, Sojafeta- und echtem Goudakäse, sowie einigen Minifrikadellen aus Klebefleischresten zusammen und garniere dieses Fingerfood-Frühstück mit einem Klecks süßem Senf und scharfem Ketchup mit so viel Zucker darin, dass ich damit bis nach Moskau joggen könnte. Das Frühstück der Champions.

Am liebsten hätte ich Cheeseburger, doch ich bin zu faul, um zu dem *McDisney* um die Ecke zu fahren. Außerdem sind mir die Preise zu teuer, nachdem diese *Pizza Box* aufgekauft und sich *Kentucky Fried Burger* im Zuge eines weiteren Konzernkrieges einverleibt haben. Nach diesem Gerangel um die Rohstoffe und Marktanteile auf der Welt (und ja, Menschen zählen mittlerweile auch als nachwachsender, billiger Rohstoff) wurde unter anderem die weltweite Fleischproduktion auf die neuen Megakonzerne aufgeteilt und monopolisiert. Was ist nur aus der Zeit geworden, als Politiker für ihr Land einen Krieg vom Zaun brachen und nicht die Spielzeugsoldaten der Vorstände waren? Verdammt noch mal, dieser Clown Ronald McDonald würde sich im Grabe umdrehen, wenn er wüsste, was eine Maus und eine Ente jetzt in seinem Namen alles verbrochen haben. Von Colonel Sanders ganz zu schweigen.

Ich schlendere mit meinem Essen in der Hand in die Mediathek. Jenem Ort, an dem sich alle historischen und prähistorischen Mediengeräte und Datenträger unseres Haushalts befinden. Hier gibt es noch Kuriositäten wie Schallplattenspieler, eine *Wii* und irgendwo müsste auch noch die VHS-Kassettensammlung der *Star Wars*-Trilogie, der ersten wohl gemerkt, von 1984 stehen. Ich ziehe eine DVD-Hülle aus einem der Regale und mache den alten Blu-ray-Player an. Der Laser-TV wirft ein zweidimensionales Bild an die Wand. Zur Feier des Tages gibt es *Scrubs*, die Musical-Folge, die mir immer gute Laune beschert und während ich musikalisch im *Sacred Heart* willkommen geheißen werde, verspeise ich mein Frühstück.

Jetzt ist auch der Geschmack der Zahnpaste dahin. Endlich.

Ich gieße mir einen Jim Daniels ein, den ersten von vielen, die ich mir heute vorgenommen habe, während ich der Smart-Verbindung meiner Wohnung mitteile, was für Musik ich gerade gern hören möchte. Meine Wahl fällt auf „Himmelblau" von *Die Ärzte* und ich genehmige mir zu dem Whisky und den Medikamenten eine Zigarette mit etwas sportlichem Zusatz in Form von Marihuana, natürlich medizinisches. Noch hält sich meine Wollust zurück, doch ich weiß, je mehr ich trinke, umso spitzer werde ich. So war es schon immer und noch während ich den süßen Rauch inhaliere und an dem Drink nippe, beginnt sich meine Hodenmaus in ihrem Beutel langsam zu regen.

Draußen geht die Welt vor die Hunde, auch das war schon immer so. Not und Elend, Krieg, Hunger, Seuchen und Naturkatastrophen. Man kann die Uhr danach stellen, was gerade das Hauptthema in den Nachrichten ist. Eine Sintflut, eine Epidemie, ein machtgeiler Populist, der schwelende Konflikte anfacht, Abrüstung, Aufrüstung, Entrüstung oder andere radikale Elemente. Verträge, Sanktionen und Gezanke um die Vorrechte für das Space-Mining auf Brocken XYZ und Mond 123. Es eskaliert eh, wie meine Frau immer sagt, doch mir ist es herzlich gleich. Sylt ist weg, genau wie Venedig, und der Großteil der Niederlande steht unter Wasser. Im Ruhrgebiet gibt es jetzt Wasserkanalstraßen und der Yellowstone-Vulkan hat die Hälfte der USA unbewohnbar gemacht. Na und?! Solange die Weltbevölkerung immer noch steigt, kann es mit den Toten dieser Katastrophen ja nicht so schlimm sein. Bei über zwanzig Milliarden Menschen auf der Erde sollte man über jeden froh sein, der ins Gras beißt, damit es nicht ganz so eng wird.

Irgendein Arschloch droht einem anderen Arschloch mit Krieg. Ich weiß nicht, ob mal wieder die Amis irgendwelchen Schlitzaugen, die Araber den Amis oder die Russen dem Rest der Welt drohen. Es ist mir auch völlig gleich. Ich habe meinen Teil zu dieser Welt beigetragen und versucht, sie so gut ich konnte zu einer besseren zu machen. Jetzt sind andere am Drücker und werden genauso versagen wie ich. Mich interessieren weder die Zahlen der Menschen ohne sauberes Trinkwasser in der Welt noch die ganzen Hochglanzpromis, die auf den roten Teppichen ihrer eigenen Charity-Veranstaltungen auf- und ablaufen, um sich selber zu feiern. Alles Lug und Trug, Schall und Rauch, Musik und Zigaretten. Wenn ich heute ein hungerndes Kind in den Nachrichten sehe, denke ich nur: Besser du als ich! Erschütternd, ich weiß, aber seien wir mal ehrlich: Wenigstens ist es die Wahrheit, so bitter sie auch klingt. Und ich weiß, dass unterbewusst ein jeder schon so gedacht hat.

Ich gieße mir den zweiten Drink von heute ein und mache es mir in meinem Lieblingssessel bequem. Ich habe mir dicke Socken angezogen, weil ich unter notorisch kalten Füßen leide und zu geizig bin, die Heizung weiter aufzudrehen.

Jetzt endlich schließe ich mir die Dioden der Smartlink-Verbindung an und verlasse meinen Körper. Die neuste Generation der Com- Konsolen kann das per Transcom-Verbindung des in dem Nutzer integrierten Smart-Implantats, doch ich bin zu alt, um mir so einen Schrott unter die Haut pflanzen und mir eine Linkverbindung an mein Großhirn heften zu lassen. Und so geht es ja schließlich auch. Mikrodendriten bohren sich in meine Haut und verknüpfen sich mit den Nervenverbindungen in meinem Körper. Bei den neuen Geräten kann man eine Zugabe von Nanobots, sogenannte Nanieten, beifügen. Diese haften sich dann an die Nervenbahnen und erhöhen die Impulsübermittlung. Je mehr man davon nutzt, desto besser die Übertragung. Ähnlich wie ein Jenga-Turm bauen diese kleinen Nano-Scheißer auf den bisherigen auf und verwachsen dauerhaft an den Nervensträngen. Durch die Nano-Partikel aus Platin und Titan verbessern sich die unipolaren Leiter in dem Körper des Nutzers und sorgen für eine höhere Leitfähigkeit und Verknüpfung der Neuronen. Wie wenn man ein Kupferkabel gegen Glasfaser austauscht. Das fehlt mir gerade noch, dass mein alter Körper wertvoller wird als mein Auto. Angeblich sorgt diese Verzweigung, welche sich bei jeder Nutzung wie ein Pilzmyzel mehr und mehr im Körper verbreitet, für eine verbesserte Leitfähigkeit sowie Speicherkapazität von Nervenzellen. Hinzu kommt wohl auch eine wahlweise Stimulanz von Muskulatur als auch der Hirnkapazität. Sprich, man wird fitter, schlauer und schneller. Sowohl das Leistungsniveau als auch die Anforderungen an die arbeitende Masse haben sich dadurch exorbitant gesteigert. Und das in einem kurzen Zeitfenster von weniger als zehn Jahren. Natürlich gibt es diese Vercyberung der Menschen nicht überall und auch nicht für jeden. Als Erstes profitiert ja sowieso das Militär von so etwas, danach die Gauner und Ganoven und dann irgendwann die Cops, die Medizin und so weiter. Ein Hoch auf den Staat Deutschland und seine langsamen bürokratischen Mühlen. Hier gibt es solche Geräte nur als Beta-Version für eine Probegruppe von … irgendwem. Auch wenn man nach dem Reaktorunfall an der französischen Grenze das Protektorat von Westeuropa übernommen hat, hat man hier noch Zeit für bürokratisches Rumgehampel und endlose Diskussionen. Selbst nach dreihundert Jahren halten wir noch an diesem preußischen Erbe fest. Der Alte Fritz wäre stolz auf sein Volk von Bürokraten.

Die ersten Diodenpaare klebe ich mir an die Schläfen, sodass die Dendriten sich in meinem Frontallappen einnisten. Das zweite Paar kommt im Nacken auf die Höhe des Axis-Halswirbels und punktiert mir meine Medulla oblongata. Von dort verbindet es sich und wandert über mein Kleinhirn bis in die Verästelungen der Großhirnrinde. Zuerst tut es weh, doch nur kurz. Ein schneller, beißender Scherz, dann kommt Schweben, Fallen und zum Schluss Fliegen. Während ich mich in meinem Sessel zurücklehne und die Verbindung hergestellt wird, erscheint vor meinem geistigen Auge die neue Welt. Sauber, geordnet, digital. Das virtuelle Mainframe bringt mich zu meiner Holoauswahl. Ich sehe wer *on deck* ist. Mein alter Freund Nico tummelt sich bestimmt als Geisterjäger in einer virtuellen Abbildung einer x-beliebigen Stadt der Welt herum, während er einen vollbeweglichen Klasse 5 Dunst zur Strecke bringt oder er ist in einer seiner Holo-Hütte beim Angeln. Ich werde gleich in die „Open Fantasy Area" gehen und mich als mein Alter Ego aus meiner Zeit im Liverollenspiel wieder stark und jung fühlen. Ich freue mich darauf, das imaginäre Gewicht meiner Rüstung zu fühlen sowie den Griff von Hammer und Schild. Als eine Art virtueller Halbgott ziehe ich durch saftig grüne Wälder und verschneite Gebirge, wie ich sie aus meiner Jugend noch kenne. Einige andere werden vielleicht auch da sein. Ich liebe es, mit ihnen an einem Feuer zu sitzen (während ich mich in der realen Welt immer mehr betrinke), zu singen und uns im Leben eines virtuellen Dorfes wie aus den Romanen von Robert E. Howards oder Andrzej Sapkowski wiederzufinden.

Doch jetzt sehne ich mich nach etwas anderem. Etwas Handfestem. Ich giere nach Kampf, Blut und Sieg. Ich weiß gar nicht mehr, wann ich das letzte Mal einem Gegner den Schädel zermalmt und seine Knochen gebrochen habe. Ich glaube, zur Feier des Tages werde ich heute für den ersten Kill noch nicht mal meine Waffen benutzen.

Die vollkommene Illusion, gemünzt auf meiner Fantasie, meinem Selbstrestbild und der Manipulation meines Nervensystems, umfängt mich, katapultiert mich mit Lichtgeschwindigkeit in den Cyberspace und in die Freiheit. Reisen ohne Bewegung.

Meine neuronalen Impulse katalysiert über die angezapften Synapsen in mir, meine endokrinen Sekretionen stimuliert, zusammen digitalisiert, gefiltert und in Form einer neuen Realität direkt zur Verfügung gestellt. Alle Informationen, Gerüche, Geschmack, Berührungen, alles hochgeladen in den *Virtual Space*, ausgewertet und hololytisch direkt in dein Hirn impliziert. Eine perfekte Illusion in einer unperfekten Welt. Wer sorgt sich schon um das Leid der Erde, wenn man in seinen Träumen im Hyperlink-System leben kann.

Der Whisky und das Weed wirken und ich gehe auf die *Ü 18 Decks*. Es kostet zwar, doch das ist es mir heute wert. Ich habe es mir schon hin und wieder mal gegönnt und somit habe ich dort meine favorisierten Holosdocks. Heute nehme ich mir Zeit und werde es mir ordentlich besorgen lassen. So wie ich es will, ohne auf die Bedürfnisse, die Vorlieben und die Neigungen eines anderen zu achten. Heute geht es nur um mich.

Vorstellungen fließen vom Stammhirn ins Space und von dort zurück in meine Großhirnrinde. Vielleicht lass' ich es mir heute sogar zweimal besorgen. Und danach definitiv wieder ein Drink. Lüsterne Gedanken regen sich und werden zu einer Welle der Lust.

Ich hole mir noch einen guten Tropfen, bevor ich die reale Welt endgültig verlasse und ins HLS abtauche. Der Whisky in meinem Glas ist vierundzwanzig Jahre alt, die beiden Ladys in den sexy Outfits nicht ganz. Eine wollüstige Rothaarige mit breiten Hüften und üppigen Brüsten, die andere eine schlanke Asiatin mit sportlichen Rundungen und großen Rehaugen. Beide wissen, was ihnen blüht, und beide wollen es. Die Asiatin zeigt mir, wie gut sie die Rothaarige abgerichtet hat und bezieht mich in ihre Demonstration mit ein. Ich teste beide, ob sie meinen Wünschen, meinen innersten Obsessionen, gerecht werden. Sie tun es.

Ich reguliere den Empfindungstransmitter und stelle die Übertragung auf Maximum.

Es ist ein heißer Ritt auf einer Rasierklinge. Der Whisky brennt angenehm in meinen Eingeweiden, das Szenario ist scharf und einschneidend. Solche Spiele kann ich von meiner Frau nicht erwarten. Solche Spiele will ich auch gar nicht von meiner Frau erwarten.

Ich stehe in Flammen und muss mich zusammenreißen, da ich mir ja Zeit lassen will. Ich sage den beiden, was sie machen sollen. Mit sich, mit mir, mit uns. Aus dem devoten Gehorsam der beiden wird ekstatisches Stöhnen und dann gierige Schreie nach mehr. Ich weiß nicht, ob sie digital-fiktiv sind oder ob ich gerade einen oder zwei realen Personen eine heiße BDSM-Session verpasse. Es ist mir auch gleich. Über so etwas mache ich mir längst keinen Kopf mehr und schon gar nicht heute.

Ich weiß nur, ich bin ich, auch hier ... na ja ... vielleicht zwanzig Jahre jünger. Mein Profil ist offen und jeder kann ersehen, mit wem er es zu tun hat. Mein Restbild in diesem Szenario ist nur etwas retuschiert und wer darauf achtet, wird sehen, dass die schwarze Farbe meiner Kopf- und Gesichtsbehaarung wie mit einem Lineal gezogen ist und sich in meinem Gesicht deutlich mehr Falten eingenistet haben müssten. Doch ansonsten ist alles an mir so real es in einer Transzendenten-Smart-Link-Übertragung sein kann.

Wir wechseln die Stellung, die Schnürung, das Spielzeug und ich genieße jeden Moment davon wie ein saftiges Steak. Der Clip geht fast eineinhalb Stunden mit einer kurzen Pause, in der die Damen ohne mich spielen und zu meiner Freude um meine Aufmerksamkeit buhlen. Sie kämpfen, ringen sich nieder, beißen und spucken. Die Gewinnerin darf zuerst kommen, die zweite muss zusehen. Als ich endlich explodiere, tanzen Sterne durch mein Hirn, während mein Körper auf beiden Ebenen zittert. Ein Orgasmus wie ein Erdrutsch. So was schafft die Realität nicht.

Ich versuche, meine Atmung zu beruhigen und mein Herz davon abzuhalten, in meiner Brust zu implodieren. Das hat gutgetan, sogar so gut, dass mein ganzer Körper, vom Scheitel bis zur Sohle, es physisch gespürt hat. Jetzt brauche ich eine saubere Hose.

Benommen und mit schwachen Beinen torkele ich ins Bad und mache mich etwas frisch. Die Zigarette danach untermalt mir mein Home-Smart-System mit „Der brennende Komet" von *Lacrimosa*. *Gute Wahl*, denke ich und belobige mich still für meinen exquisiten Musikgeschmack.

Dann nehme ich wieder Platz und tauche wieder ab. Ich verfolge nun, befreit von dem brodelnden Verlangen nach sexueller Befriedigung, mein eigentliches Vorhaben und betrete die virtuelle Welt des Mittelalter-Fantasy-Holos. Hier ist alles an Kreaturen aus diversen Filmen, Literatur oder Rollenspielsystemen vertreten. Von Warhammer bis J. R. R. Tolkien, von Das Schwarze Auge bis R. A. Salvatore. Ich hätte auch auf die speziellen Holo-Seiten der einzelnen Genres gehen können, aber warum sollte ich das, wenn es hier doch alles auf einmal gibt, gepaart mit einem Schuss eigener Kreativität und Fantasie. Alles ist hier vertreten, alles ist hier möglich, alles ist hier erlaubt und ich bin mittendrin. Ein kräftiger Mann, gut ein Meter achtzig groß, muskulös mit vollem Haar und sonnengegerbter Haut. Mein Alter ist hier nur schwer feststellbar. Die Haut ist straff, aber das Haar silbergrau meliert. Die Zähne sind weiß wie Schnee, die Augen aber wirken alt. Leichte Krähenfüße zeichnen sich in ihren Winkeln ab und das nicht nur vom Lachen. Sie verraten, dass sie schon vieles gesehen haben.

Und ich reise in diesem Körper, der Wunschtraum meines realen Selbst, in das *Graue Land*, meinem eigenen Stück Domäne, zu dem Rest meiner Gilde. Einige sind *on deck*, einige haben ihren Avatar auf Auto-Aktion gestellt. Ich sammle sie zu einem Kriegszug und mit mir als ihrem Anführer ziehen wir weiter zur belagerten Doran Feste, wo wir unseren NSC-Feinden den Stiel aus der Birne ziehen wollen. Meine Waffenkammer ist voll von allen möglichen Mordwerkzeugen jeder Größe und Form. Meine Rüstungen sind entlang der Wand meiner Gemächer wie die Terrakotta-Krieger von Xian aufgereiht. Ich schließe die Tür und höre *Manowar*, während ich mein Selbstbild in die Rüstungs- und Waffenkombination projiziere. Mithrilkettenhemd, darüber ein alter, aber ehrwürdiger Küraß mit Beintaschen. Ein leichter, ärmelloser Mantel mit nordischen Runen bestickt und mit Momenteiden versehen kommt über die Rüstung, dann die Schulterplatten mit den unterschiedlich langen Dornen auf der linken Seite. Meine Schuhe sind beschlagen und die Beinschienen ebenfalls mit scharfen Kanten und Nieten übersät. Ineinander segmentierte Armschienen sind mit diversen Intarsien und Emblemen versehen und mein Helm ist der Knochenschädel eines Monsters, welcher von einer befreundeten Schamanin für mich mit eingeritzten Zaubersprüchen verziert wurde. Zum Schluss wickele ich mir noch eine dicke Stahlkette um den rechten Unterarm und befestige meine Primärwaffe an dem offenen Kettenende, während Eric Adams in einem musikalischen Gewitter verspricht, dass es Donner am Himmel gibt und viele durch seine Hand sterben werden. Ich regle den Empfindungstransmitter wieder herunter. Schmerz ist jetzt weniger als ein Gefühl.

Der Weg zu unserem Ziel wird durch alle möglichen Reise-Gimmicks abgekürzt und um heute noch etwas zu erleben, nehmen wir die schnellsten und lassen uns von unseren Port-Steinen in Sekunden dorthin tragen.

Endlich an Ort und Stelle beginnt das Blutvergießen, nach dem ich mich schon die ganze Zeit sehne. *Hack and Slay*, wie wir es früher genannt haben. Das Szenario zeigt uns die von Menschen belagerte Hauptstadt des *Grauen Land*. Pfeile fliegen und Sturmleitern lehnen an der Mauer. Einige Rauchsäulen steigen zum Himmel und kakophonischer Schlachtenlärm dringt an mein Ohr. Die Verteidiger halten sich wacker, so wurden sie programmiert, doch die endgültige Wende bringen ich und meine Wölfe. Bin ich in meinem Sessel auch fast siebenundsechzig mit Arterienverkalkung und zu hohem Blutdruck, stehe ich hier in voller Blüte und säe Tod und Verderben zwischen meinen Feinden. Computerspiel trifft Livespiel. MMORPG kombiniert sich mit LARP. Ich liebe die Errungenschaft dieser neuen Technik.

Ohne Angst und ohne Gnade stürzen wir uns auf unsere Gegner. Im vollen Lauf preschen wir von hinten in ihre Reihen und fegen sie beiseite, als wären wir eine berittene Kavallerie. Ich spüre den Widerstand in meinen Muskeln, aber er bremst mich nicht im Geringsten. Körper werden unter meinen schweren Schritten zertrampelt oder stieben zur Seite. Die Mitspieler meines Rudels und ich sorgen für Tod und Verwirrung zwischen den Reihen unserer Feinde und geben der Besatzung der Burg eine Chance zum Verschnaufen (nicht dass die NSC es nötig hätten, aber allein der Illusion wegen nutzen sie es). Ich spüre den imaginären Schweiß auf der Stirn und rieche nicht existenten Rauch sowie den metallischen Geruch von Blut. Mein dornenbesetzter Streitkolben stanzt faustgroße Löcher in die Körper meiner Feinde und die Zacken an meinem Schild zerreißen Kettenhemden und das Fleisch darunter. Schläge und Geschosse prallen größtenteils wirkungslos von meiner Rüstung ab und der ein oder andere Feind verletzt sich an den Stacheln auf meinen Schulterplatten. Treffer nehme ich wahr, doch verursachen sie lediglich ein Kribbeln in meinen Nervenbahnen. Mein mit Nieten und Dornen versehener Panzerschuh trifft einen Gegner frontal und schleudert ihn nach hinten. Ich schreite wie ein Kriegsgott über ihn hinweg und zermalme mit demselben Schuh seinen Schädel. Mein Schild ist zerschlagen, aber dafür habe ich ja noch mein Schwert auf dem Rücken. Der *Kettenhund* blitzt dunkel wie ein Unwetter und pariert eine Axt. Mein Streitkolben saust herab und zertrümmert dem NSC das Schlüsselbein. Dann fährt mein Schwert ihm durchs Gesicht und ich kümmere mich um den nächsten. Ich habe genug Platz, parke mein Schwert in den Eingeweiden eines Gegners und den Dornenkolben schwungvoll zwischen den Beinen eines anderen. Ohne Waffen in den Händen werde ich selber zur Waffe. Ich stürme mit gesengtem Kopf wie ein Footballspieler vor, spieße einem Gegner die Stacheln meiner Schulterplatte in den Leib und werfe ihn achtlos über mich. Schwerthiebe werden von meinen epischen Unterarmschienen geblockt und meine Fäuste zertrümmern ein Gesicht. Ich schlage und trete um mich wie ein Wahnsinniger. Die Kette an meinem Unterarm gibt meinem Hieb zusätzlichen Schwung. Jeder Treffer von mir ist so hart wie ein Hammerschlag. Ich spüre mein rasendes Herz und meinen keuchenden Atem. Ich sollte lieber langsam machen, sonst gehe ich noch tatsächlich drauf. Dennoch kann ich es mir nicht nehmen, einem der Feinde seinen Arm rauszureißen. CGI-Blut spritzt mir ins Gesicht und die Schreie meines Opfers verstummen erst, als ich es mit seinem eigenen Arm tot geprügelt habe. Meine Wölfe um mich herum gehen ähnlich rabiat vor. Nun ja, alle reden immer davon, wie eine Bestie zu sein, und hier handeln wir wie welche. Es ist unsere Fantasie, unsere Welt. Hier sind wir alle Helden, hier sind wir alle Monster, hier sind wir Götter auf zwei Beinen. Einer meiner Schlachtenbrüder spricht mich an, zeigt in Richtung des belagerten Burgtors.

Ich überlasse ihm den Ruhm des Angriffs und kümmere mich um die Nachhut. Er nickt und ich sehe in seinen Augen dieselbe Kampfeslust, die ich in meiner Jugend empfunden habe, als ich mich real im Live-Rollen-Spiel gebalgt habe. Ein Blinzeln und es wird mir die Realzeit in meiner Wahrnehmung eingeblendet. Es sind noch circa vier Stunden, bis meine Frau nach Hause kommt. Ich sollte hier Schluss machen und mich etwas ausnüchtern. Ich aktiviere den Auto-Modus meines Charakters und löse mich neuronal von seiner Welt. Meinem Mitspieler in meinem Rudel blinzele ich per Retina-Menü zu, dass ich für heute genug habe und mich jetzt verabschiede. Ich bin sicher, ich bekomme von dem einen oder anderen heute noch eine Neuro-Wave über irgendeinen Blödsinn. Warum Bier immer noch die Frage, das Problem und die Lösung gleichzeitig ist oder irrsinnige Tieraufnahmen. Manche Dinge ändern sich einfach nie.

Als körperloser Geist zoome ich aus dem Geschehen heraus wie eine Seele, die nach dem Tod aus dem Körper fährt und von oben auf das Geschehen blickt. Als unsichtbarer Beobachter sehe ich noch ein bisschen dabei zu, wie mein Charakter im Auto-Modus mit seinen Gefährten polygone Figuren in virtuellen Matsch verwandelt. Es ist wie damals fernsehen, nur etwas intensiver.

Eine Einblendung erinnert mich daran, dass ich etwas essen sollte, doch ich verspüre keinen Hunger. Habe ich nie, wenn ich trinke. Dabei fällt mir ein, ich könnte was trinken.

Ich verlasse das Holo und gönne mir einen weiteren Drink und rauche auf dem Balkon. Meine Frau möchte nicht, dass wir in der Wohnung rauchen.

Die Luft außerhalb unserer homostasierten Behausung ist schwer und stickig, dennoch atme ich sie tief ein. Die Realität erscheint mir weniger scharf als die virtuelle Welt und meine Augen versuchen den Kontrast vergeblich auszugleichen. Entgegen meiner grundsätzlichen Einstellung zum Heizen drehe ich die Smart-Infrarot-Heizung per Sprachbefehl auf und gehe wieder *on deck*. Nach dem ganzen Stress habe ich mir etwas Luxusurlaub auf dem Traumstrand-Holo verdient, aber richtige Wärme kann man nur schwer hololytisch simulieren. Ich nehme den Arikok-Strand auf Aruba um das Jahr zweitausendzehn, als er noch existierte und frei von Vermüllung und Ölverschmutzung war. Da ich mich jetzt nach etwas Ruhe sehne, stelle ich die sichtbare Besucherfrequenz auf eine angenehme Basis ein. Vielleicht komme ich ja mit dem einen oder anderen fremden Gast zufällig ins Gespräch, aber ich glaube nicht daran. Dennoch vermittelt mir die Illusion der Anwesenheit anderer, mehr oder minder lebender Gäste ein Gefühl von Sozialkompetenz.

Für den Aufenthalt muss ich zwar zahlen, aber auch das ist es mir heute wert. Ich rieche die Meeresluft und das Aroma von Sonnencreme, während um mich herum eine angenehme Geräuschkulisse von Meeresrauschen und Strandlärm herrscht. Ich lasse meine Filter fallen und präsentiere mich in der ganzen Pracht meines gealterten Körpers. Jede Falte, jedes graue Haar und jede kahle Stelle meines Hauptes entspringt meinem natürlichen Abbild – lediglich um eine rote Badeshorts erweitert. Durch die aufgedrehte Heizung kann ich sogar die Wärme der Sonne auf meiner Haut fühlen. Faszinierend, was man dem Hirn alles induzieren kann. Ich liege und lausche, schlage ein generiertes Buch auf und lese Moby Dick. Ich habe mir mal sagen lassen, dass man es wenigstens einmal im Leben gelesen haben sollte und die Reise auf der *Pequod* ist wesentlich schonender für meinen Blutdruck. Während ich über die glitzernden Wellen des türkiesblauen Wassers in die Ferne blicke, kommt mir der Gedanke, mich morgen in die Wanne zu legen und ein Schnorchel-Holo zu besuchen. Vielleicht das Rote Meer, wie ich es 2011 in einem Ägyptenurlaub erlebt habe.

Mein Holo-Timer blinkt in meinem Retina-Menü auf. Es sind jetzt noch knapp eineinhalb Stunden, bis meine Frau von der Arbeit nach Hause kommt. Ich habe keinen Handschlag im Haushalt gemacht, aber das wird sie sicher verstehen. Sie weiß ziemlich gut, auch ohne dass ich ihr etwas gesagt habe, was ich heute machen wollte. Immerhin sind wir seit fast siebenunddreißig Jahren verheiratet und seit weit über vierzig ein Paar.

Wenn sie gegen kurz nach fünf da ist, werden wir uns was zum Abendessen hydrieren und danach gemeinsam an Bord unseres Schiffes, der *USS Exektor*, ein Sternenkreuzer der *Sovereign-Klasse,* durch die Quadranten des Omega-Sektors fliegen. Das ist zwar nicht ganz so aufregend wie das Gesicht eines Gegners mit einer Streitaxt zu spalten, den Kopf eines Xenos mit einem Bolter platzen zu lassen oder als New Avengers im Marvel Com Univers-Holo für Recht und Ordnung (und blaue Flecken) zu sorgen, aber es entspannt sie. Einfach durch die Galaxie fliegen und gucken, was da kommt, was wir entdecken und wem wir begegnen. Es lenkt sie von ihrem stressigen Tag ab und vor allem von der Dummheit der Menschen, die es scheinbar immer noch nicht für nötig halten, sich bei dem Betreten eines Gebäudes vernünftig in der Schalldusch-Kabine zu desinfizieren. Die Empfehlungen und Schutzmaßnahmen gegen die steigenden Emissionen draußen bestehen ja auch erst wieder seit knapp zwei Jahren. Da kann man so etwas ja schon mal nicht mitbekommen haben. Wobei ich glaube, dass jeder Mensch mit gesundem Verstand nie wirklich auf die Hygienemaßnahmen seit dem Zeitalter der Pandemien verzichtet hat. Aber genau da liegt das aktuelle Problem dieser Welt. Oder lag es schon immer.

Auch die nervige, fast schon dreiste Frage des: „Ich muss nur mal eben mit dem Arzt reden", ist ein Aufreger, der meine Frau schon seit über dreißig Jahren auf die Palme bringt.

Nur mal eben ... ja klar. Früher bin ich auch nur mal eben eine Stunde joggen gegangen. Ob Einstein das damit meinte, als er am fünften Juni neuzehnhundertfünf seine Relativitätstheorie publizierte?

Wie auch immer. Jedenfalls werden so ein paar Stunden, die man (mal eben) mit Warp neun durch die Galaxis fliegt, schon wirklich entspannend sein. Das aufregende Leben als Kapitän auf einem Föderationsraumschiff, welches der Reaktorkern innerhalb von kurzer Zeit von einem Ende der Galaxis zum anderen katapultiert.

Gegen neun Uhr realer Zeit werden wir zu Bett gehen und noch etwas über den Tag reden oder altmodisch auf dem E-Reader etwas lesen. Meine Frau braucht immer zwischen ein bis zwei Stunden, um einzuschlafen, weil ihr Gehirn sich auch noch mit vierundsechzig Jahren nachts in eine High-Speed-Transitbahn verwandelt, auf der die Gedanken und Ereignisse des Tages mit einer astronomischen Geschwindigkeit wie Transportgondeln auf und ab rasen, die jede externe Cyber-Kopplung in den Schatten stellt.

Erstaunlich eigentlich. Man kann einem Gehirn eine virtuelle Realität implizieren, mit Dendriten verkabeln und mit digitalen Schnittstellen koppeln, aber das Phänomen von psychischen Erkrankungen wie Depressionen oder neurologische Erkrankungen wie Schlafstörungen kann man immer noch nicht entschlüsseln. Vielleicht will man es auch einfach nicht. Was weiß ich schon.

Ich werde mit ihr ins Bett gehen. Nicht weil ich muss, sondern weil ich es liebe, wenn sie sich an mich kuschelt. Obwohl ich mich nicht müde fühle, werde ich, sobald ich in der Waagerechten liege, prompt einschlafen. Das war schon immer so und hat sich im Alter auch nicht verändert.

Bevor ich dann einschlafe, freue ich mich auf morgen. Ich bin gespannt darauf, ob der ganze Spaß morgen wieder von vorne losgehen wird und wie lange ich so weitermachen werde. Immerhin werde ich nicht jünger.

Der Autor

Der in Dortmund ansässige Kevin Neubert wurde 1979 in Solingen geboren. Als gelernter Verwaltungsfachangestellter hat er sich 2015 zum Verwaltungswirt weitergebildet. Seit 2019 ist er zum zweiten Mal verheiratet. Zu seinen Hobbys zählt Sport in jeglicher Form und Live-Rollenspiele. Schon in der Grundschule hat er sich Geschichten ausgedacht und Vorgelesenes oder Gehörtes rezitiert. In der Jugend unternahm er weitere Versuche, die Probleme und Sorgen eines Pubertierenden sowie den Generationenkonflikt durch kreatives Schreiben zu bewältigen. Während seiner Ausbildung hat er angefangen, eine Geschichte basierend auf einem selbst erlebten Pen & Paper-Abenteuer niederzuschreiben. Erst viel später arbeitete er intensiv an der Fertigstellung und erfüllte sich damit den Traum, ein eigenes Buch zu schreiben. Seine Erstveröffentlichung in Form von Kurzgeschichten ging aus einer daraus resultierenden Schreibphase zwischen 2020 und 2021 hervor.

Der Verlag

„ *Wer aufhört besser zu werden, hat aufgehört gut zu sein!*

Basierend auf diesem Motto ist es dem novum Verlag ein Anliegen, neue Manuskripte aufzuspüren, zu veröffentlichen und deren Autoren langfristig zu fördern. Mittlerweile gilt der 1997 gegründete und mehrfach prämierte Verlag als Spezialist für Neuautoren in Deutschland, Österreich und der Schweiz.

Für jedes neue Manuskript wird innerhalb weniger Wochen eine kostenfreie, unverbindliche Lektorats-Prüfung erstellt.

Weitere Informationen zum Verlag und seinen Büchern finden Sie im Internet unter:

www.novumverlag.com